K.

David Belbin

# Der Hochstapler

Roman

Deutsch von Martina Tichy

Kindler

Die Originalausgabe erschien 2008 unter dem Titel «The Pretender»
bei Five Leaves Publications, Nottingham.

Text auf S. 87 aus:
Sheila Cousins: *Ich schäme mich nicht. Bekenntnisse einer Frau.*
Übersetzt von Iris Reinbeck. Amsel Verlag: Berlin o. J.

1. Auflage März 2010

Redaktion Elisabeth Raether
Satz aus der Quadraat PostScript (InDesign)
bei hanseatenSatz-bremen, Bremen
Druck und Bindung GGP Media GmbH, Pößneck
Printed in Germany
ISBN 978 3 463 40580 3

*Für John und Pauline Lucas*

# Eins

Es begann, als ich vierzehn war und wir im Englischunterricht *David Copperfield* lasen. Die Klasse beschwerte sich, das Buch sei viel zu lang. Ich stimmte mit ein, aber insgeheim hatte ich Spaß daran; vor allem gefiel es mir, wenn Mr. Moss uns vom viktorianischen London erzählte, einer Stadt, so tatkräftig und einfallsreich wie, nun ja, verkommen. Schon damals stand für mich fest, dass ich eines Tages in London leben würde.

Als wir beim Ende des zwölften Kapitels angelangt waren, gab Mr. Moss uns eine Aufgabe.

«Ich möchte», sagte er, «dass ihr so tut, als wärt *ihr* Dickens. Schreibt den Anfang des nachfolgenden Kapitels. Wenn ihr wollt, dürft ihr es vorher lesen. Aber eures muss sich unterscheiden. Ihr habt freie Hand, was die Handlung betrifft, aber ihr sollt versuchen, Dickens' Ton zu treffen.» Er erging sich noch eine Weile in Stilbetrachtungen, doch ich hörte nur mit halbem Ohr zu. Ja, dachte ich. Daran möchte ich mich gern versuchen.

Zu Hause, in meinem Zimmer, schrieb ich nur so drauflos und vergaß darüber die Zeit. Schließlich gab ich den Text in den Schreibcomputer ein, den meine Mutter auf eine Anzeige in der Abendzeitung hin gebraucht für mich gekauft hatte. Ein klägliches Gerät eigentlich, man konnte nicht einmal Spiele darauf installieren. Ich tippte meine Referate in das Ding und schrieb ab und zu Geschichten, die ich am nächsten Tag aber beschämt wieder löschte. Mein Dickens-Kapitel hatte ich schnell fertig, ich las es zwei-, dreimal durch und verbesserte hier und da noch etwas. Dann druckte ich es aus, zufrieden mit mir, allerdings auch überzeugt, dass Mr. Moss, der Inbegriff des sarkastischen, pingeligen Lehrers, viel daran auszusetzen hätte.

Als Mr. Moss eine Woche später unsere Arbeiten zurückgab, tat er etwas sehr Ungewöhnliches. Er teilte alle Haushefte aus, bis auf meines. Moss war ein sanft blickender, kleiner, drahtiger Mann mit einer schmalen Nase und dunklem, fettigem Haar, das er zu selten schneiden ließ. Er ging zu seinem Pult zurück, entnahm einer Schublade mein Dickens-Kapitel und hielt die Blätter in die Höhe wie ein erboster Schiedsrichter die Rote Karte.

«Trace», sagte er, «hat die mit Abstand denkwürdigste schriftliche Arbeit vorgelegt, die mir in meiner kurzen Laufbahn als Lehrer untergekommen ist. Wahrhaftig, so denkwürdig, dass ich sie euch vorlesen möchte.»

Die anderen Jungen starrten mich verächtlich an: Alter Streber! Dann hob der Lehrer an, meinen Dickens vorzutragen, und zwar mit genau der ziemlich übertriebenen Betonung, mit der er uns Ausschnitte aus *David Copperfield* vorzulesen pflegte. Ich lauschte aufmerksam, ob mir irgendwo ein Fehler unterlaufen war. Hatte ich etwa versehentlich ein Wort gebraucht, das nicht in die Zeit passte, oder die Namen der Hauptfiguren durcheinandergebracht? Aber mir fiel nichts auf. Als Moss endete, erwartete ich schon, ein Wort der Anerkennung zu hören.

«Was haltet ihr davon?», fragte er die Klasse.

Es folgte das übliche Schweigen, wie immer, wenn Moss eine Frage stellte, auf die er uns nicht schon vorher die Antwort gegeben hatte. Wir waren eigentlich alle Spitzenschüler, durch die Bank, aber es war nicht empfehlenswert, sich hervortun zu wollen oder eine Ansicht zu äußern, über die der

Lehrer sich womöglich vor versammeltem Publikum lustig machte. Also schwiegen meine Klassenkameraden.

«Findet ihr diesen Text vielleicht nicht überzeugend?», fragte Moss und betonte das letzte Wort auf jeder Silbe, was sarkastisch gemeint sein mochte. «Meint ihr nicht, Dickens wäre stolz gewesen, wenn er eine solche Prosa im zarten Alter von – wie viel alt bist du nochmal, Trace? – vierzehn Jahren verfasst hätte?»

Ich schämte mich meiner Jugend. Manche Jungs aus meiner Klasse waren schon sechzehn, aber ich hatte eine Klasse übersprungen und erst im März Geburtstag. Wütend starrte ich auf meinen Pultdeckel und merkte nicht, dass der Lehrer auf mich zutrat. Mr. Moss packte mich von hinten beim Hemdkragen und zerrte mich hoch, sodass ich in den Klassenraum blicken musste.

«Seid ihr nicht der Ansicht, dass die Arbeit ein bisschen zu überzeugend ist?», kläffte er und hielt mich weiter am Schlafittchen. «Es reicht jetzt, Trace, heraus damit! Wo hast du das her?»

«Ich habe mir die Geschichte ausgedacht, Sir», ächzte ich.

«Ich habe mir die Geschichte ausgedacht, Sir», äffte er mich nach. «Du bist ein durchtriebenes kleines Rabenaas, Trace. Hast so lange gewühlt, bis du auf eine Geschichte gestoßen bist, die passen könnte, hast ein paar Namen abgeändert und das Ganze dann abgetippt. Willst du mich zum Narren halten, du Rotzlöffel?»

«Nein, Sir.»

«Dann sag mir, woher du das hast.»

«Ehrlich, Sir, ich habe es mir ausgedacht.»

Moss' kleine Knopfaugen traten fast aus den Höhlen. «Gut, dann melde ich dein Verhalten dem Direktor. Das gibt Nachsitzen. Mal sehen, ob du dann deine Meinung änderst.»

Er nahm eins der gelben Formulare zur Hand und begann es auszufüllen: Nachsitzen wegen Schummeln, trug er ein.

«Aber ich habe nicht geschummelt, Sir. Ich ...»

Meinem Gefühl nach war er drauf und dran, mir eins zu versetzen. Vielleicht lag es daran, dass ich keinen Vater hatte, jedenfalls war mir himmelangst vor männlicher Gewalt. Wenn ich, selten genug, einmal in eine Rauferei geriet, wehrte ich mich niemals, sondern versuchte lediglich, den ärgsten Schlägen auszuweichen. Der Lehrer sah die Furcht in meinem Blick und holte tief Luft.

«Wenn du mir verrätst, woher du diesen Text hast», sagte er, wieder einigermaßen beherrscht, «dann zerreiße ich den Wisch hier.»

Ich überlegte einen Augenblick und versuchte, auf einen Titel von Dickens zu kommen, der nicht in der Schulbibliothek zu finden war.

*«Aufzeichnungen aus Amerika»*, stammelte ich, schamrot im Gesicht.

Moss lächelte zufrieden, und im selben Augenblick klingelte es. Er nahm das gelbe Formular, griff wieder nach meiner Arbeit und riss alles sorgfältig in kleine Schnipsel, die er langsam durch seine Finger in den Papierkorb rieseln ließ. Die Klasse begann hastig zusammenzupacken, doch Moss gebot den Jungen mit seinem erhobenen Schiedsrichterarm Einhalt. Er hielt uns eine Standpauke und erklärte, wenn er uns beim Schummeln erwischte, würde er uns bei der Gesamtnote Punkte abziehen.

Wir kamen später in die Pause, wofür die ganze Klasse mir die Schuld gab.

## Zwei

Meine Mutter und ich lebten in einem Reihenhaus am einen Ende einer halbkreisförmigen Anlage um eine kleine Grünfläche herum – ursprünglich eine Armensiedlung, die größtenteils von einer Wohnungsgenossenschaft aufgekauft und zu «Seniorenresidenzen» umfunktioniert worden war. In der Schule wurde ich ständig gehänselt, weil ich in einem Altersheim wohnte. Die Umgebung war vermutlich tatsächlich nicht gerade kindgerecht. Es gab keine gleichaltrigen Spielkameraden, dafür vergötterten mich die betagten Anwohner, die eine wie der andere. Wenn Mum ausging, was selten genug vorkam, mangelte es ihr nie an Babysittern.

Wohl aber an Liebhabern. Über meinen Vater verlor sie nie ein Wort. Er hatte sie vor meiner Geburt sitzengelassen, weshalb sie Männern gegenüber grundsätzlich misstrauisch war. Zumal ihre Mutter sie ebenfalls allein aufgezogen hatte und starb, als ich fünf war. Ich konnte mich so gut wie gar nicht an sie erinnern. Mum war alles, was ich in puncto Familie vorzuweisen hatte.

Das Haus war gesteckt voll mit Büchern, aus denen Mum mir Abend für Abend vorlas, bis ich alt genug war, um selbst zu lesen. Wenn mir der Lesestoff ausging, musste ich mich zu der Bücherei aufmachen, in der Mum arbeitete. Ich durfte nur einmal in der Woche hin, nämlich wenn sie dort Dienst tat. Sie sagte, sonst benähme ich mich in ihrer Abwesenheit vielleicht schlecht, und dann wäre sie blamiert. Dabei war ich nun wirklich nicht ungezogen.

Mum wollte auch, dass ich abends früh das Licht löschte. Aber das führte nur dazu, dass ich eine Taschenlampe unter meine Bettdecke schmuggelte, um so weiterlesen zu können. Die Literatur wurde zu einer verbotenen Freude. Weil es ein solch seltenes Vergnügen war, war ich bald süchtig nach den Bibliotheksbesuchen, und später wurde mir, egal, wo ich wohnte, die örtliche Bücherei stets zur zweiten Heimat.

Nachdem das mit Dickens so schiefgelaufen war, verging zunächst viel Zeit, bis ich mich wieder daranmachte, den Stil eines anderen Autors zu kopieren. Ich las unablässig, und fast schon zwanghaft schrieb ich in Gedanken ein Buch nach dem anderen. Ich dachte mir Geschichten über mich selbst aus – wie ich meine Traumfrau erobern würde und den Literaturnobelpreis gewann – und formulierte diese Geschichten jeweils im Stil des Schriftstellers, den ich gerade las. Nachts träumte ich mitunter ganze Buchkapitel: Ich sah leere Seiten vor mir, und wie von selbst schrieben sich die Zeilen, eine nach der anderen.

All das war Tagträumerei. Ernsthaft begann ich mit dem Schreiben in der Kollegstufe, nach einem von der Schule organisierten Ausflug nach Paris. Es war meine erste Reise ins Ausland. Im Frühling durch Paris zu spazieren war, als fände man sich unversehens in einem Film wieder (wir hatten zu Hause keinen Fernseher, aber Mum und ich gingen oft ins Kino). Nach der Rückkehr vertiefte ich mich in die Werke französischer Schriftsteller und amerikanischer Autoren, die in Paris gelebt hatten, und versuchte mich zaghaft mit eigenen Aufzeichnungen.

Schließlich kam der Zeitpunkt, an dem ich mich um einen Studienplatz bewerben sollte. Doch ich war es leid, in meinen

Kursen immer der Jüngste zu sein, und schob meine Bewerbung ein Jahr auf. Mum hätte mich gern in Cambridge gesehen, was ich ablehnte. In Cambridge wimmelte es vor reichen Pinkeln. Ganz gleich, wie gut ich war, ich würde dort immer ein Außenseiter sein, da es mir an Erziehung, Schlagfertigkeit und Vermögen mangelte. Stattdessen bewarb ich mich an der London University für Englisch im Hauptfach und Französisch im Nebenfach. Beim Vorstellungsgespräch wurde ich gefragt, warum ich nach London wolle. Ob ich Freunde dort habe?

«Nein. Ich habe mich beworben, weil ich dort leben möchte. Ich will Schriftsteller werden, und erfolgreiche Schriftsteller können nirgendwo anders leben als in London.»

Mein Gegenüber erkundigte sich nach meinen Lieblingsautoren. Das war eine schwierige Frage. Dickens ließ ich unerwähnt – ihn gut zu finden, war einfach zu selbstverständlich. Das Gleiche galt für Shakespeare. Chandler und Collins kamen nicht in Frage, sie hatten nur Kriminalromane geschrieben. Kurt Vonnegut war auch riskant, schließlich schrieb er Science-Fiction. Also nannte ich Hemingway, dessen Kurzgeschichten ich im Zug gelesen hatte. Und erwähnte noch Joyce, weil er als schwer zugänglich galt (bis dahin hatte ich allerdings nur *Ein Porträt des Künstlers als junger Mann* und *Dubliner* gelesen).

«Dramatiker?», fragte der Universitätsvertreter.

«Beckett natürlich.»

Er hob eine Braue, und ich sah mich im Geiste schon durch eine knifflige Nachfrage entlarvt. Ich hatte noch nie ein Stück von Beckett auf der Bühne gesehen und lediglich einmal versucht, *Warten auf Godot* zu lesen. Ich kannte nur seine Prosa.

«Vielleicht sollten Sie dann lieber in Paris studieren als

in London», sagte der Tutor, nun in liebenswürdigem Ton. «Diese drei haben sich dort ihren Namen gemacht.»

«Genau da», erwiderte ich in einer Spontanentscheidung, «will ich mein freies Jahr verbringen.»

**Drei** Mum ließ mich nur ungern ziehen. Damals dachte ich, sie spiele die Glucke, weil ich erst siebzehn war. Später wurde mir klar, dass sie mir etwas verschwieg. Ich argumentierte, dass man für die Universität gut Französisch können müsse. Das traf nicht unbedingt zu, wie Mum sehr wohl wusste, doch sie sah ein, dass es mich fortzog, und versuchte nicht, mir meine Idee auszureden.

In jenem Sommer arbeitete ich bis zur Bekanntgabe der Abschlussnoten in einer Lagerhalle, wo ich Ware für ein Versandhaus verpackte. Nach sieben Wochen hatte ich genügend Geld beisammen, um durchzukommen, bis ich in Paris einen Job gefunden hätte. Ich bestand die Abschlussprüfungen mit Bravour und verschob daraufhinhin endgültig meinen Studienbeginn. Ende August packte ich einen Rucksack mit Kleidung und Büchern zusammen, versprach, regelmäßig Postkarten nach Hause zu schicken, und erstand eine Fahrkarte nach Frankreich, mit offenem Rückreisedatum.

Paris im September war anders als die Stadt, die ich im Frühling des Vorjahrs besucht hatte. Alles wirkte noch größer, verwirrender und sehr viel fremder. Ich wollte mich gern als Bewohner sehen, als Einheimischer, und stellte zu meiner Enttäuschung fest, dass große Teile der Stadt fest in der Hand von Touristen waren. Dennoch fand ich Paris viel faszinierender als London. Die breiten, prächtigen Straßen waren einer Hauptstadt würdig, die Gebäude majestätisch, ohne jeden hohlen Prunk. Alles schien den ihm angemessenen Rahmen zu haben, wohingegen das London, das ich kannte, beengt und überfüllt war. Mit der Zeit lernte ich auch die verborgenen, kuriosen Seiten von London kennen und schätzen, aber meine erste große Liebe war Paris.

Eigentlich hatte ich mir ein Zimmer am linken Seineufer nehmen wollen, im siebten Arrondissement, so wie Hemingway und Fitzgerald in den 1920er Jahren, doch was ich dort fand, hätte mich pro Nacht so viel gekostet, wie ich für eine ganze Woche ausgeben konnte. Also quartierte ich mich in einer Jugendherberge ein und hörte nachts im Schlafsaal ganze Heerscharen von jungen Kerlen schnarchen, furzen und herumkrakeelen.

Einen Job zu finden, war ebenfalls nicht so einfach, wie in den Büchern beschrieben. Ich hatte *Erledigt in Paris und London* von George Orwell gelesen und war darauf gefasst, notfalls wie er als Tellerwäscher zu arbeiten, aber die meisten Lokale verfügten mittlerweile über Geschirrspülmaschinen. Mein Französisch war durchaus nicht schlecht, doch in den Bars, die Jobs anzubieten hatten, redeten die Leute so schnell, dass ich kaum folgen konnte. Ich stieß auch nirgends auf Landsleute, die hier schon Arbeit gefunden hatten und die ich hätte um Rat fragen können. In Paris wimmelte es von überwiegend schwarzen Einwanderern aus den ehemaligen französischen Kolonien. Und mit denen schlug ich mich um die wenigen freien Arbeitsplätze. Ich war entsetzt, mit welch ungehemmter Grausamkeit man sie behandelte.

Nach einer Woche war ich drauf und dran, den Heimweg anzutreten, doch so schnell wollte ich dann doch nicht aufgeben. Ich brachte mein Erspartes durch, indem ich die Sehenswürdigkeiten besuchte, schickte meiner Mutter eine zweite Postkarte, verfasst in betont fröhlichem Ton, und überwand meine Schüchternheit, die mich bisher davon abgehalten hatte, an jedem dafür in Frage kommenden Ort zu murmeln: *Je cherche du boulot.* Auf den Anschlagtafeln der amerikanischen und britischen Kirchengemeinden fanden sich befristete Jobangebote. Wie sich herausstellte, reichten meine drei Spitzennoten nicht aus, um Englisch für Ausländer zu unterrichten. Trotzdem nahm ich all meinen Mut zusammen und meldete mich bei einigen Adressen, die nicht zwingend einen TOEFL-Test vorschrieben – und bekam hier wie dort zu hören, ich komme allein schon wegen meiner Jugend nicht in Frage.

Mein Selbstvertrauen (und meine Ersparnisse) schwanden von Tag zu Tag. Mein ganzes Leben lang war ich der einzige Mann im Haus gewesen. In der Jugendherberge musste ich mich in eine Gruppe fügen, was mir gar nicht gefiel. Es war ein Kommen und Gehen. Nach einer Woche schon zählte ich zu den Dauergästen, ohne in dieser Zeit mit irgendwem auch nur ins Gespräch gekommen zu sein. Besonders niederschmetternd war, dass man nach elf, wenn das Licht ausgeschaltet wurde, nicht mehr lesen konnte. Ich kaufte mir eine Taschenlampe, mit der ich mir, wie als Kind, unter der Bettdecke behalf. Doch meistens las ich in öffentlichen Parks oder, wenn es dafür zu kalt war, in den billigsten Cafés, die sich finden ließen.

Und so kam ich schließlich zu einem Job. Ich saß bei einem Espresso in einer stillen Bar am Pont St. Michel und las Hemingways posthum veröffentlichte Pariserinnerungen, *Paris, ein Fest fürs Leben.* Ein amerikanischer Tourist mittleren Alters nahm neben mir Platz.

«Sie können mir doch sicher sagen, wo ich Shakespeare & Co. finde», sagte er.

Ich wollte schon ein Witzchen über Stratford-upon-Avon reißen, als mir klar wurde, dass er die ehemalige Buchhandlung am linken Seineufer meinte, von der bei Hemingway die Rede war. Die Betreiberin, Sylvia Beach, war die erste Herausgeberin von Joyces *Ulysses*.

«Ich glaube, die haben zugemacht», sagte ich, «schon vor Jahren.»

«Nein», erwiderte er, «sie wird in meinem Reiseführer erwähnt. Ich kann bloß die Straße nicht finden.»

Er gab mir den Führer, und tatsächlich, da war der Laden verzeichnet, in der Rue de la Bûcherie 37, was laut Taschenstadtplan, den ich dabeihatte, gleich um die Ecke sein musste. In dem Reiseführer hieß es, dieses neue Shakespeare & Co. gebe es seit den Fünfzigerjahren. Ich bot mich an, dem Amerikaner bei der Suche zu helfen, und bald schon fanden wir die Buchhandlung, zu der auch ein quirliges Antiquariat gehörte. Man hatte von dort einen schönen Blick auf die Seine, und überall stapelten sich Bücher mit englischen Titeln. Ich krallte mir eine Taschenbuchausgabe der Hemingway-Biographie von Jeffrey Meyers und fragte beim Bezahlen, ob sie irgendwelche Jobs zu vergeben hätten.

«Sind Sie Schriftsteller?», erkundigte sich der junge Australier an der Kasse. Diese Frage hatte mir bisher noch niemand gestellt, darum gab ich eine ehrliche Antwort.

«Ich wäre gern einer.»

«Wenn Sie sagen, dass Sie Schriftsteller sind, und wenn George Sie mag, können Sie hier wohnen. Sie müssen gelegentlich aushelfen und pro Tag ein Buch lesen.»

«Und ich muss nur so tun, als wäre ich Schriftsteller?»

«Wenn Sie Schriftsteller werden wollen, tun Sie doch nicht nur so, oder?»

Ich blieb die Antwort schuldig. Viele Leute waren ja der Meinung, sie wären phantastische Schriftsteller, wenn sie sich bloß mal die Mühe machten, sich hinzusetzen und etwas zu schreiben. Ich hatte genug schlechte Geschichten verfasst, um zu wissen, dass Schreiben alles andere als leicht war. Aber diese Buchhandlung machte mich neugierig.

«Wie viele Leute wohnen denn hier?», fragte ich.

«Zurzeit? Vierzehn, glaube ich. Im Winter weniger.»

«Und wo sind sie jetzt?»

«Überall. Gucken Sie mal nach oben.»

Ich bezahlte mein Buch und stieg ganz hinten im Laden eine Treppe hoch. Auf einem Schild stand, die Bücher in der oberen Etage seien nicht zum Verkauf bestimmt, doch die Bibliothek stehe den Kunden zur Verfügung. Der erste Stock war ein verwinkeltes Labyrinth. Ich entdeckte einen Stapel mit unzähligen Briefen und Postkarten von ehemaligen Bewohnern der Buchhandlung. In einem Zimmer zur Rechten stand ein Tisch mit zwei Schreibmaschinen und, ums Eck, ein schmales Bett, auf dem ein Jugendlicher, ungefähr in meinem Alter, schlief. Bücherregale säumten sämtliche Wände vom Fußboden bis zur Decke.

Der vordere Raum war eine klassische, altmodische Bibliothek mit Lehnstühlen, einem Tisch in der Mitte und einem Fenster, das Ausblick auf die Seine bot. Die Tür zur Rechten hatte ein schweres Schloss, war jedoch nur angelehnt. Ich schob sie auf. In dem Zimmer stapelten sich die Pappkartons. Einer davon stand in der Mitte auf einem Tisch, und ein grauhaariger Mann in einem karierten Hemd sichtete gerade die Bücher, die er dem Karton entnahm.

«Kann ich Ihnen helfen?», fragte er mit amerikanischem Akzent. Ich wusste sofort, dass er hier das Sagen hatte. Wenn er Gefallen an mir fand, würde ich vielleicht all meine Probleme auf einen Streich lösen, ich hätte eine Unterkunft und ein Auskommen. Doch obwohl ich die Jugendherberge hasste, in der ich wohnte, wusste ich auch, dass ich viel zu jung und zu schüchtern war, um es mit einem Dutzend oder noch mehr weitgereisten Möchtegernschriftstellern aufzunehmen. Was auch kommen mochte, ich war und blieb ein Einzelgänger.

«Ich bin auf der Suche nach einem Job», sagte ich, «aber hier arbeiten wohl nur Freiwillige.»

Der Amerikaner lachte. «Freiwillige, ja, so könnte man sie bezeichnen. Bei WH Smith in der Rue de Rivoli stellen sie Leute ein. Versuchen Sie es doch dort mal.»

Ab dem folgenden Tag arbeitete ich dreißig Stunden pro Woche für den Pariser Ableger der größten britischen Buchhandelskette. Mein Job bestand darin, Kisten auszupacken. Die Kollegen und mein Chef waren Franzosen und richteten kaum je das Wort an mich, was bedeutete, dass ich weder meine Sprachkenntnisse verbesserte noch Freunde gewann, aber ich war es gewöhnt, auf mich gestellt zu sein. Das Wichtigste war, dass ich in Paris bleiben konnte.

Von der Bezahlung konnte ich allerdings nur leben, wenn ich eine billigere Unterkunft fand. Einer der Mitarbeiter verhalf mir zu einer Wohnung in einem schäbigen, mehrstöckigen Mietshaus in der Nähe der Place de Clichy, unweit von Sacré-Cœur. Das Gebäude in der Rue Joseph de Maistre, oberhalb des Friedhofs von Montmartre, hatte eine schmuddlig weiße Fassade. Mein Zimmer befand sich im obersten Stockwerk zwischen einem Immobilienbüro und einem Atelier. Am einen Ende der Straße gab es ein billiges indisches Restaurant und am anderen einen Taxistand, von dem ich allerdings nie Gebrauch machte. Stattdessen ging ich über die Straßenbrücke, die den Friedhof querte, zu der fünf Minuten entfernten Metrostation Place de Clichy. Die Wohnung war gut gelegen, auch wenn sie sonst nicht viel hermachte. Die winzige Küche und das Bad musste ich mir weiterhin mit anderen teilen, aber ich konnte so lange lesen, wie ich wollte, und hatte bei meiner Mutter endlich eine Adresse vorzuweisen.

Ich arbeitete fünf Tage die Woche jeweils sechs Stunden, insgesamt von zehn bis sechs mit einer unbezahlten zweistündigen Mittagspause, in der keine neuen Lieferungen kamen. Das war die Zeit, in der ich durch die Stadt bummelte, in der Hoffnung, Frauen kennenzulernen oder zumindest so etwas wie eine künstlerische Eingebung zu haben. Zu beidem verschaffte mein neuer Job mir nämlich wenig Gelegenheit. Ich lernte nur Verkäuferinnen kennen, die sich nicht für mich interessierten. Sie waren zwar nicht anspruchsvoll, aber eine Vollzeitanstellung und ein Auto waren nun einmal so ziemlich die Mindestanforderung an jeden Mann, sei es in Frankreich oder in England.

Die vielen langen, öden Stunden verbrachte ich damit, Briefe in die Heimat zu schreiben, zu lesen und fruchtlose Schreibversuche zu unternehmen. Alles von Hand zu schreiben war äußerst mühsam. Meine Schrift war ein scheußliches Gekritzel. Manchmal hatte ich selbst Mühe, sie zu entziffern. Ich brauchte einen Computer oder wenigstens eine Schreibmaschine. Wenn die Sätze gut aussahen, würde der Rest sich von selbst ergeben, so dachte ich.

Nicht weit von meiner Wohnung fand in einer Markthalle, wo an den übrigen Tagen Blumen und Gemüse verkauft wurden, sonntagvormittags gewöhnlich ein Flohmarkt statt. Es gab professionelle Händler, aber auch Leute, die einfach Ramsch aller Art loswerden wollten. Etwa fünf Wochen nach meiner Ankunft entdeckte ich dort die Schreibmaschine.

Eine tragbare Royal, ein amerikanisches Modell mit der entsprechenden Tastatur.

«Wie alt ist sie?», fragte ich die betagte Frau hinter dem Tisch.

«Siebzig Jahre», sagte sie auf Französisch. «Ich glaube, sie hat einem Untermieter meiner Großmutter gehört. Ich habe sie nach ihrem Tod oben auf dem Dachboden gefunden.» Sie hob die Schultern. «Kein antikes Stück, hat man mir gesagt, aber vielleicht doch ganz hübsch, um sie sich ins Regal zu stellen?»

Ich sagte, dass ich sie gern zum Schreiben verwenden würde. «Aber vermutlich kann man die Farbbänder nirgendwo mehr beziehen ...»

«O doch, die sind ein Standardformat. Außerdem ...», sie förderte eine alte Pappkiste zutage, «habe ich auch noch das hier gefunden. Schauen Sie.»

Zwei Extra-Farbbänder, noch in Zellophanverpackung, und zwei mit arg verschlissenen Schnüren zusammengehaltene Packen Schreibpapier.

«Die kriegen Sie mit dazu. Zweihundert Francs.»

Das waren mehr als zwanzig Pfund – wahrhaftig kein Schnäppchen, wo doch die meisten Schreibmaschinen im Müll landeten, statt neue Abnehmer zu finden. Aber ich hatte mich in das Ding verguckt. Das zwischen den Walzen eingespannte Farbband war ausgetrocknet und fadenscheinig, doch mit den anderen beiden Bändern würde ich meiner Einschätzung nach bis zu meiner Abreise aus Paris auskommen. Das Tippen hatte ich mir auf der Computertastatur selbst beigebracht. Ich handelte Madame Devonier auf hundertfünfzig Francs herunter. Sie bestand darauf, mir eine richtige Quittung auszustellen, wofür ich ihr später, wie sich herausstellte, sehr dankbar sein sollte.

Eine Schreibmaschine unterscheidet sich in der Bedienung deutlich von einem Computer. Tippt man zu schnell, verhaken sich die Typen, und man bekommt Tintenflecken an den Fingern, wenn man sie wieder auseinanderdröselt. Das

Schreiben verlangt einen gewissen körperlichen Einsatz. Anfangs hielt ich nur eine Stunde durch, dann pochten mir die Finger. Außerdem machte die Maschine einen Höllenkrach. Nicht wenige Hausbewohner beschwerten sich, wenn ich nach zehn Uhr abends noch tippte oder Gott bewahre ihr Sonntagnachmittagsschläfchen störte. Ich konnte es ihnen nicht verdenken. Das monotone *Tack-Tack-Tack* der Schreibmaschine verursachte mir selbst mitunter Kopfschmerzen.

Mein Geschreibsel wurde im Übrigen keinen Deut besser. Warum hatte ich mir nur eingebildet, aus mir könne ein Schriftsteller werden? Weil ich drei Jahre zuvor Dickens' Stil nachgemacht und meinen Englischlehrer an der Nase herumgeführt hatte? Vor meiner Abreise nach Frankreich hatte ich die Dickens-Datei auf meinem Dinosauriercomputer ausgegraben und zum ersten Mal wieder gelesen, seit Mr. Moss sie buchstäblich in der Luft zerrissen hatte. Zwischenzeitlich war ich mit Dickens sehr viel weiter gediehen und musste kleinmütig eingestehen, dass ich ihm nicht einmal annähernd das Wasser reichen konnte. Mein Satzbau war mehr als schlicht. Meine Vergleiche lasen sich unbeholfen. Von geschichtlichen Details hatte ich keinen blassen Schimmer. Der Lehrer hatte sich überlisten lassen, weil mein Ton geschmeidig und wohlklingend war, doch damit gab ich mich nicht zufrieden.

Hemingway faszinierte mich nach wie vor. Ich versuchte nun, wie er zu schreiben – das erschien mir einfacher, als Dickens nachzuahmen. Hemingway verwendete gern ein- und zweisilbige Wörter und wiederholte sich außerdem gern. Bald wurde mir aber klar, dass Hemingway mit seinem ewigen «und» und «aber» nur deshalb durchkam, weil sich dadurch ein bestimmter Rhythmus ergab. Die Melodie seiner Sprache war einzigartig, obwohl es schien, als könnte man diesen Ton leicht nachahmen. Aber niemand hielt es durch wie er, viele hatten es versucht. Manchmal glaubte ich Hemingways Rhythmen aus jeder neuen amerikanischen Kurzgeschichte herauszuhören, die ich in *Granta*, dem führenden Literaturmagazin, las. Aber die amerikanischen Autoren, die Hemingway nachzuahmen versuchten, schufen immerhin etwas Eigenes. Im Gegensatz zu mir.

Über die Weihnachtstage bekam ich eine Woche frei und fuhr nach Hause, mit dem Gefühl, dass ich in den drei Monaten fern der Heimat nichts, aber auch gar nichts gelernt hatte.

## Vier

Zu Hause machte Mum ein großes Buhei um mich: wie viel erwachsener ich doch aussähe und mich benähme. Sie wollte gern hören, dass ich sie schwer vermisst hätte. Ich tat ihr den Gefallen und log dabei nicht einmal, aber so was sagt man nun mal nicht zu seiner Mutter. Mütter bleiben unweigerlich zurück, wenn Männer hinaus ins Leben ziehen. In der Literatur finden sich weniger Mütter als Väter und insgesamt von beiden nicht viele. Im echten Leben mag für viele Männer die engste Beziehung die zu ihrer Mutter sein. Aber darüber schreiben sie keine Romane.

Die Weihnachtstage waren vorbei. Am Morgen meiner Abreise entdeckte ich, als ich meinen Schlafsack ganz hinten im Schrank suchte, einen verdächtigen Gegenstand, in eine Decke gewickelt wie ein Säugling in Stoffwindeln. Darunter verbarg sich ein tragbarer 14-Zoll-Fernseher von Sony. Ich deckte ihn schnell wieder zu und verlor nie ein Wort darüber. Mum wurde es sicher oft langweilig, dachte ich auf der Rückreise nach Paris. Die Abende sind lang, und das Radio ist auch nicht mehr das, was es einmal war. Dennoch fühlte ich mich betrogen. Soviel ich wusste, war es das erste richtige Geheimnis, das sie vor mir hatte.

In meiner Pariser Wohnung musste ich mich fragen, warum um alles in der Welt ich hierher zurückgekehrt war. Eine Arbeit, wie ich sie hier hatte, hätte ich zu Hause allemal gefunden. Nun verpasste ich auch noch die rauschenden Silvesterpartys dort. Stattdessen saß ich mutterseelenallein in meiner kalten Bruchbude (alle übrigen Hausbewohner waren unterwegs) und las in den letzten Stunden des ausgehenden Jahrzehnts *Fiesta*, parallel dazu außerdem Carlos Bakers Briefedition und Meyers' Hemingway-Biographie, die ich ebenfalls schon einmal verschlungen hatte.

Eine Geschichte faszinierte mich: Ende 1922 lebte Hemingway mit seiner um etliche Jahre älteren ersten Frau Hadley in Paris. Zu dieser Zeit arbeitete er vornehmlich als Reporter, hatte als aufstrebender junger Schriftsteller aber auch bereits einen Großteil der Werke geschrieben, die ihm seinen frühen Ruhm eintragen sollten.

Hemingway, so die Geschichte, fuhr in Skiurlaub. Hadley reiste ihm von Paris nach Lausanne hinterher, einen Koffer mit all seinen Manuskripten inklusive Durchschlägen im Gepäck. Nachdem sie an der Gare de Lyon ein Zugabteil belegt hatte, stieg Ernests Gattin noch einmal kurz aus, um eine Londoner Tageszeitung und eine Flasche Evian zu kaufen. Bei ihrer Rückkehr war der Koffer verschwunden.

Niedergeschlagen traf sie bei Hemingway in Lausanne ein und eröffnete ihm, es sei das Schlimmste eingetreten, was er sich nur vorstellen könne. Zunächst dachte Hemingway, sie habe sich in einen anderen Mann verliebt. Doch es war noch ärger. Der Verlust seiner Manuskripte nahm Hemingway sehr mit. Es war ihm unbegreiflich, dass Hadley sowohl die Manuskripte wie die Durchschläge mitgenommen hatte – eine Erklärung für diesen Einfall blieb sie zeitlebens schuldig. Was genau der Koffer enthielt, ist bis heute unbekannt. Hemingway sagte einmal, es seien elf Geschichten, ein Roman und einige Gedichte gewesen.

In *Paris, ein Fest des Lebens*, das Hemingway kurz vor seinem Freitod schrieb, behauptet er, der Verlust sei vielmehr ein Gewinn für ihn gewesen, weil er so gezwungen war, noch einmal ganz von vorn anzufangen, und die neuen Versionen der verloren gegangenen Geschichten ihn berühmt machten. Damals jedoch muss es ihn über die Maßen geschmerzt und zum ersten Riss in seiner Beziehung mit Hadley geführt haben.

Was meine eigenen Machwerke betraf, so wusste ich nicht, was ich da eigentlich schrieb, eine Komödie oder einen Entwicklungsroman. Wie konnte ich mich überhaupt an so etwas versuchen? Mit meiner persönlichen Entwicklung war es schließlich nicht gerade weit her. Ich machte mich aus einer Laune heraus an das Experiment, meine eigenen Versionen der verloren gegangenen Hemingway-Geschichten zu verfassen. Vielleicht würde ich so ja etwas lernen. Ich las noch einmal seinen ersten Erzählband, *In unserer Zeit*, und schrieb drei Geschichten daraus aus dem Gedächtnis nieder. Andere ging ich ganz neu an, verwendete Details, die ich der Biographie und den späteren Werken Hemingways entnommen hatte.

Die ersten Niederschriften in meinen Notizbüchern schienen nicht sonderlich gelungen. Unzählige Seiten landeten im Papierkorb. Wie war ich nur auf die Idee gekommen, es so zu etwas bringen zu wollen? Aber wenn ich mich an die Schreibmaschine setzte und mit dem Tippen begann, waren die Wörter, die dabei herauskamen, meine eigenen und doch wieder nicht. Im Kommentar zu seiner Ausgabe der Briefe listete Carlos Baker Hemingways häufigste Interpunktions-, Rechtschreib- und Grammatikfehler auf. Ich fügte ein paar davon in meinen Text ein, weil ich mir vorstellte, ich würde, wenn ich die gleichen Fehler wie Hemingway machte, ebenso wunderbare Sätze wie er schreiben können.

Bis Februar hatte ich sieben Hemingway-Geschichten verfasst und fand sie allesamt furchtbar. Nur zwei hatten meiner Meinung nach Potenzial: eine «frühe» Version von *Schonzeit* und eine «neue» Geschichte ohne Titel, in der Nick Adams, Hemingways Held aus *In unserer Zeit* und vielen anderen Geschichten, sich in Paris aufhält. Wie Hemingway ist er verheiratet, doch seine Frau ist auf Reisen. Nick trifft sich mit einem anderen in Paris lebenden Amerikaner, der im Krieg gekämpft hat, und verbringt einen unerquicklichen Abend mit ihm. Ich schrieb die Geschichte, Hemingways Beispiel folgend, mit Bleistift und tippte sie dann ab, mühte mich, alle überflüssigen Wörter zu vermeiden, kurze Sätze zu bilden und einen authentischen Ton zu treffen. Dann ging ich das Ganze noch einmal durch und strich Wiederholungen sowie Wendungen, die mir zu modern erschienen. Oder ich ersetzte Ausdrücke, die mir zu britisch schienen, durch andere, die eher in Amerika verwendet wurden.

Ich schrieb die Texte wieder und wieder um, bis ich nicht mehr sagen konnte, ob sie sich eigentlich noch gut lasen. War das Tempo richtig? Den Ton fand ich recht gelungen, aber ich hatte keine Ahnung, wie ich zum Ausdruck bringen sollte, dass Nick Adams sich schwertut, mit seinem Bekannten umzugehen, der unter den Folgen des Krieges leidet. In der Schule hatten wir Gedichte über den Ersten Weltkrieg durchgenommen, doch was wusste ich schon davon, wie man sich als Jungverheirateter oder Kriegsheimkehrer fühlte? In seinen frühen Werken verlor Hemingway kein Wort über seine Ehe. Erst Jahre später schrieb er über den Ersten Weltkrieg. Niemand wusste, an welchen Themen und Motiven er sich bei diesen verlorenen ersten Geschichten versucht hatte und woran er womöglich gescheitert war. Aus purem Übermut baute ich zu Beginn des zweiten Abschnitts einen Grammatikfehler ein, wie ich ihn einmal in *Um eine Viertelmillion*, einer seiner bekanntesten Geschichten, entdeckt hatte.

Ich weiß nicht, warum es mir so wichtig war, dass meine

Texte wirklich so klangen, als hätte Hemingway sie geschrieben. Ich behaupte gar nicht, dass sie besonders gut waren. Zum Beweis würde ich ohne weiteres einen Abschnitt daraus zitieren, doch aus Gründen, die ich zu gegebener Zeit anführen werde, bleibt mir dies verwehrt.

Für das neue Jahr fasste ich den Vorsatz, mir eine andere Arbeit zu suchen. Nicht unbedingt eine bessere – mein Studienplatz war mir nach wie vor sicher, und ich lebte recht bescheiden –, aber eine, bei der ich wenigstens ein paar Leute kennenlernte. Wenn ich als Lehrer nicht in Frage kam, konnte ich doch vielleicht etwas aus meinen hervorragenden Kenntnissen der französischen Schriftsprache machen.

Ich begab mich zu einem Übersetzungsbüro in der Rue Saint-Lazare. Die Leiterin, eine elegante Dame mit brünettem Haar um die vierzig, Madame Blanc, erklärte mir, ich erfülle gleich drei wesentliche Kriterien nicht: kein akademischer Abschluss, kein Computer, keine Erfahrung. Immerhin bot sie mir, da es an diesem Tag sehr ruhig zuging, einen Kaffee an. Ich hatte nichts zu verlieren, und so fragte ich sie, ob ich es mit dem Eingangstest ihres Büros versuchen dürfe. Madame Blanc zuckte mit den Achseln, sagte *bien sûr* und sah amüsiert zu, wie ich binnen zehn Minuten das Formular ausfüllte. Sie sah es kurz durch und teilte mir strahlend mit, ich hätte mit Glanz und Gloria bestanden.

«Darf ich Ihnen dann wenigstens meine Adresse und Telefonnummer dalassen», bat ich. «Vielleicht ergibt sich ja doch etwas.»

Das konnte sie mir nur schwer abschlagen. Während ich noch schrieb, nahm Madame einen Anruf entgegen.

«Nein, so etwas machen wir nicht. Ich könnte Ihnen eine Nummer geben, aber die meisten Einrichtungen sind bis nächste Woche geschlossen. Einen Moment, was genau brauchen Sie? Bleiben Sie am Apparat.» Sie hielt die Hand über die Sprechmuschel und fragte mich: «Können Sie Nachhilfe in Französisch geben? Jemandem beibringen, Französisch zu sprechen?»

*«Certainement.»*

Das hieß den Bock zum Gärtner machen, soviel wusste sogar ich. Wenn man Französisch lernen will, wendet man sich an einen Franzosen. Aber von denen, die mir an der Schule Französisch beigebracht hatten, war auch keiner Franzose gewesen. Warum also nicht?

«Wir haben hier einen jungen Engländer», sagte sie. «Sein Französisch ist ausgezeichnet. Möchten Sie vielleicht selbst mit ihm sprechen?»

Schon hatte ich Paul Mercer am Apparat.

«Wir wohnen im …» – er hustete und rief nach jemandem namens Helen –, «wie heißt das hier nochmal, wo wir wohnen? Und Sie sind …? Also, Mark, wären Sie bereit, zu einem Vorstellungsgespräch herzukommen?»

Ich fragte Madame Blanc, wie viel ich verlangen könne, falls ich den Job bekäme, und sie nannte ein Stundenhonorar, das zwischen dem Vier- und Fünffachen dessen betrug, was man mir bei WHS zahlte. Es kam mir irrwitzig vor, entsprach aber, wie sich herausstellte, den Vorstellungen meines Arbeitgebers.

«Ich schulde Ihnen eine Vermittlungsgebühr», sagte ich.

«Nicht nötig», sagte sie kokett, mit aufgesetztem amerikanischem Akzent. «Aber Sie dürfen mich gern wieder einmal besuchen kommen.»

Ihr Lächeln trieb mir die Röte in die Wangen. Ich nahm an, dass sie mich aufziehen wollte. Erst Jahre später wurde mir klar, dass ich der Typ junger Mann war, der älteren Frauen sehr viel besser gefällt als solchen seines Alters.

## Fünf

Die Mercers wohnten in einem alten Hotel in St. Germain. Paul Mercer empfing mich an der Tür zu ihrer weitläufigen Suite. Er war in den Fünfzigern, trug Jeans und ein schlichtes T-Shirt, hatte dichtes braunes Haar und einen freundlichen, verschmitzten Blick. Meinem Empfinden nach wäre seine Kleidung nur für einen mindestens zehn Jahre jüngeren Mann angemessen gewesen. Jeder seiner Sätze schien mit einem Ausrufezeichen zu enden.

«Mark! Mein Gott, was sind Sie jung! Kommen Sie herein, setzen Sie sich, ich bringe Ihnen gleich etwas zu trinken!»

Paul war überaus charmant. Nur eine durch und durch gefühllose Person hätte ihm widerstanden. Er nippte an einem Glas Brandy, obwohl es noch nicht einmal Mittag war, und versetzte meinen Kaffee mit Cognac. Helen, teilte er mir mit dröhnender Stimme und in jovialem Ton mit, war seine Tochter aus zweiter Ehe. Er selbst hatte gerade seine vierte Scheidung hinter sich.

«Sie kann ihre Mutter nicht ausstehen, und so ist sie dann eben bei mir gelandet. Helen!», brüllte er in Richtung Badezimmertür. «Komm her und sag Mr. Trace guten Tag.» Er wandte sich wieder zu mir und leerte sein Brandyglas in einem Zug. «Schon viel auf dem Gebiet gearbeitet?»

Bevor ich mich zu einer Lüge gezwungen sah, kam Helen herein. Nach Pauls Beschreibungen hatte ich mich auf einen mürrischen Teenager gefasst gemacht. Stattdessen stand eine wunderschöne junge Frau mit langem dunklem Haar vor mir –

welche Farbe es genau hatte, konnte ich zunächst nicht mit Sicherheit sagen, weil es nass war. Sie trug nur den hoteleigenen Frottébademantel, der ihr ersichtlich zu klein war. Helen musterte mich von Kopf bis Fuß. Ihre Miene drückte bestenfalls verhohlene Verachtung aus, was ich, von ihren Reizen völlig hingerissen, jedoch kaum registrierte. Als Paul nach meinen Honorarvorstellungen fragte, nannte ich ihm eine Summe, die sich auf der von Madame Blanc vorgeschlagenen Preisskala eher im unteren Bereich bewegte.

«Sprechen Sie gut Französisch?», fragte ich Helen, die sich das Haar nach hinten bürstete.

«So gut wie gar nicht», sagte sie. «Ich habe Englische Literatur als Hauptfach.»

«Ich liebe Literatur», sagte ich, gern bereit, das Thema zu vertiefen. «Das will ich studieren, in London.»

«Ach ja?», gab sie zurück, als wollte ich sie irgendwie reinlegen und nicht etwa einfach nur plaudern. Binnen einer Stunde stellte ich fest, dass bei Helen von einem Hauptfach nicht die Rede sein konnte. Sie hatte an zwei verschiedenen Universitäten das Studium abgebrochen. Paul sagte, er versuche, sie an der Sorbonne unterzubringen, doch dort ziehe man sie erst in Betracht, wenn sie fließend Französisch spräche. Und an diesem Punkt kam ich ins Spiel.

Meine Aufgabe bestehe lediglich darin, hatte Madame Blanc mir versichert, mit Helen Französisch zu sprechen. Das allerdings würde nicht ganz leicht werden, da Helen praktisch kein Französisch sprach. Während sie sich anzog, schlug ich Mr. Mercer vor, mich zu WH Smith zu begleiten, wo ich ein französisch-englisches Wörterbuch, eine französische Grammatik und zwei Exemplare eines Lehrbuchs aussuchte, das ähnlich aufgebaut war wie das, was ich mit dreizehn in der Schule verwendet hatte. Mercer («Sagen Sie Paul zu mir») bezahlte bar, ohne die Bücher eines Blicks zu würdigen. Sein Interesse galt weit mehr den Kundinnen, die im Laden stöberten. Vielleicht hatte ihn ja die Suche nach Ehefrau Nummer fünf nach Paris zurückgeführt.

Auf dem Rückweg zum Hotel fragte er, ob ich fünf Tage pro Woche jeden Nachmittag für drei Stunden kommen könne. Ich stellte eine rasche Kopfrechnung an: Damit würde ich in der Hälfte der Zeit doppelt so viel verdienen wie bei WH Smith.

«Abgemacht.»

Im Hotel erwartete uns Helen, in Jeans und einem Kaschmirpullover. Eben hatte es zwei Uhr geschlagen, und Paul verkündete, er und ich seien zu einer Übereinkunft gekommen: Fortan würde ich täglich um diese Zeit für drei Stunden vorbeikommen. Dann bezahlte er mich für drei Tage im Voraus und erklärte, er habe noch etwas in der Stadt zu erledigen.

*«Bonne chance»*, fügte er, schon an der Tür, noch an und überließ Helen und mich unserem Schicksal.

«Drei Stunden sind lang», sagte sie.

Ich gab ihr recht. «Wir können uns nach der Hälfte ja eine Pause gönnen.»

«Paul bekommt sowieso nicht mit, was wir so treiben. Also gut, bringen Sie mir bei, irgendwas zu sagen.»

*Hallo*, *Wie geht es Ihnen* und *Wie heißen Sie*. Schon bald sagten wir tu zueinander, und irgendwann kamen wir auf das Thema Alter zu sprechen. Helen fragte: *Quelle âge as-tu?*, und ich beschloss, eine kleine Lüge sei durchaus vertretbar. Neunzehn, sagte ich. Sie sei zwanzig. Ich werde im März zwanzig, log ich weiter (in Wahrheit achtzehn). Doch offenbar glaubte sie mir. Somit waren wir mehr oder weniger im gleichen Alter – und wir würden fünf Tage pro Woche zusammen verbringen. Die Chancen standen gut für mich.

Bald geriet unsere Unterhaltung ins Stocken. Mir wurde klar, dass ich in der Schule nie auf die angewandten Lehrmethoden achtgegeben hatte. Französischlernen, das hatte für mich bedeutet, im Sprachlabor den Lehrkassetten Antworten zu geben. Doch über solches Material verfügte ich nicht und bezweifelte auch stark, ob Helen die Geduld dafür aufbringen würde. Wobei sie durchaus nicht maulfaul war. Nachdem sie beschlossen hatte, mich sympathisch zu finden, kam ich kaum noch zu Wort. Nur als ich die Sorbonne erwähnte, reagierte Helen gereizt.

«In Wirklichkeit soll ich doch gar nicht an die Sorbonne. Das ist Pauls Vorwand dafür, mich hier bei ihm zu haben, während er sich schon am Nachmittag betrinkt und irgendwelche Geschäfte macht.»

«Was ist er denn von Beruf?»

«Er ist ein … Kunsthändler, könnte man wohl so sagen.»

Am folgenden Tag kaufte ich mir von Pauls Vorschuss ein neues Hemd und zog es zur nächsten Verabredung in der Hotelsuite der Mercers gleich an. Es war zwei Uhr nachmittags, dennoch sah Helen aus, als sei sie eben erst aufgestanden. Sie bestellte beim Zimmerservice eine große Kanne Kaffee und bürstete sich bis zu deren Eintreffen hingebungsvoll ihr üppiges Haar. Ich betrachtete in stummer Bewunderung ihren Hinterkopf. Der Kaffee, der schließlich serviert wurde, war so tödlich stark, dass ich nach einer halben Tasse aufgab. Während Helen sich einen Pferdeschwanz band, begann ich mit einfachen französischen Sätzen. Helen trank Tasse um Tasse von dem mörderischen Gesöff. Mit jedem Schluck schien sie munterer zu werden, antwortete zunächst nur einsilbig, dann immer flüssiger. Nach einer Weile gelang es mir, ihr vollständige Sätze zu entlocken. Das Leben erwachte in ihren Augen, und sie redete viel – bedauerlicherweise jedoch nur wenig davon auf Französisch. Sie erzählte mir, welche Bands sie live gesehen, welche Drogen sie schon genommen und mit welchen Jungs sie geschlafen hatte – was fühlte ich mich *naïf*.

Ich sehe Helen an diesen ersten gemeinsamen Nachmittagen immer noch lebhaft vor mir. Mal war sie kühl und zurückhaltend, dann wieder fröhlich und kokett. Sie war stets schlicht gekleidet und trug das Haar zurückgebunden, was ihr Profil kantiger wirken ließ. Sie hatte hohe Wangenknochen, allerdings auch eine Adlernase und ein wenig zu eng beieinanderstehende braune Augen, weshalb sie keine klassische Schönheit war. Doch für mich war sie so noch viel attraktiver. Ich kam zu dem Schluss, dass ich nur Unvollkommenes lieben könne.

Wochen vergingen, ohne dass Helen und ich uns irgendwie näherkamen. Auf meine Frage, was sie abends unternahm, antwortete sie so vage, dass es fast schon beleidigend war.

Sie war alles andere als dumm. Sie lernte rasch Französisch und hatte dezidierte Meinungen zu nahezu allem, was sie gelesen, gehört oder gesehen hatte. Ich lieh ihr Bücher, über die wir dann sprachen. Fernsehshows interessierten uns nicht, dafür aber Filme, darum schlug ich nach den ersten zwei Wochen vor, wir könnten doch einmal zusammen ins Kino gehen. «Das ist eine gute Methode, französische Vokabeln zu trainieren», sagte ich. «Die Hollywoodfilme laufen hier alle französisch synchronisiert.»

Helen fand die Idee gut. Allerdings wollte sie nicht, wie von mir vorgeschlagen, abends gehen, sondern während unserer Unterrichtsstunden. «Paul ist sicher einverstanden. Keine Sorge», sagte sie. Ich fragte Paul gar nicht erst, ob das stimmte, denn ich sah ihn mittlerweile ohnehin nur noch montags, wenn er mich für die Woche im Voraus bezahlte.

Helen wickelte ihren Vater um den kleinen Finger, wie es mir schien. Also besuchten wir die Nachmittagsvorstellungen, erst einmal, dann zweimal pro Woche.

Wenn wir im Kino nebeneinandersaßen, berührten unsere Beine oder Hände sich nicht. Selbst bei gruseligen Szenen kam es nie zu Körperkontakt. Helen war durch nichts zu schockieren. Allerdings hakte sie sich auf dem Rückweg zum Hotel manchmal bei mir ein.

«Ich versuche Paul dazu zu bringen, auch ins Kino zu gehen», sagte sie, als wir, noch ganz gefesselt von *Die Verlobung des Monsieur Hire*, wieder auf der Straße standen – einer der wenigen französischen Filme, zu dem ich sie hatte überreden können. «Aber er meint, sein Französisch reiche dafür nicht aus. Ich habe ihm gesagt, es geht doch sowieso nur um die Bilder. Er nimmt mich ja auch mit in die Oper, obwohl wir beide kein Wort Italienisch verstehen.»

«Vielleicht sollte ich ihm auch Unterricht geben», sagte ich.

«Ja, von wegen – als ob er sich von irgendwem was beibringen ließe. Hör mal, hast du Lust auf das Stones-Konzert? Paul wollte mit mir hingehen, aber er muss wegen irgendwas nach Mailand. Ich will nicht alleine hin. Ist im Parc des Princes.»

Ich hatte die Plakate gesehen.

«Da habe ich Geburtstag», sagte ich.

«Oh, dann hast du vermutlich schon andere Pläne.»

«Nein, ich komme sehr gern mit.»

•

# Sechs

Ich himmelte also Helen an – und wurde meinerseits wiederum von einer Vierzehnjährigen namens Francine angehimmelt. Über Madame Blanc war ich zu einem weiteren Schüler gekommen: Philippe, einer ihrer Freunde, der ein Reisebüro hatte und mit dem ich mich zweimal pro Woche mittags für eine Stunde in einem Café unweit von Helens Hotel traf, sodass an diesen Tagen bei mir geradezu die Kasse klingelte. Philippe brachte mich mit Francines Eltern in Verbindung, die beide Staatsbeamte waren. Ihre Tochter brauchte Nachhilfe in Englisch, weil sie wegen einer Hirnhautentzündung ein halbes Schuljahr versäumt hatte. «Sie ist ein hübsches Mädchen», warnte Philippe mich. «Ein Einzelkind und entsprechend überbehütet. Aber keine Sorge, ich habe ihrem Vater gesagt, dass Sie homosexuell sind.»

Ich wurde rot.

«Sind Sie doch, oder?»

Ich schüttelte den Kopf. Hatte ich deswegen so wenig Glück bei den Mädchen? Dachten sie, so wie Philippe, dass ich schwul war, weil ich mein Haar lang trug und ein frisches, unschuldiges Gesicht hatte?

«Erzählen Sie Ihnen das ja nicht», warnte Philippe erneut. «Sonst sind Sie den Job wieder los.»

Ich unterrichtete Francine jeden Dienstag- und Donnerstagabend von sieben bis neun Uhr. Mit nunmehr drei Jobs verdiente ich genug, um etwas für das Studium beiseitezulegen. Francine war wirklich hübsch, sie sah ein bisschen wie ein Junge aus: groß und dünn, mit langem braunem Haar, blassen Sommersprossen und frechen Pausbacken. Sie war nicht mein Typ, und auch wenn ich nicht schon in Helen verliebt gewesen wäre, hätte sie mich wohl nicht interessiert. Ich hatte ein Faible für geheimnisvolle Frauen, und Francine war von einer geradezu erschreckenden Direktheit. Aber sie hatte durchaus Verehrer. Während unserer Unterrichtsstunden standen häufig irgendwelche Jungs vor der Tür, wurden jedoch nie vorgelassen. Über kurz oder lang würden sie sich mit Gewalt Zutritt verschaffen, dachte ich.

Zunächst wirkte Francine schüchtern. Die Arbeit mit ihr war weniger befriedigend als die mit Helen, deren Französisch sich stetig verbesserte, weshalb unsere Gespräche für mich zu einer größeren Herausforderung wurden. Francines Englisch dagegen war schlecht, sie kannte kaum die einfachsten Grammatikregeln und nur ein paar Wendungen, die sie im Fernsehen und aus Filmen aufgeschnappt hatte.

Anfangs schauten Francines Eltern ab und zu mal herein. Im Lauf der Wochen gingen sie jedoch immer häufiger schon kurz nach meinem Eintreffen ihren gesellschaftlichen und beruflichen Verpflichtungen nach. Wenn wir allein im Haus waren, wurde Francine zu einem kichernden und – mit ihren zunehmenden Englischkenntnissen – koketten Teenager. Ihre Hauptanliegen waren, mich dazu zu bringen, ihre Hausaufgaben für sie zu machen, und mich von meiner Homosexualität, von der ihre Eltern ihr erzählt hatten, zu «kurieren». Immer wieder streifte sie mich «versehentlich» oder beugte sich zu mir herüber und drückte dabei regelmäßig ihre kleinen Brüste an meinen Oberarm. Als Lehrer hätte ich ihr Einhalt gebieten müssen, aber ich wusste nicht wie. Und irgendwie genoss ich es auch.

Eines Tages teilte Philippe mir mit, Francine habe sich in mich verguckt.

«Ihre Eltern haben es bemerkt und machen sich Sorgen. Ich musste ihnen – zusichern?, versichern? –, dass Sie nicht *bisexuell* sind. Sie haben doch nichts mit ihr angefangen, oder?»

«Ganz bestimmt nicht.»

Aber es hätte durchaus die Möglichkeit dazu bestanden. Francine wurde von Woche zu Woche selbstsicherer. Einmal erkundigte sie sich nach meinen anderen Schülern. Als ich Philippe erwähnte, erzählte sie mir, er habe eine Affäre mit ihrer Mutter.

«Ich habe gehört, wie Mum und Dad seinetwegen gestritten haben.»

«Ich dachte, die Franzosen sind in dieser Hinsicht liberal eingestellt?»

«Das ist ein – wie heißt das Wort, das du mir beigebracht hast? Ein Stereotyp. Meine Mutter sieht das locker, aber die Eltern meines Vaters sind erzkatholisch, und er will, dass ich bis zur Heirat Jungfrau bleibe.»

Ich stimmte nicht in ihr hysterisches Gelächter ein. Bei den Fortschritten, die mein eigenes Liebesleben machte, würde sie ihre Unschuld wahrscheinlich noch deutlich vor mir verlieren.

Als ich dann eine Nachhilfestunde wegen des Stones-Konzerts absagen musste, machte Francine mir, nur halb im Scherz, eine kleine Szene.

«Warum kannst du nicht mich mitnehmen? Mit wem gehst du da hin?»

«Mit der Person, die mir das Ticket geschenkt hat.»

*«Un ami ou une amie?»*

«Was spielt das für eine Rolle?»

«Weil, wenn es *une amie* ist, dann bringe ich sie um!»

Ich wechselte das Thema, bevor unser Spielchen noch außer Kontrolle geriet.

Auf dem Weg zum Konzert erzählte ich Helen von Francine und fragte sie um Rat. Insgeheim hoffte ich, dass Helen wenigstens ein kleines bisschen eifersüchtig sein würde, weil ein anderes Mädchen sich für mich interessierte.

«Ist sie attraktiv?», fragte Helen.

«Sehr.»

«Körperlich voll entwickelt?»

«Ja.»

«Dann fang doch eine Affäre mit ihr an.»

«Sie ist noch keine fünfzehn. Das ist gesetzlich verboten.»

Schließlich war sie minderjährig, doch solche Details kümmerten Helen nicht weiter. Sie seufzte genervt. «Viele Dinge sind gesetzlich verboten. Das macht sie umso interessanter.»

Unsere Plätze bei dem Konzert waren lausig. Helen maulte, dass man von dem, was auf der Bühne geschah, praktisch nichts sehen konnte. Nach einer halben Stunde schlug sie vor zu gehen.

«Wo willst du essen?», fragte sie.

«Das ist mir gleich.»

«Ich kann kochen, weißt du. Das ist etwas, was mir im Hotel fehlt. Hast du eine Küche?»

«Ich kann eine mitbenutzen, ja. Aber ich habe nicht viel im Haus.»

«Manche Supermärkte haben auch noch spät geöffnet.»

Dass Helen unbedingt kochen wollte, gefiel mir nicht besonders. Ich hatte mich auf ein romantisches Dinner bei Kerzenschein gefreut. Andererseits würden sich, wenn sie erst mal in meinem Zimmer war, vielleicht interessante Möglichkeiten ergeben.

«Meine Unterkunft ist ziemlich bescheiden», sagte ich.

«Das hoffe ich, alles andere würde heißen, dass wir dir zu viel bezahlen.»

Wir fuhren mit der Metro zur Place de Clichy und fanden einen *Champion*, der noch offen hatte. Helen kaufte Pilze und Perlzwiebeln, Reis, Steaks, eine rote Paprika, Knoblauch, eine Dose Tomaten, saure Sahne, drei Sorten Käse und zwei Flaschen Rotwein.

Während wir zu meiner Behausung schlenderten, redete Helen über Henry Miller und Anaïs Nin und ich über Hemingway. Mit der Biographie von Meyers, die ich ihr geliehen hatte, war sie schon zur Hälfte durch.

«Sieht doch gar nicht so übel aus», sagte sie, als ich den auf dreißig Sekunden Brennzeit eingestellten Lichtschalter im Erdgeschoss betätigte.

«Wart's ab.»

Ich führte Helen geradewegs in die enge, verdreckte Küche und eilte noch rasch hoch in mein Zimmer, um die Heizung anzustellen. Ich ließ die drei Glückwunschkarten verschwinden, die ich zum achtzehnten Geburtstag von zu Hause bekommen hatte, machte das Bett und räumte meinen kleinen Tisch frei, damit wir Platz zum Essen hatten. Ich warf gerade den Gaskamin an, als Helen mit den beiden Weinflaschen in der Hand hereinkam.

«Wie gemütlich», sagte sie. «Aber nur ein Einzelbett. Du Armer. Sag mal, ich bräuchte ein bisschen Mehl. Hast du so was?»

Ich schüttelte den Kopf. «Tut mir leid, dass die Küche so wenig zu bieten hat.»

«Ich komme schon irgendwie zurecht», sagte Helen und gab mir den Wein. «Mach eine davon auf und stell sie beide an den Kamin. Rotwein darf man nicht kalt trinken.»

Ich trieb im Schrank eines anderen Küchenbenutzers eine

Packung Mehl auf und half Helen beim Gemüseschneiden. Weil es in der Küche eiskalt war, behielt sie ihre Lederjacke an, die sie prompt vollkleckerte, als sie die Dose Tomaten öffnete. Ich wischte daran herum, aber mehr an Tuchfühlung gab es nicht.

«Beim Kochen kriege ich immer einen Mordshunger», sagte sie. «Wie wär's mit ein bisschen Käse?»

Wir schnipselten weiter, aßen dazu Käse und tranken kalten Wein, von dem ein Schuss in den Topf kam. Nach ungefähr zwanzig Minuten war der Eintopf fertig vorbereitet, laut Helen musste er mindestens eine Stunde köcheln. Käse und Wein hatten mir den Hunger genommen, und ich war auch schon ein bisschen angesäuselt. Vielleicht ging es Helen ja genauso. Eine bessere Gelegenheit würde sich mir nie mehr bieten. Helen folgte mir in mein Zimmer.

«Das war also kein Witz», sagte sie. «Kein Fernseher.»

Sie hantierte am Radio herum, bis sie einen Jazzsender fand, der ihr gefiel. Dann stach ihr etwas ins Auge. Ein paar Blätter Papier, die zu Boden gefallen waren, als ich die Schreibmaschine vom Tisch geräumt hatte.

«Was ist das denn?»

Sie hob die Blätter auf und sah sie sich an, bevor ich sie davon abhalten konnte.

«Das ist von Hemingway, oder?»

Die Geschichten, die ich zu Beginn des neuen Jahres gefälscht hatte. Ich sagte nichts. Wie sie da stand und mein Geschreibsel las, senkte ich den Blick beschämt zu Boden. Was würde sie von mir denken? Ich hatte Helen gegenüber erwähnt, dass ich Schriftsteller werden wollte. Doch das da war das Werk eines Kopisten. Ich legte mir eine Erklärung zurecht. Aber es würde sich schlicht absurd anhören – dass ich Hemingway imitierte, um meinen eigenen Stil zu verbessern.

«Wo hast du die her?», fragte Helen.

«Gefunden», schwindelte ich. Die Schreibmaschine war unter dem Bett verstaut, vielleicht würde ich mit dieser Notlüge durchkommen.

«Wo?» Ihr Interesse war geweckt, sie überflog Seite um Seite. «Die erste kenne ich. Die stand in einem Sammelband, den wir für die Schule lesen mussten. Aber woher stammt die andere?»

«Weiß ich nicht», murmelte ich, denn die «andere» war ganz und gar meine Erfindung, die Geschichte, bei der ich aufgegeben hatte. Sie klang einfach zu platt, zu offensichtlich abgekupfert.

«Die ist vermutlich nicht von Hemingway», sagte ich hastig. «Sie ist in keiner der mir bekannten Anthologien enthalten.»

Helen war in die Lektüre vertieft. «Das ist von Hemingway, sonnenklar», sagte sie. «Den Stil erkennt man doch sofort. Was hast du gesagt, wo hast du die gefunden?»

«Ähm, auf einem Flohmarkt. Sie steckten lose zwischen ein paar alten Zeitschriften.»

Eine mehr als dürftige Erklärung, aber etwas Besseres fiel mir auf die Schnelle nicht ein. Helen schien sie zu genügen.

«Alles klar, deshalb fühlt sich das Papier so alt an. Aber der Druck kommt mir ziemlich frisch vor. Weißt du, was das ist? Davon ist doch auch die Rede in der Biographie, die du mir geliehen hast.»

Helen erzählte mir die Geschichte, die ich ja schon längst kannte, von Hadley, Hemingways Frau, die den Aktenkoffer im Zug liegengelassen hatte.

«Ist dir klar, was du da in Händen hältst? Wir müssen unbedingt noch den Rest finden. Wo war der Flohmarkt? In welchen Zeitschriften haben die Blätter gesteckt?»

Ich versuchte mich herauszureden, aber Helen ließ sich nun mal nicht leicht von einem Entschluss abbringen. Schon hatten wir ausgemacht, am nächsten Sonntag gemeinsam auf dem Flohmarkt nach Exemplaren von *Paris Match* aus den Fünfzigerjahren Ausschau zu halten. Helen schenkte uns Wein nach.

«Darf ich die mit nach Hause nehmen und in aller Ruhe lesen?»

«Ja klar.»

Ich trieb einen DIN-A4-Umschlag auf. Helen sortierte die Blätter sorgsam hinein und sicherte sie zusätzlich vor Knicken und Falten, indem sie den Umschlag zwischen die Seiten eines voluminösen Magazins schob. Sie leerte ihr Glas in einem Zug.

«Gut, dann bring mich jetzt zur Metro.»

«Aber wir haben doch noch gar nichts gegessen. Und die letzte Metro fährt erst in einer Stunde.»

«Ich bin total aufgeregt», sagte Helen, offensichtlich leicht berauscht. «Ich habe keinen Appetit mehr. Und der gute Paul wird schwer verstimmt sein, wenn er zurückkommt und ich nicht da bin. Er soll doch nicht denken, dass wir ein kleines Techtelmechtel haben, oder?»

Damit hatte sie zum ersten Mal die Möglichkeit dessen ausgesprochen, was ich mir sehnlichst wünschte.

«Warum nicht?», fragte ich. «Da wir jetzt gleich alt sind?»

Ihr Blick war betrübt und verächtlich zugleich. Wusste sie, wie sehr ich sie begehrte?

«Ich werde bald einundzwanzig», sagte sie lediglich.

Es war wie früher in der Schule. Die Mädchen wollten einfach immer die älteren Typen.

Ich begleitete Helen zur Metro und wartete, bis der Zug eingefahren war. Zum Abschied gab sie mir einen Kuss auf die Stirn. «Lass dir dein Ragout gut schmecken, Geburtstagskind.»

Und weg war sie – mitsamt meinen Geschichten.

Die Flamme des Gasherds ließ sich nicht richtig herunterdrehen, weswegen der Eintopf bei meiner Rückkehr so gut wie verkocht war. Ich rührte den letzten Rest Wein unter und tischte mir eine Schüssel davon auf, mit einem Kanten Brot dazu. Helen war eine gute Köchin, so viel stand fest. Trotzdem war auch mir der Appetit vergangen.

Als ich mich am folgenden Tag pünktlich um zwei im Hotel einfand, erwartete mich Paul in der Suite, das aufgeschlagene Exemplar von Carlos Bakers Hemingway-Biographie vor sich. Keine Spur von Helen. Paul musterte mich von oben bis unten wie ein Maßschneider, den man mit der Fertigung eines Anzuges beauftragt hat. Seine Stimme klang warm und gewinnend.

«Ich wüsste gern noch mehr darüber, wie du zu diesen Geschichten gekommen bist, mein Lieber.»

# Sieben

Ich weiß nicht, ob Paul mir glaubte, dass ich die Geschichten in alten Ausgaben von *Paris Match* gefunden hatte. Nichtsdestotrotz erklärte er, er wolle Helen und mich am Sonntagvormittag zum Flohmarkt begleiten.

«Warum?», fragte ich. «Sind Sie etwa auch ein großer Hemingway-Fan?»

Er sah mich verdutzt und zugleich eindeutig misstrauisch an.

«Mark», sagte er. «Hast du eine ungefähre Vorstellung davon, wie viel diese Manuskripte wert sein könnten?»

«Nein.» Was sollten ein paar getippte Blätter schon groß einbringen?

«Ich habe in den Staaten angerufen und mich nach diesen Kurzgeschichten erkundigt. Die zweite, die ohne Titel, ist nie erschienen.»

«Vielleicht hat er ja den Titel geändert.»

«Das glaube ich nicht. Ich schätze, er hat sie vergessen und sich nie wieder drangesetzt. Wenn das Manuskript echt ist, werden sich ziemlich viele Leute für die Geschichte interessieren.»

«Wenn es echt ist? Wer würde denn schon eine Geschichte von Hemingway fälschen und in einer alten Zeitschrift verstecken?», fragte ich und versuchte zu erkennen, ob er vielleicht Verdacht schöpfte.

«Das kommt mir auch unsinnig vor, mein Junge. Deswegen will ich mich ja mal bei diesem Flohmarkthändler umsehen und schauen, ob wir noch mehr finden. Wenn wir den Verkäufer ausfindig machen, hat er vielleicht eine Erklärung parat.»

Ich nickte nur und fragte mich besorgt, wie ich aus diesem Schlamassel je wieder herauskommen würde.

«Ich hoffe, du hast nichts dagegen», fuhr Paul fort, «aber ich habe die Geschichten einem Bekannten von mir gegeben, der sie überprüfen wird – wie alt das Papier ist und dergleichen.»

Damit war ich geliefert. Papier und Schreibmaschine mochten alt genug sein, aber die Buchstaben waren ja erst vor kurzem getippt worden. Das würde man sofort erkennen können. Bis Sonntag würde Paul wissen, dass ich diese Geschichte gefälscht hatte. Sollte ich ihm nicht lieber gleich die Wahrheit sagen?

Vielleicht hätte ich es sogar getan, wäre nicht in ebendem Moment Helen zur Tür hereingekommen. Es war das erste Mal, dass ich sie mit offenem Haar sah. Sie trug ein langes Kleid und wirkte absolut umwerfend. «Ich habe mir gedacht, wir könnten ins Kino gehen», sagte sie.

Paul lächelte zustimmend. «Amüsiert euch schön. Ach so, noch etwas, Mark, wenn ich recht gehört habe, hattest du gestern Geburtstag. Und bist jetzt kein Teenager mehr.»

«Richtig.»

«Meinen Glückwunsch. Hier, das möchte ich dir schenken.»

Er reichte mir eine kleine, rechteckige Schachtel, in der eine vergoldete Schweizer Armbanduhr lag, hundertmal schöner und besser als meine verkratzte Timex.

«Dreh sie um», sagte Helen.

Auf der Rückseite war etwas eingraviert: *Alles Gute zum 20., Mark, von* H & P.

«Die ist ja phantastisch», sagte ich und fragte mich im Stillen, wie ich meiner Mutter die Inschrift erklären sollte. Paul grinste. Helen küsste mich auf die Wange. Am Abend zuvor die Stirn, nun die Wange – immerhin kam sie den Lippen allmählich näher.

Wir sahen uns am Boulevard Montparnasse einen Hollywood-Film an. Er war wohl französisch synchronisiert, kam aber mit so wenigen Dialogen aus, dass ich kaum mitbekam, in welcher Sprache überhaupt gesprochen wurde. Als ich Helen zum Hotel zurückbegleitete, hatte ich plötzlich das Gefühl, verfolgt zu werden. Ich wollte mich schon umschauen, doch genau da hängte sich Helen bei mir ein. Wie gern hätte ich den Mut gehabt, ihr den Arm um die Taille zu legen.

Am folgenden Tag rief Paul an und sagte, er und Helen müssten eine Kurzreise antreten und darum zwei Nachhilfetermine absagen, doch sie würden rechtzeitig zurück sein, um sich wie geplant mit mir am Sonntag zu treffen.

## Acht

«Schöne Uhr», sagte Francine, als ich abends zur Nachhilfe bei ihr vorbeikam. «Hast du die von deinem reichen Freund?»

«Ich habe keinen Freund.»

«Du Ärmster. Nimm sie ab. Ich will sie mir richtig ansehen.»

Sie packte mich beim Handgelenk. In dem Moment schaute ihre Mutter zur Tür herein, um sich zu verabschieden, und bedachte mich mit einem merkwürdigen Blick.

«Sieh dir Marks Uhr an!», sagte Francine auf Englisch zu ihrer Mutter. Mme. Gabin lächelte, weil sie auch mit ihr auf Englisch sprach. Ich erklärte, dass ich die Uhr zum Geburtstag bekommen hatte.

«Du hattest Geburtstag? Den achtzehnten?»

Das Übersetzungsbüro hatte den Gabins mein wahres Alter genannt.

«Ja.»

«Dann sollten wir dir eine Gehaltserhöhung geben. Ich spreche mit meinem Mann darüber. Herzlichen Glückwunsch, Mark. Francine, *chérie*, wir kommen heute erst spät zurück.»

«Darauf sollten wir anstoßen», sagte Francine, als ihre Eltern aus dem Haus waren.

«Mein Geburtstag ist ja schon zwei Tage her.»

«Na und?»

«In deinem Alter darfst du doch noch gar nichts trinken.» Ein blödes Argument: Francine hatte den Wein vermutlich schon mit der Muttermilch eingesogen.

Ohne ein Wort ging sie hinaus. Ich sah mir die Hausaufgaben an, die sie für mich gemacht hatte, korrigierte sie sorgsam und schaute in ihrem Englischbuch nach, was sie in der Schule gerade durchnahmen. Ihre Noten besserten sich allmählich. Dass volle zehn Minuten verstrichen waren, seit sie das Zimmer verlassen hatte, fiel mir nicht weiter auf. Dann kam sie zurück.

Sie hatte sich gekämmt und Make-up aufgelegt. Statt der Jeans trug sie einen kurzen schwarzen Rock und eine enge dunkle Bluse. So hatte ich sie noch nie gesehen – eine Vierzehnjährige, die eher wie fünfundzwanzig wirkte. Sie brachte eine Champagnerflasche und zwei Gläser mit.

«Weißt du, wie man die aufmacht?», fragte sie.

«Deine Eltern merken doch, dass da eine Flasche fehlt», sagte ich.

«Sie haben Unmengen davon. Ich habe schon eine neue in den Kühlschrank gestellt. Und es wäre ihnen sowieso egal ... völlig gleichgültig. Zu besonderen Anlässen trinken wir eben Champagner. Und ein achtzehnter Geburtstag ist doch wohl ein besonderer Anlass, oder?»

«Ich denke schon.»

Francine hatte völlig recht. Warum sollte ich nicht ein bisschen feiern? Der Dienstagabend war ein ziemlicher Reinfall gewesen. Helen hatte sich mehr für das Hemingway-Manuskript interessiert als für mich. Aber ich war nicht so naiv, wie sie und ihr «Kunsthändler»-Papa meinten. Die Armbanduhr war kein Geschenk, sondern ein Bestechungsversuch. Dafür sollte ich sie zu den restlichen Hemingway-Geschichten führen, die sie dann verkaufen würden – um den Großteil des Erlöses für sich zu behalten. Warum sollte ich sie eigentlich nicht an der Nase herumführen, noch ein paar Geschichten zu Papier bringen und in alten Zeitschriften verstecken?

«Was lächelst du so?», fragte Francine, nachdem wir angestoßen hatten.

Weiß der Kuckuck, warum ich ihr von der Sache erzählte. Vielleicht, weil mir der Alkohol unverzüglich in den Kopf gestiegen war. Eher wohl, weil ich mich jemandem anvertrauen wollte. Sei's drum, ich erzählte ihr jedenfalls die ganze Geschichte, fuchtelte dabei wie wild mit den Armen und wechselte vom Französischen ins Englische und zurück. Francine hörte aufmerksam zu. Dass ich Hemingway imitiert hatte, fand sie offenbar weder albern noch schrecklich, sondern schlicht amüsant.

«Zu blöd, dass ich die anderen weggeworfen habe», sagte ich. «Wobei Paul mittlerweile durch diese Tests ja vermutlich klar geworden ist, dass es sich um Fälschungen handeln muss.»

«Aber wieso denn, wenn das Papier, auf das du geschrieben hast, und die Schreibmaschine und sogar das Farbband alt waren?», fragte Francine, völlig zu Recht. Ich goss uns beiden nach.

«Diese ... Helen, bist du in die verliebt?», fragte sie.

«Ich glaube nicht», gab ich zur Antwort. «Sie ist *très jolie, mais* ...»

«Sie ist zu alt für dich.»

Das stimmte allerdings.

«Und zu *mystérieuse*.»

«Vielleicht. Aber das trifft wohl mehr auf ihren Vater zu. Der hält sich ständig bedeckt.»

«Und du bist also nicht schwul?»

«Philippe meinte, die Version wäre deinem Vater wohl am liebsten, weil ...» Ich wurde rot. «Du siehst heute Abend sehr hübsch aus.»

Francine wurde ebenfalls rot.

Wir sahen uns in die Augen, und ich kam zu einem vorläufigen Entschluss. Ich hatte Francine mehr oder weniger als kleines Mädchen betrachtet, aber sie war mehr oder weniger schon eine Frau. Und sie war in mich verliebt. Trotzdem zögerte ich.

«Was ist mit deinen Eltern?», wandte ich ein.

«Die sind erst spätnachts wieder da. Komm, ich zeig dir mein Zimmer.»

Sie schnappte sich die Champagnerflasche und dirigierte mich, das Glas in der Hand, nach oben. Ich bin achtzehn Jahre alt, hielt ich mir vor. Und immer noch Jungfrau, eine Quadratschande. Aber ich war auch hoffnungslos romantisch. Sprich, ich wollte tunlichst in die erste Frau, mit der ich schlief, verliebt sein. Andererseits, Francine wusste, dass ich nicht in sie verliebt war, und es machte ihr offenbar nichts aus. Warum also Schuldgefühle deshalb entwickeln? Ich trank mein zweites Glas Champagner aus und folgte ihr durch die Tür.

## Neun

Im Vergleich zu ihren Kollegen aus dem zwanzigsten Jahrhundert hatten Romanschriftsteller aus früheren Epochen einen großen Vorteil: Von ihnen wurde nicht erwartet, Sexszenen zu beschreiben.

Manches verliert seinen Reiz, wenn man versucht, Worte dafür zu finden. Weder Francine noch ich hatten je zuvor mit einem anderen Menschen nackt im Bett gelegen. Wir nahmen uns Zeit. Wir kosteten die Augenblicke aus, kosteten es aus, den anderen zu berühren. Langsam näherten wir uns dem Moment, an dem es kein Zurück mehr gab, zärtlich murmelte sie in mein Ohr. Und wir lachten, wie Kinder, die zum ersten Mal die Schule schwänzen.

Doch eben, als ich die Verpackung von einem Kondom abriss, flog die Tür auf. Francines Vater war vorzeitig, allein, nach Hause gekommen, weil ihm nicht gut war. Angesichts des alarmierenden Umstands, dass seine Tochter und ich nicht unten beim Lernen saßen, kam er zu der naheliegenden Schlussfolgerung, dass wir uns in Francines Zimmer herumtrieben, und stand nun da, vor Wut bebend. Bevor er etwas unternehmen konnte, sprang Francine mit einem Satz zwischen uns. Er beachtete seine pudelnackte Tochter nicht und erklärte in eisigem Ton, wir sollten uns anziehen. Ich stammelte in gebrochenem Französisch Entschuldigungen, Francine hingegen protestierte, wir hätten nichts Unrechtes getan, was die Sache nur noch schlimmer machte.

Wenige Augenblicke später verließ ich im Laufschritt das

Haus. M. Gabin rief mir nach, dass ich, wenn es nach ihm ginge, im Gefängnis landen würde. Ich rannte die Avenue hinunter, während Francines glockenklare Stimme der gesamten Nachbarschaft verkündete, sie sei unsterblich in mich verliebt.

Bei unserer Nachhilfestunde am folgenden Tag riet Philippe mir, das Land zu verlassen.

«M. Gabin verfügt über Beziehungen. Er könnte Ihnen sehr unbequem werden.»

«Ich kann meinen anderen Job nicht aufgeben», sagte ich.

«Dann suchen Sie sich wenigstens eine neue Unterkunft. Ich fürchte, ich kann ebenfalls keine Stunden mehr bei Ihnen nehmen. Die Gabins sind, wie gesagt, sehr einflussreich, tut mir leid.»

«Nach dem, was ich von Francine gehört habe», sagte ich mit dem Mut der Verzweiflung, «hat ja besonders Mme. Gabin einen Einfluss auf Sie.»

Philippe widersprach nicht. «Ich hoffe, Francine war es wert», sagte er, schon im Gehen, über die Schulter hinweg. «Wenn sie auch nur im mindesten so ist wie ihre Mutter ...» Den Rest bekam ich nicht mehr mit.

Philippes Ratschlag, lieber umzuziehen, befolgte ich nicht: ein schwerer Fehler, denn noch am selben Nachmittag kehrte die Polizei in meinem Zimmer das Unterste zuoberst. Sie beschlagnahmten die Schreibmaschine und meine neue Armbanduhr, die angeblich der Beschreibung einer kürzlich gestohlenen Kommissionsware entsprach. Aber die Schreibmaschine hatte ich völlig legal erstanden, und die Quittung für die Uhr würde Paul sicher vorlegen können, sobald er wieder in Paris wäre. Ich rief im Hotel an und hörte, die Mercers seien abgereist. Ich wusste zwar nicht, wo sie sich aufhielten, aber auch das irritierte mich nicht weiter. Ich würde sie ja in zwei Tagen treffen. Die Beamten rieten mir, das Land zu verlassen, bevor sie weitere Anklagepunkte gegen mich fanden, und ergingen sich in düsteren Andeutungen über meine «unzüchtigen Handlungen an Minderjährigen».

Das Vernünftigste wäre gewesen, auf der Stelle meine Sachen zu packen. In England brauchte ich die Schreibmaschine nicht und musste mich auch nicht rechtfertigen, warum ich im Besitz irgendeiner Armbanduhr war. Aber ich mochte Helen nicht aufgeben. Spätestens am Sonntagvormittag würde sie wieder da sein. Bis dahin wollte ich warten.

## Zehn

Am späten Samstagnachmittag stand die Polizei ein zweites Mal bei mir vor der Tür. Ich bekam die Schreibmaschine zurück, weil an der Quittung nichts zu beanstanden war, wurde aber wegen der Uhr erneut ins Kreuzverhör genommen. Draußen dämmerte es schon, als ein Beamter mir ein Foto von Paul vorlegte, auf dem er zehn Jahre jünger aussah.

«Kennen Sie diesen Mann?»

«Ja, das ist er, das ist Paul Mercer.» Ich stutzte. «Wird er etwa gesucht?»

Ein Beamter murmelte etwas von «Entführung». Der andere brachte ihn flink zum Schweigen. Sie befragten mich beide zu Paul und Helen – wer in welchem Zimmer genächtigt habe und womit Paul sein Geld verdiene. Ich gab Auskunft, wobei mir auffiel, dass Paul nicht nur mein Salär, sondern auch alles andere stets in bar bezahlt hatte.

Die Hemingway-Manuskripte und mein bevorstehendes Treffen mit Helen und Paul verschwieg ich lieber. Allmählich dämmerte mir, dass ich bis zum Hals in der Tinte saß. Erstens hatte ich mich mit Francine erwischen lassen. Zweitens verdächtigte man mich wegen der Uhr des Diebstahls. Drittens war ich, und zwar einzig und allein ich, für die Fälschung wertvoller Manuskripte verantwortlich. Morgen, beschloss ich, würde ich Helen und Paul reinen Wein einschenken, was die Hemingway-Geschichten anging, und Paris stante pede verlassen.

Als die Polizei mich endlich gehen ließ, war es acht Uhr

abends. Ich trank in einer Bar ein paar Helle Marke Pelforth Blonde und spielte Flipper, bis ich wieder halbwegs im Gleichgewicht war. Zu Hause, an meiner Wohnungstür, entdeckte ich einen Zettel: *Ich habe so lange gewartet, wie ich konnte. Ich muss wissen, ob du in Sicherheit bist. Ruf ja nicht an. Ich komme morgen wieder. Ich liebe dich. F*

Dass Francine sich so offen erklärte, rührte mich – und machte mich zugleich ein wenig verlegen, doch ich wollte auf keinen Fall, dass sie hier noch einmal auftauchte. Die Polizei war unbedingt auf einen Vorwand aus, um mich einzusperren. Ich tippte eine Nachricht an sie, es tue mir leid, aber die Polizei sei hinter mir her und ich müsse Paris verlassen …

Ich schlief unruhig in dieser Nacht, wurde mindestens jede Stunde einmal wach und fiel dann, als es Zeit zum Aufstehen gewesen wäre, in tiefen Schlaf. Erst nach zehn schleppte ich mich aus dem Bett und zog mich an. Jeden Moment mussten Helen und Paul aufkreuzen. Wo blieben sie bloß so lange? Ich machte mir Tee, strich Marmelade auf trockenes Brot und wartete. Nichts. Gegen elf begann ich mir Sorgen zu machen. Vielleicht hatte man sie verhaftet. Vielleicht waren sie auf der Flucht und konnten nicht nach Paris zurück. Mittlerweile war es aber Zeit für mich aufzubrechen. Ich schloss ein letztes Mal die Tür zu meinem Zimmerchen hinter mir und ließ nichts da außer der Schreibmaschine, auf der ich die Nachricht an Francine geschrieben hatte. Vor lauter Eile vergaß ich, den Zettel, wie Francine es getan hatte, in die Tür zu klemmen. Nie würde sie meinen Abschiedsgruß dort finden, wo ich ihn liegengelassen hatte, auf der Schreibmaschine, die noch in meinem Zimmer stand.

Da der Flohmarkt auf dem Weg zur Metro lag, schaute ich dort kurz vorbei. Madame Devonier, die alte Dame, die mir die Schreibmaschine verkauft hatte, saß an ihrem Stand. Ich fragte, ob sie eine junge, attraktive Amerikanerin in Begleitung eines Herrn mittleren Alters gesehen habe. Aber ja! Die zwei seien da gewesen, bevor der Flohmarkt überhaupt aufgemacht habe, sie hätten nach alten Ausgaben von *Paris Match* gesucht. Doch niemand, sagte Mme. Devonier, habe welche zu verkaufen gehabt.

Ich verschwand aus Paris, so schnell ich konnte.

## Elf

Ich fuhr mit dem Zug nach Boulogne-sur-Mer und nahm von dort die Fähre über den Ärmelkanal, in Begleitung feierwütiger Briten, die aus den Osterferien heimkehrten und sich an ihrem billigen Fusel erfreuten. Die lärmende, mehr als geschmacklos gekleidete Meute war mir fremd, aber was bildete ich mir eigentlich ein? Nach sieben Monaten in Paris beherrschte ich die Sprache zwar besser als zuvor – doch was wusste ich schon von der französischen Kultur? Keinen einzigen Freund hatte ich unter den Einheimischen gefunden, außer vielleicht Francine, die als meine Schülerin vielleicht aber nicht zählte. Dafür durfte ich mich nun einen Fälscher und Betrüger nennen.

Mein letzter Brief an Mum lag mehr als einen Monat zurück. Sie erwartete mich erst Ende Juli oder Anfang August. In jüngster Zeit waren ihre Briefe an mich kürzer geworden und klangen auf sonderbare Weise verschlossen. Mit dem Zug in Leam angekommen, gönnte ich mir ein Taxi und ließ den Fahrer kräftig auf die Hupe drücken, als wir vor meinem Heim hielten.

Niemand kam an die Tür. Hatte die Bücherei seit neuestem auch am Samstagvormittag geöffnet? Ich rief nach meiner Mutter, als ich die Haustür aufschloss und meine schweren Reisetaschen in das vordere Zimmer schleppte, wo die Post des Tages noch auf dem Teppich lag. War Mum verreist? Aber wen wollte sie denn besuchen? Sie hatte sich doch nicht etwa aus Sorge um mich nach Paris aufgemacht. Eine Katastrophe, wenn wir auf dem Ärmelkanal aneinander vorbeigefahren wären! Aber in ihrem letzten Brief hatte sie erwähnt, sie sei krank, und vielleicht war sie bettlägerig. Ich ging nach oben in ihr Schlafzimmer.

Sie lag im Bett und schaute Fernsehen. Als sie hörte, wie ich die Treppe hinaufstapfte und nach ihr rief, hatte sie noch versucht, aus dem Bett zu kommen und das verflixte Ding zu verstecken.

«Was ist denn das? Dein Sohnersatz?», rief ich fröhlich.

Dann umarmte ich sie und spürte, dass sie stark abgenommen hatte. Der Arzt habe schon vor Weihnachten einen Verdacht gehabt, der sich bald danach bestätigte, aber sie habe mir meinen Parisaufenthalt nicht verderben wollen, sagte sie unter Tränen. Von mir beim Fernsehen ertappt zu werden, war für Mum fast noch ein größeres Unglück als ihre Krankheit. Krebs. Sie hatte allenfalls noch sechs Monate zu leben.

Zeit meines Lebens hatte ich meiner Mutter dies, das und jenes übelgenommen. Zunächst einmal, dass sie mir einen Vater verwehrte. Sie sagte mir nicht mal, wer er war. Ich nahm ihr übel, dass sie nicht einfach irgendeine Geschichte erfunden hatte – weshalb ich mir meine gesamte Kindheit hindurch selbst Geschichten über ihn ausdachte, in denen er abwechselnd als Astronaut, Soldat, Bankräuber oder Millionär auftrat. Eine Zeitlang war ich felsenfest überzeugt, der Prince of Wales sei mein Vater (Mum hatte einmal etwas Nettes über ihn gesagt, als sie im Radio über ihn herzogen). Der Wahrheit am nächsten kam wahrscheinlich meine Vermutung, dass er ein Student an der Universität gewesen war, die Mum in ihrem zweiten Studienjahr verlassen hatte, um mich auf die Welt zu bringen.

Ich nahm Mum übel, dass sie keine Freunde hatte und die einzige Tochter einer alleinerziehenden Mutter war. Die meisten Kinder in der Gegend hatten irgendwie doch so etwas wie eine Familie. Meine «Familie» waren bestenfalls die anderen Frauen, die mit Mum in der Bibliothek arbeiteten.

Und Mum hatte keinen Mann, sogar das nahm ich ihr übel. Ich fand, sie sollte Kerls mit nach Hause bringen, damit ich ein männliches Rollenvorbild, meinethalben auch einen Stiefvater hatte. Jemand, der so schlau und berühmt war, dass er sowohl mich wie auch meine mich ewig hänselnden Schulkameraden hinreichend beeindruckte.

Das Peinlichste: Ich nahm Mum übel, dass wir so arm waren (so empfand ich es jedenfalls). Viele an meiner Schule hatten nicht nur einen eigenen Fernseher, sie trugen auch stets die neuesten, schicken Klamotten und fuhren zweimal pro Jahr in Urlaub. Ich hingegen konnte von Glück sagen, wenn für mich eine Woche in Wales heraussprang.

Damals, mit neunzehn, kaum ein Jahr älter als ich jetzt, hätte Mum nur eins zu tun brauchen: mich abzutreiben. Ihr Leben wäre ganz anders verlaufen. Sie hatte selbst Schriftstellerin werden oder als Universitätsdozentin gelehrte Abhandlungen über andere Schriftsteller verfassen wollen. Nun setzte sie all ihre Hoffnungen auf mich. Und ich war nicht da gewesen, als sie mich gebraucht hätte. Sie hatte doch niemanden sonst, ihre Eltern waren gestorben, als ich noch ein kleines Kind war, und ich hatte keinerlei Erinnerung an sie.

Ich beschloss, ihre letzten Tage so angenehm wie möglich zu gestalten.

Wir fanden bald einen Rhythmus. Ein, zwei Stunden pro Tag war Mum auf und verließ gelegentlich das Haus, um zum Laden an der Ecke oder zum Arzt zu gehen. Dann legte sie sich aufs Sofa, wo sie las oder sich von mir etwas vorlesen ließ. Zum Mittagessen gab es Sandwichs oder Suppe, und abends kochte ich uns nach ihren Anweisungen etwas Richtiges. Sie brachte mir Kochen, Bügeln und sparsame Haushaltsführung bei. Das Haus war schließlich noch nicht abbezahlt, wenn auch Mums Lebensversicherung die Hypothek tilgen würde, sodass unser Heim nach Mums Tod mir gehören würde. Es sei ihr einziges Vermächtnis an mich, sagte sie, worauf ich erwiderte, dies sei das Unbedeutendste, was ich ihr zu verdanken hätte. Wie mit so vielem lag ich auch hierin falsch.

Vierzehn Tage nach meiner Rückkehr erhielt ich einen Brief von Francine, die meine Adresse bei Mme. Blancs Übersetzungsbüro in Erfahrung gebracht hatte. Außerdem war sie in meinem Zimmer gewesen und hatte tatsächlich die Nachricht gefunden, wusste demnach, dass ich nicht ohne ein Abschiedswort abgereist war. Sie hatte sogar die Schreibmaschine für mich in Verwahrung genommen und teilte mir die Anschrift einer Freundin mit, die meine Briefe an Francine weiterleiten würde.

Ich schrieb zurück, froh, jemanden zu haben, dem ich mein Herz ausschütten konnte. Meine Briefe waren geradezu keusch; ihre Briefe an mich wiederum klangen seltsam förmlich, als wollte sie beweisen, wie reif sie geworden war. Vielleicht war der Ton unserer Briefe aber auch deshalb schief, weil wir beide jeweils in der Sprache des anderen schrieben. Es war wie in einer unserer Unterrichtsstunden, so als wäre zwischen uns nie etwas vorgefallen. Doch nun, da unsere kleine Affäre der Vergangenheit angehörte, war ich froh über die Erinnerung – froh, dass jemand mich begehrt hatte. In meiner mehr als angeschlagenen Verfassung bezweifelte ich, dass dies jemals wieder der Fall sein würde.

Mum schlief viel. Währenddessen versuchte ich zu schreiben, bekam aber nur klägliche Gedichte und selbstmitleidige Tagebucheinträge zustande. Am schönsten war es, wenn ich Mum vorlas – Biographien von Sylvia Plath und Daphne Du

Maurier, ein paar Romane von Graham Greene, die sie noch nicht kannte, und dann noch einmal ihr Lieblingsbuch von Greene, *Der stille Amerikaner*. Sie bat darum, dass ich ihr Ausschnitte aus James Sherwins seltsamem, psychedelischem Meisterwerk *Ich, Singer* und aus neuen Romanen ihrer Lieblingsschriftstellerinnen Toni Morrison und Patricia Highsmith vorlas.

Der Arzt sagte, meine Rückkehr habe die Krankheit ein wenig aufgehalten. Also schlug ich Mum vor, mein Studium um ein weiteres Jahr aufzuschieben, doch davon wollte sie nichts hören.

Es wurde schon früh Sommer. Ein paar Wochen lang konnte Mum noch in unserem kleinen Garten sitzen, wo ich ihr vorlas. Dann war sie zu schwach, um das Bett zu verlassen. Im August wurde sie ins Krankenhaus eingewiesen, und wir wussten beide, dass sie es nicht mehr verlassen würde.

Ich begann sofort, im Haus aufzuräumen. Wenn sie erst tot war, würde ich nicht die Kraft haben – ich würde nur noch alles hinter mir lassen wollen. Außerdem suchte ich – was ich Mum aber nicht verriet – nach einem Hinweis darauf, wer mein Vater gewesen war. Ich musste mich beschäftigen. Und wenn ich etwas fand, würde sie mir vielleicht doch noch Erklärungen geben können.

So durchforstete ich also Tag um Tag den Kram im Haus meiner Mutter – bis zu dem Sonntagmorgen, an dem der Anruf vom Krankenhaus kam, Mum sei ein paar Minuten zuvor friedlich im Schlaf gestorben.

## Zwölf

Die kleine Lebensversicherung deckte die Beerdigungskosten und ließ mir genügend, um fürs Erste in London durchzukommen. Mum und ich hatten darüber gesprochen, was mit dem Haus geschehen sollte. Sie riet mir, es für die Dauer meines Studiums zu vermieten. So hätte ich neben meinem Stipendium noch ein regelmäßiges Einkommen. (Damals gab es zwar noch Stipendien, aber davon allein konnte man als Student in London nicht leben.) Nach meinem Abschluss könnte ich das Haus selbst beziehen oder als Rücklage behalten. Ich hatte mich einverstanden erklärt, um Mum eine Freude zu machen, war aber fest entschlossen, das Haus zu verkaufen. Ich wollte alle Erinnerungen loswerden und in London ein neues Leben beginnen.

Ich suchte Jon Darkland, Mums Anwalt, in seiner Kanzlei auf. Er war von kleiner Statur und etwa in Paul Mercers Alter, vielleicht ein wenig älter. Doch im Gegensatz zu dem rotgesichtigen, massigen Paul war Darkland eher mager, mit einer hohen Stirn über pechschwarzen Augenbrauen. Als Mums Anwalt fungierte er seit dem Tod ihrer Eltern, die kurz nach meiner Geburt gestorben waren.

«Ihre Mutter wollte, dass Sie das Haus vermieten und sich so für die Zeit Ihres Studiums Ihr Auskommen sichern. Ich kann Ihnen gern passende Maklerbüros empfehlen», sagte Darkland.

«Ich glaube, ich möchte lieber verkaufen. Ich habe nicht

die Absicht, mich nach meinem Studium wieder in Leam niederzulassen.»

«Sie tun womöglich recht daran. Der Boom auf dem Immobilienmarkt kann nicht ewig andauern, und die Nachfrage nach Mietobjekten in diesem Teil von Lancashire ist nicht sonderlich hoch. Aber eines darf ich Ihnen sagen: Der Erlös aus dem Hausverkauf wird nicht einmal für die sprichwörtliche Schuhschachtel in London reichen.»

«Würden Sie es trotzdem inserieren?»

Ich wollte nichts behalten, keinen Besitz, mit dem ich mich dann später herumschlagen musste. Das Haus wurde ausgeschrieben, und in den folgenden Wochen verkaufte ich bis auf ein paar Ausnahmen Mums Möbel und spendete ihre Kleidung einem wohltätigen Verein. Was ich behalten wollte – viele Bücher, zwei Bilder, ein paar Briefe und alle Fotos –, wanderte in Kisten auf den Dachboden. Wenn das Haus verkauft war, würde ich sie mir schicken lassen.

Mein erstes Trimester ließ sich nicht gut an. Obwohl ich im Durchschnitt über mehr Geld verfügte als meine Kommilitonen, fand ich keine Unterkunft. Nach einer Woche in der Jugendherberge nahm ich mir schließlich ein Zimmer in einem Haus in Tottenham, das ich mir mit fünf Studenten im zweiten Jahr teilen musste. Keiner von ihnen hatte Englisch oder Französisch belegt.

Das Haus stand etwas zurückgesetzt an der Philip Lane, deren altmodische Läden mich an Leam erinnerten, und war nur einen Steinwurf von der Sozialwohnsiedlung Broadwater Farm entfernt, in der es ein paar Jahre zuvor zu Unruhen gekommen war. In Leam gab es schon mehr als genügend Arbeitslose, doch hier, gegen Ende der Ära Thatcher, waren sieben von zehn Erwachsenen ohne Beschäftigung.

Zunächst hielt ich Abstand zu meinen neuen Hausgenossen. Nun, da ich endlich in London war, würde ich doch sicherlich – in Leam so schmerzlich vermisst – Seelenverwandte finden, männlich oder weiblich, Menschen mit Sinn für Literatur. Doch Freundschaften schlossen sich in London nicht leichter als in Leam. Während der Einführungswoche an der Universität stellten sich zahllose Vereinigungen vor, von denen mir aber keine zusagte. Erfolglos hielt ich Ausschau nach einer Gruppe für gemeinsame Theaterbesuche oder Schreibprojekte. Das University College publizierte kein eigenes Literaturmagazin, sondern lediglich eine Studentenzeitung, bei der ich mich als Rezensent bewarb, doch die Jungspunde an dem Stand erklärten mir, es gebe kein Publikum für Buchrezensionen, und fragten, ob ich stattdessen auch Rugbyspiele kommentieren würde?

Andere schienen sich leichter einzufinden, bald gab es Paare. Ich ging zu einem Discoabend für Erstsemester. Die reine Fleischbeschau. Man verstand sein eigenes Wort nicht, geschweige denn das seines Gegenübers, und mit dem Tanzen hatte ich es überhaupt nicht. Dafür bekam ich scheußlichen Ausschlag im Gesicht.

Ich schrieb an Francine, über die Adresse ihrer Freundin, log das Blaue vom Himmel herunter, alles sei gut, London wunderbar, weit besser als Paris und voller faszinierender Menschen. In der Tat, es tummelten sich dort ja jede Menge interessanter Typen, die Bücher lasen und mit denen ich gern Bekanntschaft geschlossen hätte, bloß wie? Zum ersten Mal in meinem Leben traf ich auf Gleichaltrige, die mir geistig ganz offenbar überlegen waren. Wenn ich mich einmal traute, eine andere Meinung als sie zu vertreten, berichtigten sie mich augenblicklich. Die Höflicheren belegten ihre Einwände mit exakten Zitaten, die anderen machten sich schlicht über mich lustig.

Am meisten beeindruckte mich eine Clique, die, wenn auch um einiges gebildeter, der Clique aus meinen Schulzeiten ähnelte, der ich damals angehören wollte. Damals wie jetzt eine vergebliche Hoffnung. Ihre Mitglieder rekrutierten sich allesamt aus den berühmten Privatschulen des Landes, und meinem Gefühl nach gab es selbst unter ihnen noch eine gnadenlose Hackordnung. Sie hatten ihre für mich nicht zu durchschauenden Regeln, und nie hätten sie auch nur in Erwägung gezogen, mir einen Platz auf der untersten Stufe ihrer Rangleiter zuzuweisen. Ich für meinen Teil war viel zu unsicher, um sie darum zu bitten.

Einerseits war ich also gehemmt, andererseits hatte ich, zugegeben, ebenfalls eine snobistische Ader. Wenn ich zurückblicke, so gab es durchaus Freundschaftsangebote, die ich schnöde ausschlug, auch wenn ich mir dessen damals nicht bewusst war. Ich war schnell damit bei der Hand, manche Kommilitonen als Langweiler abzustempeln, mit denen Kontakt zu pflegen sich nicht lohnte, und war damit genauso borniert wie die, die mich aus ihrem Kreis ausschlossen. Ich hatte das Gefühl, meine Jugend zu verpassen, weil mir sowohl das Selbstvertrauen als auch die Gewandtheit fehlten, die für meine Altersgenossen offenbar selbstverständlich waren.

So verbrachte ich notgedrungen meine Freizeit mehr und mehr mit meinen Mitbewohnern. Insgesamt waren wir fünf Jungs und ein Mädchen, Zoe, die bereits mit einem der Jungs namens Steve, einem Psychologiestudenten, zusammen war. Im Haus gab es keine Gemeinschaftsräume, aber da Steve immer bei Zoe nächtigte, wurde sein Zimmer zu einer Art Wohnzimmer, nicht zuletzt, weil er einen Fernseher, ein Videogerät und eine Stereoanlage hatte. Anfangs gingen wir oft in den Pub oder ins Kino, aber das war teuer, und so landeten wir ab November eben meistens in Steves Zimmer.

Für das Bier legten wir alle zusammen. Im Verlauf des ersten Trimesters steuerte ich immer mehr bei, weil ich im Vergleich zu den anderen geradezu reich war. Steve und Zoe besorgten das Dope. In Leam war ich den Drogentypen immer aus dem Weg gegangen. Nun wurde ich zum glühenden Konvertiten. Hasch zu rauchen, stellte ich fest, war eine gute Methode, um sich nicht unterhalten zu müssen. Wir hatten uns ohnehin nicht viel mitzuteilen. Steve und Zoe wechselten kaum je ein Wort miteinander, und ich redete am allerwenigsten, weil ich mit den anderen Hausbewohnern nichts gemeinsam hatte.

Ich war eigentlich jeden Abend breit. Und holte die achtzehn Jahre Fernsehenthaltsamkeit nach, indem ich mir alles ansah, von Quizshows bis Soaps. Mehr stellte ich mit meiner Zeit in jenen Tagen nicht an. Am Wochenende hob ich gern das eine oder andere Glas und war nur einigermaßen zufrieden, wenn Alk und Dope mich so berauschten, dass das Zimmer sich um mich drehte. Wenn ich die Augen schloss, fühlte ich mich wie in einem Strudel, der mich mit hundertfünfzig Sachen rückwärtszog. Ich war aus der Spur.

## Dreizehn

Mein Geld ging rasch zur Neige. Wie von Mr. Darkland prophezeit, fand das Haus in Leam keinen Käufer. Außerdem hatte ich erwartet, dass mein Studium mir Freude machen würde, doch ich fand es scheußlich. Nicht dass es mir schwergefallen wäre. Aber Altenglisch langweilte mich. *Der Tod Arthurs* von Malory ließ mich kalt. Am Jahresende waren wir erst bei Milton angekommen. Ich hatte die ersten beiden Teile von *Das verlorene Paradies* schon für die Schulabschlussprüfung durchgekaut und fand sie reichlich zäh. Ich wollte mich mit Literatur des zwanzigsten Jahrhunderts beschäftigen, aber davon stand fast nichts auf unserer Leseliste. Dickens war erst für das zweite Trimester des letzten Studienjahrs vorgesehen. Auch die Amerikaner blieben außen vor, es sei denn, man zählte Eliot dazu. Hemingway tauchte nirgendwo auf.

Schon bald hinkte ich mit meinen Seminararbeiten hinterher. Mit anderen Englischstudenten hatte ich nur flüchtige Bekanntschaften geschlossen. Lesen und Schreiben schien die wenigsten von ihnen zu interessieren. Das Studium von Geschichten und Gedichten war ein Vorwand, um in London zu leben, kein Thema für gelegentliche Diskussionen. Auf der Suche nach Verbündeten trat ich einem Filmclub der Uni bei, wo ich ein-, zweimal versuchte, mit den anderen ins Gespräch zu kommen. Ich sah mir zwar gern Filme an, wusste aber nicht, was ich darüber reden sollte. Ich kannte die Titel und die Handlungen, nicht jedoch die Namen der Regisseure oder inwieweit ein bestimmter Film sich in ihr Gesamtwerk einfügte. Beim Lesen von Romanen hatte ich gelernt, mich zu distanzieren, die Techniken und Tricks des Autors zu durchschauen und gleichzeitig, wenn das Buch gut war, mich ganz und gar auf die Geschichte einzulassen. In Filmen dagegen gab es richtige Menschen. Ich nahm ihnen die Figuren, die sie spielten, bedingungslos ab und versuchte mich mit ihnen zu identifizieren, ganz gleich, wie unüberzeugend oder widersprüchlich sie sich betrugen.

Ich ließ mich übrigens auch von den Menschen in meiner neuen Umgebung leicht blenden. Sie wirkten auf mich alle so selbstbewusst, so weltläufig. Ich nahm an, dass sie das Leben im Griff hatten und ich, auf den das nicht zutraf, ein Sonderling war. Unter meinen Mitbewohnern in Tottenham war ich als Einziger auf einem Gymnasium gewesen. Die anderen hatten Gesamtschulen besucht. Sie zogen mich auf, wenn ich gelehrte Wörter verwendete. Sie spotteten über Kultur. Dennoch war ich mir sicher, dass sie mehr über das Leben wussten als ich.

Im Februar bat ich Mr. Darkland in einem Brief, das Haus zu vermieten, wenn es sich nicht verkaufen ließ. Er schrieb zurück, dies könne sich angesichts der aktuellen Lage als noch schwieriger erweisen, doch er werde es versuchen. Ich brachte nicht mehr so viel Zeit mit den anderen Hausbewohnern zu, weil mir das Geld für Alkohol knapp wurde und ich mich lieber allein zudröhnte, in Lektüre versunken, statt fernzusehen.

Ich las jetzt unablässig. Statt mich mit den Büchern von der Leseliste zu Tode zu langweilen – wer hatte schon je etwas aus einem Buch gelernt, das er nicht lesen wollte? –, vertiefte ich mich in Werke aus den Sechzigerjahren, insbesondere hatte James Sherwin, der Lieblingsautor meiner Mutter, es mir angetan.

Im März erhielt ich einen Mahnbrief meines Tutors wegen ausstehender Seminararbeiten: Ich solle ihn deswegen zu einem persönlichen Gespräch aufsuchen. Statt mich dieser Peinlichkeit zu stellen, beschloss ich, ein bisschen weniger zu kiffen, und machte mich an die Arbeit. Sobald ich einmal losgelegt hatte, war es gar nicht so schwer wie befürchtet. Aber meine Noten waren mittelmäßig, gerade noch im oberen Drittel. Ich war immer ein Überflieger gewesen, und jetzt gehörte ich zur breiten Masse.

Ein neues Problem trat auf. Seitdem ich knapp bei Kasse war, war ich im Haus nicht mehr so beliebt. Bis zu einem gewissen Grad hatte ich die anderen subventioniert, doch da ich nun nicht mehr einen Joint nach dem anderen drehte, hatten sie noch weniger Grund, meine Gesellschaft zu suchen. Ohnehin hielten sie sich immer seltener zu Hause auf. Um die Mitte des Frühjahrstrimesters hatten alle irgendeinen Job – außer mir. Ich brauchte zwar auch einen, wollte aber nicht in einem Pub oder einer Pizzeria arbeiten. Es musste doch interessantere Tätigkeiten geben, die Perspektiven für die Zeit nach dem Abschluss boten. Schließlich konnte es noch Jahre dauern, bis ich als Schriftsteller mein Auskommen verdiente.

Ich studierte die Anschläge am Schwarzen Brett der Studentenvereinigung und spielte mit dem Gedanken, mich für medizinische Experimente oder als Samenspender zur Verfügung zu stellen. Bei meinem dritten Besuch entdeckte ich eine neue, ordentlich getippte Anzeige mit dem Briefkopf der *Little Review*, Soho: «Vertreter gesucht.»

Die *Little Review*, soviel wusste ich, war ein englischsprachiges Literaturmagazin, in dem Frühwerke von Hemingway und dem damals ebenfalls in Paris lebenden Dichter Ezra Pound erschienen waren. Es erstaunte mich, dass es immer noch existierte. Ich wartete, bis der Flur leer war, und nahm die Anzeige dann an mich, damit niemand anderer sie zu Gesicht bekam. Zwei Minuten später griff ich, bevor ich am Ende noch den Mut verlor, zum Hörer und wählte die unten auf dem Blatt angegebene Nummer.

Zu meiner Überraschung hatte ich den Herausgeber, Anthony Bracken, gleich höchstpersönlich am Apparat. Seine Stimme klang geziert und eine Spur tuntig. Er erklärte sich «hocherfreut» ob der Tatsache, dass ich gewillt war, sein Magazin auf dem Campus zu verkaufen.

«Schauen Sie doch mal bei uns vorbei, mein Junge», sagte er. «Sie wissen ja, wo wir zu finden sind.»

Die Formulierung «mein Junge» irritierte mich ein bisschen, und ich bezweifelte auch, dass es tatsächlich ein «uns» gab. Wieso hätte Bracken sonst selbst den Anruf entgegengenommen? Nichtsdestotrotz begab ich mich am folgenden Tag zur vereinbarten Zeit nach Soho, in der Hoffnung, endlich das literarische London zu finden, von dem ich seit dem Gymnasium träumte.

## Vierzehn

*Little Review* residierte in einer Seitenstraße von Soho, die Chinatown mit der Charing Cross Road verband – unter einem Dach mit einem Pornoladen. Man musste zwar nicht durch die Videothek, um ins Büro der *Review* zu gelangen, doch das war mir bei meinem ersten Besuch noch nicht klar, weshalb ich mich schüchtern in das «Kaufhaus der kühnsten Träume» vorwagte und mich an den Ständern mit Hochglanzmagazinen in dicken Plastikhüllen vorbeidrückte. Ein Typ mit gefärbtem Schnurrbart und raffgierigem Grinsen schnauzte mich an: «Du bist doch sicher schon einundzwanzig, oder, Bürschchen?»

«Nein», sagte ich, was er mit einem verdutzten Blick quittierte. «Ich will zur *Little Review.*» Seine Miene entspannte sich.

«Vorne raus und dann rechts. Zwei Häuser weiter durch die Gasse bis zu der Tür mit der Sprechanlage. Wenn wer da ist, kommst du rein. Wenn nicht, komm mir nicht wieder hierher.»

Die Tür – in einem feuchtkalten, nach Urin stinkenden Mauereinlass – war leicht zu finden. Ich drückte auf den Summer, woraufhin sich Ewigkeiten lang nichts tat. Ich war schon kurz davor, es nochmal zu versuchen, doch da kamen Knistern und Rauschen und eine Stimme aus der Sprechanlage: «Schön, schön, herein mit Ihnen.» Die Tür sprang schnarrend auf, und ich erklomm eine düstere, schmale Treppe, die zu einer reichlich ramponierten Tür führte.

«Es ist offen.»

Anthony Bracken war irgendwas zwischen sechzig und siebzig, hatte eine Halbglatze und trug ein sportliches Tweedjackett, das durchdringend nach Tabak roch – Tabak der Marke Old Holborn, wie ich bald herausfand.

«Bitte um Verzeihung für das Chaos», sagte er zur Begrüßung.

Ich sah mich in dem Raum um, der die gleiche Fläche einnahm wie der Laden unten, aber bis unter die Decke mit Ausgaben der *Little Review* vollgestopft war. Die ältesten Exemplare waren DIN-A5-Broschüren mit verschlungenen Mustern in Grau und Grün auf dem Umschlag. Andere lockten mit Kunstfotografien oder Karikaturen in verschiedenen Formaten und waren nach keiner erkennbaren Ordnung übereinandergestapelt. Der große alte Schreibtisch ließ noch Reste seiner einstigen Pracht erkennen. Auf der edlen Tischplatte stapelten sich gut dreißig Zentimeter hohe Papiertürme, die nur eine kleine freie Fläche für ein Whiskyglas und eine Flasche Famous Grouse ließen. An den Seiten des Tischs stand je eine Teekiste.

«Wünschen Sie eine Schlossführung?», fragte Bracken mit einem Anflug von Sarkasmus.

«Entschuldigung», sagte ich. «Ich war mir nicht sicher, was mich erwarten würde.»

«Das hier war mal eine piekfeine Redaktion. In den Sechzigern hatte ich zwei Sekretärinnen», erläuterte Bracken. «Die eine konnte ich von dem Erlös der Zeitschriftenverkäufe bezahlen, die andere war von Haus aus reich, sodass ich für sie gar nichts berappen musste. Aber die Zeiten sind hart, junger Mann. Ich kann es mir nicht leisten, Ihnen auch nur einen Penny zu zahlen.»

Das verblüffte mich. «Ich dachte, Sie wollen jemanden, der

die Zeitschrift in den Studentenwohnheimen sozusagen an der Haustür verkauft.»

«Ganz recht. Sie behalten die Hälfte des Verkaufspreises. Interesse?»

«Ja.»

«Gut. Sie können einen Stapel mitnehmen. Und jetzt helfen Sie mir, den Kram hier zu sortieren.»

Und so begann meine unregelmäßige Tätigkeit für die *Little Review*.

An jenem ersten Tag half ich in der Redaktion beim Aufräumen; gleichzeitig machte sich der Herausgeber an die Teekiste, in der sich nach seinen Worten der «Schund» befand. Die *Little Review*, brüstete er sich, während er den Inhalt der braunen Papierumschläge flüchtig sichtete, war berühmt für das Tempo, mit dem geprüfte Manuskripte zurückgesandt wurden – meist binnen einer Woche, stets binnen eines Monats. Viele andere Zeitschriften, so erzählte Anthony mir (irgendwann im Lauf unserer Unterhaltung wurde er zu Anthony und schließlich zu Tony), brauchten sechs bis zwölf Monate dafür. Weil er sich so rasch entschied, schickten die Leute ihm oft als Erstem ihre besten Erzeugnisse.

«Hier, was hältst du davon?»

Er gab mir ein Gedicht eines Lyrikers aus der Provinz, dessen Name mir bekannt vorkam. Ich las es zweimal und wusste nicht recht, was ich dazu sagen sollte. Die meisten modernen Gedichte kapierte ich einfach nicht. Sie waren immer entweder zu schwierig oder – wenn ich sie denn verstand – zu simpel. Doch dieser Dichter war jung und angesagt. Ich hätte wohl etwas Positives sagen sollen, aber mir fiel einfach nichts ein. «Es klingt wie eine gut geschriebene Postkarte», sagte ich zögernd.

«So ist es. Er war von Anfang an überschätzt und parodiert sich mittlerweile selbst», sagte Tony. «Ich sehe schon, wir zwei werden uns fabelhaft verstehen.»

Eine Stunde später verließ ich die Redaktion mit einem Riesenstapel der letzten beiden Ausgaben der *Little Review* unterm Arm sowie einem Buch von Graham Greene zur Begutachtung.

«Unser größter lebender Schriftsteller», sagte Tony, als er es mir gab. «In den Fünfzigern habe ich ihn häufig getroffen. Hab ein paar von seinen Geschichten abgedruckt. Er hat sie für mich an dem Schreibtisch da abgetippt, während er darauf wartete, dass Pepe Zeit hatte.»

«Pepe?»

«Eine Nutte, auf die er scharf war. Hatte eine Wohnung hier, zwei Häuser weiter. Erst hat er mir Lügenmärchen erzählt, weswegen er herkäme. Er müsse nur ein bisschen Zeit totschlagen, hat er gesagt. Aber dann kam Pepe ihn eines Tages suchen. Er war völlig in irgendwas vertieft, an dem er gerade schrieb, und sie wurde ungeduldig. Zeit war schließlich Geld für sie. Irgendwann war auch mal ein Biograph da. Hat versucht, mich auszuhorchen, ob Graham und ich … na, du weißt schon, was wären.»

Ich wusste es zunächst mal nicht, nickte aber verständnisvoll.

«Wollte schmutzige Wäsche waschen. Nutten waren Grahams heimliches Laster, nicht Jungs. Ich hab aber kein Sterbenswörtchen verlauten lassen. Du bist nicht zufällig in der Richtung veranlagt, oder? Jungs, meine ich.»

«Nein», gab ich zurück und schüttelte nachdrücklich den Kopf.

«Dachte ich mir schon. Schade.»

Tony war ein unverbesserliches Klatschmaul und verbreitete mit Wonne die bestgehüteten Geheimnisse berühmter Schriftsteller, aber wenn es um sein eigenes Leben ging, war er verschwiegener. Binnen kurzem wurde mir klar, dass er in der Ära, als Homosexualität noch strafrechtlich verfolgt wurde, sowohl ein angesehener Dichter wie auch ein sich munter tummelnder Schwuler gewesen war. Ich mochte ihn und beschloss, dass seine Indiskretion eher den Umständen geschuldet war als einer Charakterschwäche. Ich wollte alles über die hochangesehene Zeitschrift wissen, der er vorstand.

An meinem zweiten Tag bat ich ihn, mir zu erzählen, was er gemacht habe, bevor er Herausgeber der *Little Review* wurde.

«Da war nichts davor, alter Junge. Ich bin der Urvater, allein auf weiter Flur.»

«Aber du kannst doch unmöglich schon in den Zwanzigerjahren in Paris gewesen sein ...»

Tony lachte herzlich. «Dachtest du etwa ... na ja, warum eigentlich nicht? Es gab nicht nur eine *Little Review*. Ein beliebter Titel.»

«Du hast ihn abgekupfert?»

«Sagen wir lieber, ich habe ihn gestohlen. Schlechte Schriftsteller kopieren. Gute Schriftsteller stehlen.»

Ich erkannte das abgewandelte Picasso-Zitat und erinnerte mich, dass Shakespeare & Co. ebenfalls den Namen der ursprünglichen Pariser Buchhandlung geklaut hatten. Er hatte recht, beschloss ich.

«Wie bist du dazu gekommen?»

«Ich war damals nicht viel älter als du jetzt. Kam frisch von der Uni. Hatte ein bisschen Geld, von meiner Familie. Keine Lust auf einen *ordentlichen* Job, also habe ich mit der Zeitschrift angefangen, um so die Leute kennenzulernen, deren Arbeiten ich bewunderte. Die erste Ausgabe haben wir mit einem Vervielfältigungsgerät hergestellt. Zwölf kaum lesbare

Seiten. Hundert Exemplare. Die Hälfte davon habe ich verschenkt. Den Rest verkauft, an Straßenecken, an der Haustür. Bei jungen Zeitschriften sind Autoren manchmal großzügig. Ein paar haben mir gutes Material geliefert. Ich verkaufte ein paar Abos. Die dritte Ausgabe war dann schon in Bögen, in der Mitte doppelt geheftet, eine richtige Zeitschrift. Ab der zwanzigsten war sie zu dick für Heftklammern. Da brauchten wir dann Fadenbindung.»

Es gefiel mir, wie er stets den Pluralis Majestatis verwendete, wenn er von sich sprach. Den alten Ausgaben, die ich archivierte, entnahm ich, dass Tony hin und wieder einen Redaktionsassistenten für die Bereiche Belletristik, Kunst oder Rezension beschäftigt hatte (Lyrik behielt er sich stets selbst vor), doch die Neuzugänge blieben nie länger als ein, zwei Jahre. Manche sogar nur für eine Ausgabe. Die besten Verkaufszahlen erreichte das Magazin in den Sechzigern, büßte aber auch im nachfolgenden Jahrzehnt nichts von seinem Einfluss ein. Seither waren die Abonnements stetig zurückgegangen. Die Zeitschrift hielt sich mit Subskriptionen von größeren Institutionen über Wasser (Universitäten, erklärte Tony, zahlten höhere Bezugspreise und kamen erst mit erheblicher Verspätung darauf, dass der Zeitgeist längst weitergewandert war), und Tony speiste die Verfasser der Beiträge mit einem Hungerlohn ab. Studenten zum Verkauf der neuesten Ausgaben anzuheuern, war ebenfalls eine Sparmaßnahme. Tony hatte die Anzeige höchstpersönlich in verschiedenen Unigebäuden hingehängt. Ich war der Einzige, der sich darauf gemeldet hatte.

Die Magazine an den Mann zu bringen, war eine elende Plackerei. Ich verfügte nicht über den Charme, den ein Hausierer notwendig braucht. Mein artiges Sprüchlein («Möchtet ihr vielleicht eine Literaturzeitschrift kaufen?») zog nur selten. Oft traf ich gar niemanden an. Ich drehte meine Runden in den Studentenwohnheimen kurz vor dem Abendessen, aber ich konnte von Glück sagen, wenn ich damit pro Stunde so viel verdiente wie hinter einem Bartresen. Ich hatte gehofft, so wenigstens Frauen kennenzulernen, aber einem Kerl, den sie nicht kannten, machten die wenigsten die Tür auf, und die es taten, interessierten mich nicht. Ich hegte spätpubertäre Träume von einem weiblichen Wesen, in das ich mich auf den ersten Blick verlieben würde. Eine, die so klug und schön war wie Helen und die mich so mochte wie Francine. Aber selbst wenn mir durch irgendeinen glücklichen Zufall ein solches Wesen begegnet wäre, hätte ich wahrscheinlich nicht gewusst, was ich hätte erzählen sollen.

Trotz meiner kläglichen Verkaufsergebnisse ging ich dazu über, ein- oder zweimal pro Woche in der Redaktion der *Little Review* vorbeizuschauen. Ich half beim Archivieren, machte Telefondienst oder brachte Sendungen zur Post. Ich unterhielt mich gern mit Tony und fragte ihn über die guten alten Zeiten in Soho aus. Er erzählte mir von Francis Bacon, Colin MacInnes, Dan Farson und John Deakin. Er ging mit mir im Colony Club und in The Caves einen trinken: beklemmend enge Lokale, in denen zwielichtige Gestalten herumlungerten, alternde Bohemiens, aufstrebende Künstler und hier und da ein Rockstar aus der zweiten Liga. Ein paar von ihnen zeigten Interesse an mir, zumindest so lange, bis Tony sie abwimmelte. Damals glaubte ich, Material für ein Buch zu sammeln (mein ganzes Leben, sagte ich mir, war lediglich Material, das ich für einen Roman zusammentrug). Doch nun, da ich hier sitze und über diese Zeit schreibe, kann ich mich an kein einziges Gespräch erinnern, nur an Fetzen, vage Bilder und den einen oder anderen peinlichen Moment.

Tony meckerte in einem fort, Soho hätte seine besten Tage schon lange hinter sich.

«Die Fünfziger, da ging es rund. Alles war neu. Sex. Hasch. Bars. Die Sechziger waren nichts dagegen. Erst kamen die ganzen Angeber, dann die Spießer. Und seit den Siebzigern geht es schleichend bergab.»

Ich gab keine Kommentare dazu ab. Die Fünfziger und Sechziger kannte ich nur aus Romanen. Ich wurde schließlich erst in den Siebzigern geboren, was ich Tony nur ungern ins Gedächtnis rufen mochte.

Ich gewann schnell sein Vertrauen, aber ich war nicht sein einziger «Gehilfe». Die anderen, die er sonst noch im Schlepptau hatte, bezeichnete er als «Kletten»: grundsätzlich abgerissen gekleidete Typen in den Zwanzigern oder Dreißigern von unbestimmbarer Abkunft, die sich freiwillig erboten, die Post mitzunehmen oder Bücher zu rezensieren, aber selten wirklich Nützliches taten wie etwa Staub zu saugen oder Tee zu machen. Tony warnte mich vor einem Individuum, dem ich abgelehnte Manuskripte um keinen Preis für Postgänge überlassen dürfe. Er verdächtigte ihn, sich die Briefmarken auf den Umschlägen unter den Nagel zu reißen und die Manuskripte in den Müll zu werfen: «Hat mir schon eine Unmenge Ärger eingetragen – die Hälfte der Autoren dachten, ich säße so lang auf ihrem Zeug, weil ich was damit anfangen wollte.»

Ich ließ es mir geraten sein, vor der Mittagsstunde einzutreffen – ab dann verdrückte Tony sich häufig zum Colony Club oder zu einer anderen Zapfstelle, wo die Saufkumpane von Soho sich versammelten. Ich durfte für ihn Manuskripte lesen – was immer davon interessant war, wanderte auf den einsturzgefährdeten Stapel auf seinem Schreibtisch. Bei den anderen kritzelte ich unten auf die erste Seite eine von Tonys üblichen Phrasen und packte sie in die von den Einsendern vorab frankierten und adressierten Umschläge. Die Phrasen lauteten in etwa so: *Leider nichts für uns* (das bedeutete, dass das Manuskript gar nichts taugte) oder: *Gar nicht schlecht, aber daran sollten Sie noch arbeiten* (einigermaßen okay) oder: *Sehr gut, aber im Augenblick liegt uns zu viel vor* (das hieß, dass der Autor mehr als fähig, wenn nicht gar genial war, Tony ihn aber nicht leiden konnte). Mitunter schrieb er gequälte Bemerkungen an Autoren, mit denen er offensichtlich befreundet war. Die lasen sich in etwa so: *Großes Interesse, dauert aber noch mindestens zwei Jahre.* Letzteres stimmte, erzählte er mir eines Nachmittags und deutete auf die bis zum Bersten vollgestopfte Teekiste zur Rechten seines Schreibtischs.

«Das ist das Zeug, was ich angenommen habe; bin bloß noch nicht dazu gekommen, es zu verwerten.»

Als ich ihm meine Graham-Greene-Rezension gab, tat er verwundert.

«Mein lieber Junge, die Leute greifen sich Rezensionsexemplare, um sie weiterzuverkaufen. Wenn ich wirklich eine Buchbesprechung haben will, gebe ich die Anzahl der Wörter an und einen Abgabetermin. Du hättest das Ding zu ‹Henry Pordes› oder sonst einem der Läden an der Charing Cross Road bringen sollen.»

Ich war enttäuscht; dennoch las Tony meine Rezension, markierte Kürzungen, korrigierte die Grammatik und wies mich auf Stellen hin, an denen ich mich klarer oder prägnanter hätte ausdrücken können. Ich verstand, was ihn zu einem guten Redakteur machte. Die fünf Minuten Aufmerksamkeit, die er meinem Beitrag widmete, waren wertvoller und fruchtbarer als sämtliche Rückmeldungen des Tutors, der in den ersten beiden Trimestern meine schriftlichen Arbeiten benotet hatte.

«Da», sagte er und gab mir die Rezension zurück, «streich

sie auf fünfhundert Wörter zusammen, dann sehe ich zu, dass ich sie in der übernächsten Ausgabe unterbringe. Und übrigens, wenn du dich für Greene interessierst...» Er spazierte zu den staubigen Regalen, die eine Wand des Raums einnahmen und allesamt ohne erkennbare Ordnung bis oben hin mit Büchern vollgestopft waren. Er wusste genau, welchen Titel er suchte und wo er zu finden war. «Da. Vielleicht hast du ja Lust, das hier zu lesen. Ließe sich unter Umständen ein interessanter Artikel draus machen.»

Er gab mir ein billiges, in den Fünfzigerjahren erschienenes Taschenbuch mit dem Titel *Ich schäme mich nicht* von Sheila Cousins. Der Untertitel lautete *Bekenntnisse einer Frau.*

«Wieso?», fragte ich. «Hat das was mit Greene zu tun?»

«Lies es erst mal. Überleg dir, was du davon hältst. Dann erzähle ich dir mehr.»

Die Redaktion der *Little Review* war ein willkommener Zufluchtsort, denn die Wohnsituation in Tottenham wurde allmählich unerträglich. Einem wie dem anderen drohte uns der Rauswurf. Eines Nachmittags in Soho gestand ich Tony, dass ich mit der Miete böse im Rückstand war.

«Du könntest doch eigentlich über dem Laden hier wohnen», sagte er. «Ich nutze die Räume kaum noch. Es gibt allerdings nur ein Waschbecken, aber für Katzenwäsche reicht es, und ich nehme an, in der Uni kann man immer noch duschen, so wie früher. Willst du's dir mal ansehen?»

Er führte mich in den zweiten Stock, über die schmale Treppe, die ich ihn manchmal hochsteigen sah, wenn er einen Rausch ausschlafen musste. Oben befanden sich zwei Räume. Im größeren stand ein Doppelbett, ein Waschbecken war an die Wand montiert, und hinter einem schäbigen Vorhang entdeckte ich eine Toilette. Im kleineren Zimmer stapelten sich Teekisten und Karteikästen.

«Das Archiv der *Little Review*», erklärte Tony. «Du kannst hier gern Klarschiff machen, wenn du mehr Platz brauchst. Na, was meinst du?»

«Das ist doch phantastisch», sagte ich, der ich immer schon davon geträumt hatte, in Soho zu wohnen. «Wie viel Miete würdest du dafür verlangen?»

«Keine Miete», sagte Tony. «Du kannst Nachtwächter spielen. Und solange du hier wohnst, die Sachen im Archiv sortieren und mir helfen, Ordnung zu halten, so wie du es bisher ja auch schon gemacht hast. Aber», fügte er grinsend hinzu, «wenn mir tagsüber ein Fang glückt, gehört das Bett immer noch mir.»

Tony sollte allerdings kein «Fang» glücken, obwohl manche seiner alten Freunde angesichts der Tatsache, dass ich bei ihm eingezogen war, ebendies dachten. Vielleicht hatte er sich ja tatsächlich ein bisschen in mich verguckt – Sex spielt letztlich doch immer eine Rolle. Aber ich betrachtete Tony mit der Zeit als Freund und zuzeiten sogar als eine Art Ersatzvater.

**Fünfzehn** Dass ich in Soho lebte, war die Erfüllung eines Traumes. Viele Nächte lang durchwanderte ich die Straßen, die in den frühen Morgenstunden, wenn keine Touristen unterwegs waren, am schönsten waren. Schon bald kannte ich die Stripperinnen und Prostituierten beim Vornamen, doch unser Kontakt blieb auf Plaudereien beschränkt: Ich konnte meine Unschuld einfach nicht an eine Frau verlieren, die dafür Geld verlangte. Bei meinen Spaziergängen machte ich mir ständig Notizen und träumte von dem großen Soho-Roman, den ich eines Tages schreiben würde: ein in der Großstadt spielender Entwicklungsroman – keine rückblickende Bekenntnisliteratur wie dies, was ich hier nun schreibe, sondern ein ausuferndes, geschichtsträchtiges Epos voller Geheimnisse und tiefer Einsichten.

Die Universität war zu Fuß zu erreichen. Da es in meiner kleinen Wohnung keinen Herd gab, ernährte ich mich von Sandwichs, Obst und Ravioli direkt aus der Büchse. Ich war ohnehin kein leidenschaftlicher Esser, aber wenn ich doch einmal eine warme Mahlzeit brauchte, fanden sich in der Gegend jede Menge billige chinesische Restaurants. Ein paar Straßen weiter, im ‹Pollo›, gab es gute Nudelgerichte zu so niedrigen Preisen, dass selbst ich mir dort gelegentlich ein Essen leisten konnte.

Ich verschlang Roman um Roman aus Tonys Regalen und aus der Unibibliothek. Die wenigsten hatten etwas mit meinem Studium zu tun. Das diente mir lediglich als Vorwand, um in London zu sein. Ich las auch das Buch, das Tony mir geliehen hatte. Es ging um die Erinnerungen einer Frau, die als Prostituierte gearbeitet hatte. Ich brauchte eine ganze Weile dafür, legte es immer wieder beiseite, weil mich die Aussicht, sämtliche Romane von Graham Greene in der Reihenfolge ihrer Entstehung zu lesen, sehr viel mehr reizte. Meiner Ansicht nach waren die Fünfzigerjahre seine beste Zeit gewesen; jeder neue Roman übertraf noch seinen Vorgänger, gipfelnd in *Der stille Amerikaner* und *Unser Mann in Havanna*. Die Prostituierten-Memoiren waren ebenfalls in den Fünfzigern erschienen. Trotz des gewagten Titels fand ich die Geschichte eher lahm und war mehr als geneigt, sie endgültig wegzulegen. Schließlich ging ich dazu über, sie nur spätabends weiterzulesen, wenn ich mit einem Buch fertig war und es sich nicht mehr lohnte, ein neues anzufangen.

Der Umschlag zeigte die Silhouette einer Frau, die mich mehr an ein Unterwäschenmodell erinnerte als an die Freudenmädchen im heutigen Soho. Der Ton klang häufig reichlich nüchtern, und die Geschichte enthielt überraschend wenig pikante «Stellen». Dennoch las ich weiter, immer Tonys Worte im Hinterkopf. Es war die Geschichte eines Niedergangs, zurückzuführen auf eine schwache Mutter, einen abwesenden Vater, versäumte Gelegenheiten und jede Menge unglücklicher Wendungen. Zahlreiche zwielichtige Männer wurden beschrieben, die einem Roman von Greene hätten entsprungen sein können oder einer Geschichte von Jean Rhys, der Schriftstellerin der Dreißigerjahre, die meine Mutter sehr geschätzt hatte.

Eins fiel mir fast von Anfang an auf. Angeblich war das Buch von einer Sheila Cousins verfasst (die Erzählerin heiratet irgendwann einen Mann namens Cousins und folgt ihm in den Fernen Osten, einen der Lieblingsschauplätze von

Greene). Doch ich hatte bereits genügend Bücher von Frauen gelesen, um mit an Sicherheit grenzender Wahrscheinlichkeit sagen zu können, dass dieses hier ein Mann geschrieben hatte. Es war nichts Konkretes, worauf ich den Finger hätte legen können, sondern einfach der Ton, die Wahl der Details. Nicht nur, dass es wenig selbstmitleidig war und sehr sachlich das Thema Sex behandelte. Die Erzählstimme hatte auch so gar nichts von Jean Rhys' Verletzlichkeit. Als Mann wie eine Frau zu schreiben zählte zu dem Schwierigsten, was man zuwege bringen konnte, das wurde mir bei dieser Gelegenheit klar. Ich wäre niemals imstande gewesen, eine Romanautorin so überzeugend nachzuahmen, wie es mir mit Hemingway gelungen war.

Einige Details legten meiner Meinung nach die Vermutung nahe, dass in Wirklichkeit Greene das Buch geschrieben hatte. In seinem 1934 entstandenen Roman *Ein Sohn Englands* ist ebenfalls vom Teehandel die Rede. Und eine Figur schreibt Postkarten, ganz ähnlich denen, die «Sheilas» Mann Cousins, ein Teehändler, aus dem Fernen Osten schickt. Sheila arbeitet zeitweilig als Prostituierte, nachdem sie erfolglos versucht hat, Staubsauger zu verkaufen – eine Karriere, die auch Figuren in *Ein Sohn Englands* und dem in den Fünfzigerjahren entstandenen *Unser Mann in Havanna* kennzeichnet. Irgendwann erkennt Sheila, dass ihr keine andere Wahl bleibt, als sich zu prostituieren. Dann folgen detaillierte Beschreibungen des Straßenstrichs, von den freigebigen Freiern in Piccadilly (wo Sheila arbeitet) bis zu den billigen Flittchen in King's Cross. Greenes regelmäßige Besuche bei Prostituierten hätten ihm durchaus das Material zu diesen Schilderungen liefern können.

Zum Großteil war das Geschreibsel ziemlich stumpfsinnig, doch es gab auch fesselnde Abschnitte und Figuren, die eindringlich beschrieben wurden. Sheila stellt sich als intelligente Frau dar, die durchaus distinguierte Männer anzuziehen vermag. Gegen Ende des Buchs lernt sie einen Intellektuellen kennen, einen Wissenschaftler, der zum Regierungsstab in Singapur gehört und sich in sie verliebt, jedoch zurückschreckt, als er einem «schrecklichen alten Weib» begegnet, in dem er Sheilas Mutter vermutet.

*Sein Gesicht wirkte feierlich und undurchdringlich. Mir kam er wie ein guter Schauspieler vor. Wenn er Ansichten äußerte, sah man lange Bücherreihen hinter jedem seiner Sätze stehen.*

Der Ton, die präzise Sprache, der Rhythmus und der kluge Blick, all das klang nach Greene – nach dem frühen Greene jedenfalls, dem Verfasser von *Ein Sohn Englands*. Hatte er es womöglich unter einem Pseudonym geschrieben? Aber warum hätte er das tun sollen? 1953 (im Jahr der Erstveröffentlichung dieser Pseudo-Memoiren) war er bereits ein berühmter, weltbekannter Autor und hatte es nicht nötig, einen schmuddeligen Bestseller zu verfassen. Allerdings fiel mir auf, dass auf der Rückseite des Taschenbuchs ein enthusiastisches Zitat aus *Time and Tide*, einer namhaften Literaturzeitschrift, prangte: «Ein hochinteressantes Werk, das neue Einsichten über die Natur des Menschen vermittelt», so der Schlusssatz. Es war doch naheliegend, dass mit einem solchen Buch nur Greene selbst in *Time and Tide*, für die er regelmäßig schrieb, rezensiert würde.

«Wie fandest du es?», fragte Tony, als ich ihm das Buch zurückgab.

«Es ging gar nicht so viel um Prostitution, wie ich dachte», sagte ich. «Aber ich fand es interessant. Eins jedenfalls ist sicher. Das stammt nicht aus der Feder einer Frau. Hat Greene dir gesagt, von wem es ist?»

«Die meisten sind der Ansicht, dass der Autor Cecil Barr war.»

«Nie von ihm gehört.»

«Hat in den Zwanzigern und Dreißigern eine Reihe schlüpfriger Bestseller geschrieben», sagte Tony, wieder ganz die Klatschtante. «In Wirklichkeit hieß er Jack Kahane. Der Gründer von ‹Obelisk Press› in Paris. Er hat Leute wie Henry Miller publiziert – Schriftsteller, die englischsprachige Verleger lieber nicht verlegen wollten, weil sie Schiss hatten, es mit den Zensurbehörden wegen Obszönitäten zu tun zu bekommen.»

«Hast du ihn mal kennengelernt?», fragte ich.

Tony schüttelte den Kopf. «Er ist 1939 gestorben.»

«Aber das Buch ist doch erst 1950 erschienen.»

«In Großbritannien, ja. Ich habe ein bisschen nachgeforscht. ‹Obelisk Press› hat 1938 eine gebundene Ausgabe herausgegeben.»

«Also war dieser Kahane mit Sicherheit der Autor.»

«Nein. Kahane hatte mit Autobiographien nichts am Hut. Er schrieb seichte Romane. Laut Graham hat das Buch hier ein Freund von ihm geschrieben, Ronald Soundso. Die Prostituierte gab es wirklich. Sowohl er wie Ronald waren Kunden bei ihr. Ronald erhielt den Auftrag, ein Buch zu schreiben. Aber er tat sich fürchterlich schwer damit, und deshalb – was meines Wissens nie publik wurde – hat Graham ihm aus der Patsche geholfen. Das Spiel mit der Wahrheit und falschen Identitäten reizte ihn, und das Thema natürlich. Was seinen Umgang mit Prostituierten anging, hielt er sich immer bedeckt. Und hier bot sich ihm nun eine Gelegenheit, einiges von seinem Material zu verwenden.»

«Wenn der Text wirklich aus den Dreißigerjahren stammt, wäre das absolut einleuchtend», sagte ich und berichtete Tony, was mir diesbezüglich schon aufgefallen war. «Können wir es denn beweisen? Vielleicht lässt sich für die Zeitschrift daraus ja tatsächlich ein Artikel machen.»

«Vielleicht», sagte Tony, «aber erst, wenn Graham ins Gras gebissen hat. Er hat sich mit Ronald überworfen, soweit ich mich erinnere, und ich glaube kaum, dass er mit dem Buch gern in der Öffentlichkeit stände.»

«Hat er dir gesagt, welche Teile er geschrieben hat?»

«Das ist mehr als dreißig Jahre her», sagte Tony. «Wenn ich Tagebuch geführt hätte, wäre ich heute groß im Geschäft, aber solche Geschichten bekommt man nur bei ein paar Drinks zu hören – bei mehr als nur ein paar. Ich weiß das alles nur noch in groben Zügen.»

Er goss sich einen weiteren Scotch ein, als wollte er so seinem Gedächtnis auf die Sprünge helfen, und sagte nachdenklich: «Hätte ich Graham damals doch bloß noch eine Story aus dem Kreuz geleiert.»

**Sechzehn** Innerhalb von ein paar Wochen wurde ich praktisch zum Leiter der *Little Review*-Redaktion – endlich ein Job, der mich begeisterte. Unbezahlt, aber trotzdem lohnend – eine mietfreie Unterkunft in Soho war eine Menge wert, und die Buchläden an der Charing Cross Road zahlten mir ein Viertel des Verkaufspreises für sämtliche Rezensionsexemplare, die ich dorthin brachte. Ich teilte Francine schriftlich meine neue Adresse mit und brüstete mich mit meinem Teilzeitjob. Sie hatte mit Sicherheit noch nie etwas von der LR gehört, aber ich musste einfach irgendwem davon erzählen, und sonst hatte ich ja niemanden. Sie schrieb binnen einer Woche zurück und fragte, ob es «jemand Besonderen» in meinem Leben gebe. (Sie selbst schien die Freunde zu wechseln wie die Hemden, schrieb aber über jeden, er sei «nicht so nett» wie ich.)

Ich lernte Schriftsteller kennen, nahm Anrufe von Verlegern entgegen, baute ein Netzwerk an Kontakten auf, die eines Tages von unschätzbarem Wert sein würden (das hoffte ich zumindest). So also ging es im richtigen Leben zu. Statt für die Abschlussprüfungen meines ersten Studienjahrs zu büffeln, sichtete ich tagelang die Archivbestände und brachte, wie von Tony anstelle von Mietzahlungen gewünscht, Ordnung in den Laden. Als Erstes sollte ich überprüfen, ob uns sämtliche Jahrgänge der Zeitschrift vollständig vorlagen. Nachdem das geschafft war (es fehlten nur zwei Ausgaben), machte ich mich an die Kisten mit den gehorteten Briefen und Manuskripten.

«Geh sorgsam damit um», sagte Tony. «Das Beste von dem Krempel da will ich an amerikanische Universitäten verkaufen. Die stinken vor Geld und lechzen nach Originalen, aus denen sie der Atem eines Genies anweht. Mach ja nichts kaputt.»

«Sind alte Manuskripte denn wirklich so viel wert?», fragte ich naiv.

«Kommt drauf an», sagte Tony. «Wenn Manuskript und Druckversion exakt übereinstimmen, dann muss es schon einer aus der Oberliga sein – Joyce zum Beispiel, oder Eliot. Wenn es aber starke Abweichungen gibt ... hier, schau dir das mal an.»

Er reichte mir die neueste Ausgabe des *Times Literary Supplement*. Ich las:

*Die Frage nach dem Schicksal der frühen Manuskripte Hemingways, die seiner damaligen Frau 1922 in einem Zug gestohlen worden waren, beschäftigt die Fachwelt seit langem. Der Dieb bemächtigte sich eines Aktenkoffers mit allen literarischen Erzeugnissen, die «Papa» Hemingway bis dahin aus der Feder geflossen waren. Hemingway sah sich gezwungen, sämtliche Texte aus der Erinnerung neu zu schreiben. Hemingway-Experten gäben viel dafür, um jene ursprünglichen Manuskripte zu finden und so die künstlerische Entwicklung Hemingways nachzuvollziehen. Nun scheint eine der damals verloren gegangenen Geschichten auf einem Pariser Flohmarkt aufgetaucht zu sein.*

*Ein amerikanischer Geschäftsmann und seine junge Frau, die sich sehr für Hemingway begeistert, fanden besagte Geschichte anlässlich eines Paris-Aufenthalts zwischen den Seiten einer alten Ausgabe der Zeitschrift* Paris Match, *zusammen mit einer Seite einer anderen, nie veröffentlichten Geschichte. Nach ihrer Rückkehr in die Vereinigten Staaten ließen sie die Blätter von Fälschungsexperten und aus-*

*gewiesenen Hemingway-Kennern prüfen. Diese ließen verlauten, die Manuskripte seien mit «mindestens neunzigprozentiger Sicherheit» echt. Die seltenen Blätter werden im kommenden Monat versteigert. Bis dahin erwarten die Flohmärkte in der Nähe des Place de Clichy, wo die Hemingway-Originale gefunden wurden, einen Ansturm von Besuchern, die dort weitere bisher fehlende Werke (etliche Geschichten sowie einen Roman) aufzustöbern hoffen. Ersten Schätzungen zufolge könnte das kürzlich entdeckte Manuskript bei der Versteigerung einen Preis von bis zu zwei Millionen Dollar erzielen.*

«Zwei Millionen», sagte Tony und zog sich, schon auf dem Weg zum Mittagessen, die Jacke an. «Falls mir je das Geld ausgeht – das Zeug in den Kisten da ist mein Notgroschen.»

Vor lauter Verblüffung hätte ich Tony beinahe meine Pariser Geschichte erzählt, wusste aber nicht, wo ich anfangen sollte. Ich fürchtete, mein Mentor würde den Respekt vor mir verlieren. Andererseits war ich auch ein wenig stolz auf mich. Meine Hemingwayfälschungen, sogar die komplett erfundene Geschichte, die ich selbst schwach gefunden hatte, wurde mit «neunzigprozentiger Sicherheit» für eine echte Hemingwaygeschichte gehalten.

Und so begann meine Zufallskarriere als Fälscher.

## Siebzehn

Als Tony zum Mittagessen gegangen war und ich die Neuigkeiten halbwegs verdaut hatte, beschloss ich, die London Library aufzusuchen, die ein Stück abseits der Piccadilly lag. Ich konnte mir nicht vorstellen, wer der amerikanische Geschäftsmann und seine Frau sein sollten. Vielleicht hatte Paul ein weiteres Mal geheiratet, oder dem TLS war bei der Recherche etwas durcheinandergeraten. In einem Punkt jedenfalls war ich mir sicher: Bei den Geschichten musste es sich um die handeln, die ich etwa fünfzehn Monate zuvor geschrieben hatte. Im Grunde wusste ich schon Bescheid: Helen hatte mich übers Ohr gehauen. Wie konnten sie und Paul sich nur so schäbig benehmen? Sie hatten sich die Geschichten unter den Nagel gerissen, nach weiteren gesucht, waren abgehauen und hatten mich meinem Schicksal (und der Polizei) überlassen.

Ich hatte keinen Ausweis für die London Library, im Gegensatz zu Tony, der mich dort schon herumgeführt hatte. Es war eine private Bibliothek aus einer Ära, in der man seinen Mitmenschen noch blind vertraute. Ihre Sicherheitskontrollen waren so lasch, dass mich vermutlich niemand fragen würde, was ich hier eigentlich zu suchen hätte. Und tatsächlich brauchte ich nichts vorzuweisen. Ich breitete die neuesten Tageszeitungen auf einem Tisch aus. Überall war von den Hemingway-Manuskripten die Rede. Sämtliche Artikel schilderten noch einmal, wie es zum Verlust des Koffers mit den Manuskripten gekommen war. Und dann begriff ich es endlich. Die *New York Post*, ein Revolverblatt, das in der Bibliothek nicht auslag, wurde in allen Artikeln zitiert, weil darin über die Protagonisten des Falles berichtet wurde.

Paul und Helen hatten mich nicht direkt angelogen, aber sie hatten mir etwas vorgemacht. Helen war nicht Pauls leibliche Tochter, sondern seine Stieftochter, die Tochter seiner zweiten Frau. Kurz nach der Heirat mit ihrer Mutter hatte er Helen, die damals zwei Jahre alt war, adoptiert. Die Ehe hielt nur drei Jahre, die Adoption jedoch wurde nie aufgehoben.

Den Zeitungsberichten zufolge sahen Paul und seine Stieftochter sich dreizehn Jahre lang nicht; allerdings zahlte Paul für ihren Unterhalt. Mit achtzehn ging Helen zum Studieren nach New York, wo Paul (frisch von seiner vierten Frau getrennt) lebte. Dort – so hieß es in einem anderen Artikel, der sich las wie ein schlechter Roman – verliebten sie sich ineinander.

Pauls abgelegte Frau kam ihnen auf die Schliche und setzte einen Detektiv auf sie an. Nach der geltenden Rechtslage machten Paul und Helen sich des Inzests schuldig. Dem Paar blieb nichts als die Flucht nach Europa, wo sie sich versteckt halten wollten, bis Helen einundzwanzig wurde, was kurz nach unserer letzten Begegnung der Fall war. Sobald sie die Volljährigkeit erreicht hatte und Pauls Scheidung rechtskräftig war, ließ Helen die Adoption aufheben und heiratete Paul.

Kein Wunder, dass Helen nichts an mir gelegen war. Kein Wunder, dass sie ihren einundzwanzigsten Geburtstag kaum erwarten konnte. Damals in Paris hätte diese Beziehung mich wohl schockiert, aber London hatte mich weltläufiger werden lassen. Die erfolgreichen Schriftsteller, die in der LR-Redaktion vorbeischauten, waren oft in zweiter Ehe mit sehr viel jüngeren Frauen verheiratet, und Tonys wohlhabende schwule Freunde sah man durchaus mit Knaben meines oder noch jüngeren Alters. Helen war mittlerweile fast zweiundzwanzig und ihr Gatte etwas jünger, als ich anfangs geschätzt hatte, nämlich siebenundvierzig.

Zunächst konnte ich keinen klaren Gedanken fassen. Immer wieder stellte ich mir Helen mit Paul im Bett vor. Ich war wohl weniger schockiert als angewidert. Erst nach und nach dämmerte es mir, dass ich statt über Sex wohl eher über die Hemingway-Manuskripte nachdenken sollte: Sie würden dem sauberen Pärchen bis ans selige Ende ein Leben in Wohlstand ermöglichen. Es sei denn, ich ließ sie auffliegen. Aber wie? Ich konnte nicht beweisen, dass ich die Geschichten geschrieben hatte. Wenn ich mit einer derartigen Behauptung an die Öffentlichkeit trat, gab es nur zwei Möglichkeiten: Entweder die Mercers bezichtigten mich der Lüge, dann stand mein Wort gegen ihres, oder sie nahmen mir meine Story ab und beschuldigten mich zu Recht, dass ich sie hintergangen hatte. So oder so stünde ich zum Schluss als ein Schwindler da.

Trotzdem, warum sollten die Mercers ein paar Millionen für meiner Hände Werk scheffeln? Da hockte ich nun in einem winzigen Zimmer, das Stipendium für das Sommertrimester war bereits so gut wie aufgebraucht, und mein einziger Besitz war ein Haus, das sich weder verkaufen noch vermieten ließ. Die Mercers konnten doch wohl zumindest einen Teil ihres Gewinns abtreten, oder? In dem Zeitungsartikel wurden Spekulationen darüber angestellt, wie die Geschichten wohl zwischen die Seiten der Zeitschrift vom Flohmarkt geraten waren. Das hätte ich klären können: Sie waren nie dort gewesen. Doch Helen und Paul glaubten offenbar, ich hätte sie dort entdeckt. Sie machten sich mit Sicherheit vor Angst halb in die Hose, dass ich sie in einen weiteren Skandal verwickeln könnte.

In einer der amerikanischen Zeitungen war erwähnt, in

welchem New Yorker Hotel die Mercers abgestiegen waren. Ich begab mich zurück zur Redaktion und schrieb den beiden auf offiziellem Briefpapier der LR die folgende, wohlbedacht formulierte Nachricht:

> *Allem Anschein nach haben Sie ohne meine Einwilligung zwei Manuskripte aus meinem Besitz veräußert. Ich wäre Ihnen dankbar, wenn Sie sich über oben stehende Adresse an mich wenden und mir erläutern, in welcher Form Sie gedenken, mich am Gewinn teilhaben zu lassen.*

An einen Anwalt konnte ich mich nicht wenden. Die Sache war zu heikel, und außerdem hatte ich kein Geld. Der offizielle Briefkopf der *Little Review* würde Eindruck auf die beiden machen, glaubte ich. Das tat er auch, allerdings nicht so wie gedacht.

## Achtzehn

Am Tag nachdem ich meinen Brief an die Mercers in die Post gegeben hatte, traf ich Tony in Grübelstimmung an. In letzter Zeit war er seltener zum Mittagessen ausgegangen und hatte sich dafür lieber der Zeitschrift gewidmet – vermutlich, weil der Redaktionsschluss für Ausgabe 498 näher rückte.

«Hast du irgendwo eine Geschichte von Takimoto rumliegen sehen?»

«Nein. Sonst hätte ich sie sicher gelesen.»

«Offenbar hat er mir vor zwei Jahren eine geschickt. Ich hab vergessen, sie abzudrucken. Da.» Er gab mir einen Brief von Ken Takimoto, dem einzigen Autor, dessen Romane es allesamt auf die Shortlist für den Booker Prize geschafft hatten. In dem Schreiben verwies Ken darauf, er habe Tony eine Geschichte geschickt, weil der ihn dringend darum gebeten habe, und wenn Tony die verdammte Geschichte jetzt doch nicht brauchen könne, *The New Yorker* nehme sie mit Kusshand und zahle ihm, Ken, ein kleines Vermögen dafür.

«Schätze, sie ist irgendwo in meinem Eingangskorb», sagte Tony und deutete vage auf die Teekiste links neben seinem Schreibtisch.

«Soll ich mal nachschauen?», fragte ich.

«Wenn es dir nichts ausmacht? Ich kriege davon immer Depressionen.»

Als er nach Hause gegangen war, sperrte ich zu und leerte die Teekiste aus: Briefe, Lebensläufe, Gedichte, Geschichten,

Buchrezensionen, Memoiren. Auf jeder Einsendung hatte Tony sorgsam das Eingangsdatum vermerkt. Die meisten stammten aus dem letzten oder vorvorletzten Jahr. Ich begriff schnell, dass Tony sich offenbar rasch für oder gegen einen Text entschied, aber bei der Terminplanung gern schlampte. Häufig akzeptierte er mehr Texte, als er in absehbarer Zeit unterbringen konnte. Beispielsweise fand ich eine von ihm für gut erachtete Geschichte von Tim Cooper, einem mir bis dahin unbekannten Schriftsteller, die dieser fünf Jahre zuvor eingereicht hatte. Auf der Suche nach dem Takimoto stieß ich auf einen zweiten Brief von Cooper, in dem er sich vor Freude schier überschlug, weil seine Geschichte angenommen worden war. Dem beigefügten Lebenslauf entnahm ich, dass er damals zweiundzwanzig war und gerade von der Uni kam. Er gab die Adresse seiner Eltern an, weil die an seinen augenblicklichen Wohnsitz gesendete Post häufig verloren ging.

Ich arbeitete mich weiter durch den Papierwust und fand statt der Takimoto-Geschichte etliche weitere Briefe von Tim Cooper mit ausführlichen Angaben zu seiner jeweiligen neuen Adresse und höflichen Nachfragen, wann mit der Veröffentlichung zu rechnen sei. In seinem letzen Brief schließlich machte er keinen Hehl mehr aus seinem Ärger. Er sei über eine Buchhandlung in Willesden Green zu erreichen, schrieb er noch. Tony hatte sämtliche Briefe aufbewahrt, ohne je einen Erscheinungstermin festzusetzen.

Ich stieß auf ähnlich gereizte oder irritierte Schreiben von weiteren Autoren. Hatte Tony seine Meinung über die Geschichten (und das eine oder andere Gedicht) geändert und nicht den Mut aufgebracht, abzusagen? Das sah ihm nicht ähnlich. Es war eher anzunehmen, dass ein berühmterer Name den Vorzug erhalten hatte. Autoren wie Takimoto lieferten der LR Beiträge, weil die Zeitschrift ihnen zu Beginn ihrer Karriere auf die Sprünge geholfen hatte. Zum Ausgleich erwarteten sie schnelle Veröffentlichung. Gelegentlich zogen weniger bekannte, ungeduldige Autoren, die in der Warteschleife hingen, ihre Geschichte zurück, aber da es kein vergleichbar angesehenes Literaturmagazin gab, an das sie sich hätten wenden können, mussten sich die meisten doch – wohl oder übel – gedulden.

Es gab weniger als eine Handvoll guter Zeitschriften, die regelmäßig Geschichten von unbekannten Literaten publizierten. Tag für Tag kamen zahlreiche Einsendungen. Nachdem ich ein paar Monate lang die Post sortiert hatte, wusste ich, welche Autoren gerade auf ihre Veröffentlichung warteten. Tony ignorierte ihre Schreiben, und den etablierten Autoren erging es nicht unbedingt besser, wie der Fall Takimoto zeigte. Ich konnte mir gut vorstellen, dass Tony an seinen beduselten Tagen noch andere Geschichten von literarischen Größen verbummelt hatte.

Ganz unten in der Kiste fand ich schließlich Ken Takimotos Geschichte; sie handelte von einer Witwe, die Vorbereitungen für ihren Umzug ins Altersheim trifft und Selbstmord begehen will, es aber nicht über sich bringt. Gut geschrieben, aber in meinen Augen nicht überzeugend. Die Geschichte von Tim Cooper gefiel mir besser: Sie schilderte eine nächtliche Zechtour, bei der der Erzähler einige unangenehme, peinliche Wahrheiten über sich selbst erfährt.

Aus Freude darüber, dass ich den Takimoto gefunden hatte, lud Tony mich zum Abendessen in ein Restaurant ein. Er sagte, er sei mit der Ausgabe Nummer 498 spät dran und werde die Story irgendwo dazwischenschieben.

«Ich hab mir schon überlegt, ob ich einfach behaupten soll, dass ich die Geschichte für die fünfhundertste Ausgabe aufheben wollte, aber wie's aussieht, kann ich nicht mehr so lange warten. Wir könnten momentan gut mal höhere Verkaufszahlen gebrauchen.»

Ich erzählte ihm von Tim Coopers Geschichte. «Die liegt jetzt schon fünf Jahre bei dir rum. Und sie ist gut.»

«Wirklich? Manchmal lasse ich mich auch beschwatzen.»

Ich gewann den Eindruck, dass die Geschichte von Tim nicht die einzige war, die Tony angenommen, aber nie verwendet hatte. «Du musst sie unbedingt abdrucken», sagte ich.

«Also schön», gab Tony nach. «Er soll uns einen aktualisierten Lebenslauf schicken. Wir packen ihn in Ausgabe 499.»

«Da könnte es ein kleines Problem geben», sagte ich zu ihm, während unsere Ravioli serviert wurden. «Wir haben keine aktuelle Adresse von ihm.»

«Wenn wir ihn nicht finden können, sollten wir ihn auch nicht veröffentlichen», sagte Tony. «Wir bräuchten jemand, der die Abzüge gegenliest, und es stehen noch jede Menge andere auf der Warteliste ...»

«Ich spüre ihn schon auf», gelobte ich, weil ich mir vorstellen konnte, wie es für einen jungen Autor sein musste, wenn die LR seine erste anständige Geschichte akzeptiert, aber nie abgedruckt hätte.

## Neunzehn

Die Buchhandlung, die Tim Cooper als Postanschrift angegeben hatte, stand nicht im Telefonbuch. In der Hoffnung, dass sie noch existierte, fuhr ich mit der U-Bahn nach Willesden Green. Wenn ich Glück hatte, erinnerte sich dort noch jemand an ihn oder wusste sogar seine neue Adresse.

Die Straße war nicht leicht zu finden, ebenso wenig wie der Laden selbst, eingezwängt zwischen einem Gemüsegeschäft und einem muslimischen Metzger. Die Buchhandlung war heruntergekommen und schäbig, mit Gittern vor den staubigen Fenstern und einer unleserlichen Aufschrift darüber. Erst als ich direkt davorstand, erkannte ich, dass hier nicht gebrauchte Fahrräder oder Nippes zum Verkauf standen, sondern Bücher. Ein Glöckchen ertönte, als ich die Tür öffnete. Hinter der schmalen Ladentheke war niemand zu sehen. Die Regale standen so dicht beieinander, dass man sich kaum rühren konnte. Darin reihten sich zerfledderte Taschenbücher aneinander. Ich fand ein paar gebundene Romane und, in einem vollgestopften Hinterzimmer, einen Stapel Literaturzeitschriften, darunter etliche in recht gutem Zustand. Beim Anblick einer alten Ausgabe der LR stieß ich einen kleinen Freudenschrei aus. Es war eine der beiden, die in unserem Archiv fehlte.

«Was gefunden, wonach Sie gesucht haben?» Der Kerl war etwa Mitte zwanzig, so wie ich langhaarig, und trug ein einfarbiges graues T-Shirt, billige Jeans und abgetragene Turnschuhe.

«Bloß die Zeitschrift hier», gab ich zur Antwort. «Die fehlte in einer Sammlung.»

Der Typ warf einen Blick darauf und kniff wütend die Augen zusammen.

«Fünfzig Pence», sagte er knapp.

Ich gab ihm das Geld. «Ich suche jemanden, vielleicht können Sie mir helfen. Er hat hier eine Weile gewohnt oder auch gearbeitet, glaube ich.»

«Hier gibt's nur mich und den Besitzer», sagte der junge Mann. «Ich wohne schon seit ein paar Jahren in der Wohnung über dem Laden.»

«Dann müssen Sie Tim sein.»

Er nickte argwöhnisch. Ich redete hastig auf ihn ein: «Ich arbeite aushilfsweise für die *Little Review* und sortiere da das Archiv. Und dabei bin ich auf eine Erzählung von Ihnen gestoßen, die schon vor fünf Jahren hätte erscheinen sollen.»

Tim machte große Augen.

«Die Sache ist die, Tony will sie in die nächste Ausgabe aufnehmen, und ich wollte Sie bitten, eine aktuelle Notiz zu Ihrer Biographie zu schreiben und die Korrekturabzüge durchzugehen.»

Tim wirkte immer noch nicht überzeugt. «Sie wollen mich nicht auf den Arm nehmen?»

«Nein, nein», versicherte ich schnell und redete weiter über die LR, wie erfreut ich sei, die Ausgabe gefunden zu haben, die im Archiv noch fehlte, und wie leid es mir tue, dass die Veröffentlichung sich so lange hinausgezögert habe. «Es war Tony furchtbar peinlich, als ich ihn darauf hingewiesen habe, aber er ist völlig überarbeitet. Da passieren schon mal Fehler.»

Tim seufzte. «Ich hatte schon allen erzählt, ich hätte eine Erzählung in der *Little Review* untergebracht, und dann wollten sie sie natürlich sehen. Eine schöne Blamage.»

«Es tut mir leid. Ich weiß, es hat lange gedauert. Haben Sie denn sonst noch etwas veröffentlicht?»

In kleineren Zeitschriften, sagte er. Eine von denen, die er mir nannte, kannte ich dem Namen nach. «Nichts, womit man Verleger beeindrucken kann. Ich habe einen Roman geschrieben, aber mit dem hat es nicht recht funktioniert. Jetzt habe ich einen anderen begonnen, aber ich komme nur langsam voran.»

Ihm war das Zutrauen abhandengekommen, und er traute mir offenbar immer noch nicht ganz über den Weg. «In der nächsten Ausgabe sind Sie definitiv drin», sagte ich. «Wenn Sie mir nicht glauben, können Sie Tony anrufen, er wird es Ihnen bestätigen.»

«Das wäre wohl ein bisschen peinlich. Ich habe ihm vor einiger Zeit einen stinkwütenden Brief geschrieben.»

«Vor zwei Jahren.» Ich zog den Brief aus meiner Tasche. «Wenn er ihn überhaupt gelesen hat, hat er ihn längst vergessen. Wie gesagt, es läuft alles etwas chaotisch bei der LR.»

Der Brief überzeugte Tim. «Das muss gefeiert werden», sagte er. «Was soll's? Ich mache den Laden für heute zu. Lust auf einen Drink?»

«Wenn Sie einen ausgeben», sagte ich. Ich war nämlich mal wieder pleite.

«Klar. Aber vorher sollten Sie noch der Toilette einen Besuch abstatten.»

Ich starrte ihn verdutzt an. Tim lächelte nur geheimnisvoll, also tat ich, wie mir geheißen, und stieg über eine gebrechliche Treppe hinauf bis dort, wo auch der Kaiser zu Fuß hingeht. Sobald ich den kleinen Raum betreten hatte, wusste ich, warum Tim mich hergeschickt hatte. Tür und Wände des stillen Örtchens waren von unten bis oben mit Ablehnungsschreiben von Verlagen und Zeitschriften gepflastert. *Leider nichts für uns*, hatte der Herausgeber einer Zeitschrift geantwortet. Ein anderer hatte seinen Kommentar direkt auf Tims Anschreiben gekritzelt. *Beinahe, aber eben doch noch nicht ganz*, schrieb das *London Magazine*. Meistenteils aber handelte es sich um nicht unterzeichnete Standardschreiben. *Wir bedauern sehr ... möchten Sie dennoch ein Probeexemplar unserer Zeitschrift oder ein Abonnement zum handelsüblichen Preis beziehen ...*

Ich zählte fast hundert abschlägige Bescheide, viele von derselben Zeitschrift, wieder und wieder, ihre Kommentare klangen mal verheißungsvoll, mal nüchtern. Dreimal hatte Tony geschrieben: 1) *diesmal nicht*, 2) *passt derzeit nicht zu unserem Profil*, 3) *wirklich stark, aber augenblicklich sind wir überlastet.* Abgelehnt hatten auch *Ambit*, *Inkshed*, *Iron*, *Panurge*, *Stand*, *Slow Dancer*, *Sunk Island Review* und eine Zeitschrift, von der ich mein Lebtag noch nichts gehört hatte: *joe soap's canoe*. *Wir veröffentlichen nur Lyrik*, hatte der zuständige Redakteur des letztgenannten Blatts geschrieben, *aber wenn wir auch Prosa veröffentlichten, dann sicher nicht die Ihre.*

Tim hatte reichlich einstecken müssen. Ich verstand nun, wie steinig der Weg sein würde, wollte ich ernsthaft als Schriftsteller Karriere machen.

Mit den Tageseinnahmen aus der Ladenkasse bezahlten wir unsere Drinks in einem abgelegenen verrauchten Pub und stießen auf Tims Erfolg an. Er schien trotz allem zuversichtlich zu sein.

«Die Fehlschläge in den Anfangsjahren geben einem erst Charakter», sagte er, und ich – der ich es nie ernsthaft versucht, geschweige denn Fehlschläge erlitten hatte – stimmte ihm zu. Als ich vier Stunden später in die U-Bahn zurück nach Soho stieg, waren Tim und ich dicke Freunde geworden.

In der Redaktion legte ich Tims Erzählung zu dem Stapel, der für den Schriftsetzer bestimmt war, und seine biographischen Angaben mitsamt seiner Adresse in den Ordner mit der Aufschrift «Aktuelle Korrespondenz». Die oberste Schublade von Tonys Schreibtisch, die er für gewöhnlich abschloss, war halb herausgezogen. Hier bewahrte er seine persönliche Korrespondenz auf. Doch der Brief ganz oben auf dem wirren Haufen war wohl kaum ein persönlicher. Er kam vom Londoner Kunstverband.

Und war so kurz wie präzise. Die Auflage der *Little Review* sei in solche Niederungen gesunken, dass der Zuschuss durch den Kunstverband in seiner gegenwärtigen Höhe nicht mehr zu rechtfertigen sei. Andere Zeitschriften bemühten sich ebenfalls um Subventionsgelder. Sofern die Auflagenhöhe der *Little Review* sich bis zum Jahresende nicht verdopple, hieß es in dem Schreiben weiter, sehe der Verband sich gezwungen, den Zuschuss drastisch zu reduzieren. Ich las den Brief zweimal und schob dann die Schublade zu.

Die *Little Review* stand kurz vor der Pleite. Das hätte mich eigentlich nicht überraschen dürfen, und doch war ich fassungslos. Tony verdiente kaum etwas mit der Zeitschrift. Er lebte von einer staatlichen Pension und verdiente sich mit Lesungen und dem einen oder anderen Artikel noch etwas hinzu. Bis zum Tod seiner Eltern in den Siebzigerjahren hatte er entweder bei ihnen oder in der winzigen Wohnung gelebt, in der ich nun hauste. Er hatte es durchaus zu etwas gebracht, klagte aber häufig über die hohen Abzahlungen für die Wohnung in Highgate, die er geerbt hatte. Wenn der Zuschuss gekürzt wurde, konnte Tony sich die ohnehin lächerlich geringen Honorare für die Beiträge seiner Autoren nicht mehr leisten. Am Ende würde er nicht einmal mehr den Drucker zahlen können. Er musste sich dringend etwas einfallen lassen, um den Umsatz anzukurbeln.

In der Nacht fand ich vor Sorge, dass es mit der Zeitschrift dahingehen könne, keinen Schlaf. Meine ganze Zukunft schien davon abzuhängen. Eine einzelne Kurzgeschichte eines berühmten Autors würde nicht ausreichen, um die Verkaufszahlen zu erhöhen. Tony brauchte mehrere erfolgreiche Geschichten, und zwar bald. Vielleicht konnte er eine oder zwei erbetteln, aber mittlerweile wusste ich, dass namhafte Schriftsteller keine Meisterwerke in der Schublade horteten – und zumeist auch nicht auf Knopfdruck etwas Neues produzieren konnten und wollten.

Aber es gab jemanden, der sich Geschichten aus dem Ärmel schütteln konnte, jemanden, der den Stil anderer Schriftsteller überzeugend nachahmen konnte. Jemanden, der Tony einen Gefallen schuldete. Der vielleicht, wenn er sich nur Mühe gab und eine gute Wahl traf, im Alleingang die Zeitschrift zu retten vermochte. Denn wenn ich Hemingway fälschen und Experten damit an der Nase herumführen konnte, warum sollte mir dies mit einem anderen Autor nicht ebenso gelingen?

Aber mit welchem? In der ganzen letzten Zeit hatte ich an eigenen Sachen geschrieben – entweder autobiographisches Gewäsch, das ich am folgenden Tag wieder vernichtete, oder surrealen, mythisch angehauchten Mumpitz, den ich aufhob, aber niemandem zeigte. Mein eigenes Geschreibsel versetzte mich nicht in Begeisterung. Ich glaubte nicht an mich. Dieses neue Projekt jedoch beflügelte mich. Ich machte mich an die Durchsicht des LR-Archivs und stellte, auf der Suche nach einer zündenden Idee, meine Studienarbeiten erst einmal hintan.

Zunächst dachte ich, der ideale Kandidat sei ein Autor, von dem die *Little Review* früher schon etwas veröffentlicht hatte, der mittlerweile nicht mehr unter den Lebenden weilte und nur ein schmales Œuvre hinterlassen hatte. Doch das war nicht ganz unproblematisch. Viele Autoren verkauften sich ein, zwei Jahrzehnte nach ihrem Tod deutlich schlechter. Und ich würde nur jemanden fälschen können, dessen Werk ich liebte, in den ich mich hineinversetzen konnte. J. D. Salinger zum Beispiel. Meinem Gefühl nach würde es mir keine Schwierigkeiten bereiten, den Stil von *Der Fänger im Roggen* nachzuahmen. Doch entschied ich mich alsbald dagegen. Salinger war schon häufig imitiert worden, und seine gestörten, superschlauen, supergebildeten Figuren erinnerten mich zudem auf unangenehme Weise an mich selbst. Außerdem hatte Salinger seit fast dreißig Jahren nichts Neues mehr veröffentlicht. Kürzlich hatte er einen britischen Dichter verklagt, der eine Biographie von ihm herausbringen wollte, also würde er mit Sicherheit auch jeden verklagen, der versuchte, ohne Genehmigung eine Story von ihm herauszubringen. Ich wollte die *Little Review* retten und nicht in den finanziellen Ruin treiben.

Vielleicht James Sherwin – nicht annähernd so berühmt wie Salinger, aber doch auch Kult und, meiner Meinung nach, als Autor sogar interessanter. Er hatte weniger veröffentlicht als Salinger und war schon fast ebenso lange von der Bildfläche verschwunden. Außerdem hatte die *Little Review* Anfang der Sechzigerjahre zwei Geschichten von ihm abgedruckt. Ich fand das eine der beiden Manuskripte von damals – eine Erzählung, die später in seinen einzigen Sammelband, *Nutzer*, aufgenommen wurde. Sherwins großer Erfolg kam 1967 mit *Ich, Singer*. 1970 folgte der Erzählband und *Sternengucker*, eine Novelle. Seither nichts mehr. Meine Mutter besaß ein signiertes Exemplar der zuletzt erschienenen Novelle.

Ich erinnerte mich an Mums Schilderung, wie sie als Studentin Sherwin bei einer Lesung erlebt hatte. Er las aus *Sternengucker* und einem weiteren, bis dahin unveröffentlichten und noch unfertigen Buch, *Die Kommune*. Nach der Lesereise kehrte Sherwin auf seine griechische Insel zurück, die er seither nicht mehr verlassen hatte, um sein Opus magnum fertigzustellen. *Die Kommune* war jahrelang in der Debatte gewesen. Menschen, die Auszüge daraus bei Lesungen Sherwins gehört hatten, erklärten, dies werde der «Roman des Jahrhunderts». Sherwin – damals erst Ende dreißig – ließ verlauten, *Die Kommune* werde sein letzter Roman sein; darin sei alles gesagt, was er je habe sagen wollen. Allerdings kam das Buch nie heraus. Und auch sonst nichts mehr.

Die anderen drei Bücher von Sherwin waren weiter erhältlich, mit der Zeit aber nur noch bei Althippies und einer bestimmten Sorte Studenten beliebt. Trotzdem – mit dem Abdruck einer neuen Erzählung von ihm konnte die *Little Review* ihre Druckauflage sicher vervierfachen. Allerdings hatte Sherwin so wenig veröffentlicht, dass er sich wohl daran erinnern würde, uns als junger Mann keine Geschichte geschickt zu haben. Außerdem würde es alles andere als leicht werden, seinen Stil nachzuahmen. Sein Ton, in dem immer ein gewisser Lebensüberdruss mitschwang, war absolut einzigartig. Es gab Anklänge an Borges und sogar an Nabokov, zugleich war er unzweifelhaft britisch. Sherwin schilderte den Alltag der Arbeiterklasse in den Midlands als eine mythisch angehauchte, karge Welt. Absolut faszinierend, aber schwer zu imitieren. Ich musste einen anderen Autor finden. Vorzugsweise jemanden, der bereits tot war und keinen Ärger mehr machen konnte.

Die Lösung kam mir erst, als ich durch Soho lief, gedanklich gerade eher mit der Frage beschäftigt, was ich zu Mittag essen würde. Im Schaufenster des Antiquariats ‹Any Amount of Books› lag eine Erstausgabe von Graham Greenes *Der stille Amerikaner*. Das Buch hatte zu den Lieblingsromanen meiner Mutter gehört. Greene hatte der *Little Review* früher eine Erzählung geliefert, er hatte sie in der Redaktion abgetippt, während er auf seine Hure wartete. Wenn er eine in diesen Räumen getippt hatte, warum dann nicht auch zwei?

Allerdings lebte Greene noch. Aber jüngsten Nachrichten zufolge litt er unter Gedächtnisschwund. Im Vorjahr hatte man in einer Schublade in Hollywood eine vor dreißig Jahren von ihm als Drehbuchvorlage verfasste Novelle gefunden. Sie wurde unter dem Titel *Der zehnte Mann* veröffentlicht und fand großen Beifall. Greene äußerte dazu, er könne sich nicht erinnern, sie geschrieben zu haben. («Damals hat er kiloweise Amphetamine genommen», so Tonys Kommentar.) *Der zehnte Mann* war nicht das einzige Werk Greenes, das nach Urzeiten aus der Versenkung wieder auftauchte. Einen seiner Romane aus den späten Siebzigerjahren, *Der menschliche Faktor*, hatte er zu Beginn der Sechziger begonnen und dann beiseitegelegt.

Seither war die Romanproduktion versiegt. Zuletzt hatte er eine Sammlung seiner Briefe an die Presse veröffentlicht – die Ausgabe, über die ich eine Rezension geschrieben hatte. Demnächst sollte ein schmaler Erzählband von ihm erscheinen, *Der Mann, der den Eiffelturm stahl*, laut der entsprechenden Pressemitteilung ein Querschnitt seiner Werke von den Zwanziger- bis zu den Achtzigerjahren. Zwei der darin aufgenommenen Erzählungen waren in den Fünfzigern veröffentlicht und seither nie mehr gesehen worden. Warum sollte irgendwer anzweifeln, dass noch eine weitere bis dato ungedruckte Erzählung aus jener Zeit existierte?

In meine Behausung zurückgekehrt, machte ich mich daran, den Nebenraum auszumisten, um Platz zu schaffen. Neben den Kisten, die laut Tony das LR-Archiv enthielten, fand sich auch jede Menge Schrott, unter anderem ein kaputter Toaster, ein Wasserkocher aus der Frühphase des Industriezeitalters und eine alte Schreibmaschine. Toaster und Wasserkocher warf ich in den Müll, behielt jedoch die

Schreibmaschine, weil sie mich an das vorsintflutliche Gerät erinnerte, das ich in Paris zurückgelassen hatte. Mochte dieses hier am Ende die Schreibmaschine sein, auf der Greene in grauer Vorzeit seine Geschichten getippt hatte? Die Typen ähnelten dem des Manuskripts in unserem Archiv. Das Farbband taugte nichts mehr, aber ich würde sicherlich irgendwo noch ein altes auftreiben – dann musste es mir nur noch gelingen, eine überzeugende Geschichte zu fabrizieren.

An jenem Abend, während der Lärm von den Straßen Sohos zu mir heraufdrang, setzte ich mich, wie Greene gut dreißig Jahre zuvor, an Tonys Arbeitstisch und begann zu schreiben.

## Zwanzig

Wann immer ich versuchte, Ideen für meine eigenen Geschichten zu entwickeln, erlitt ich Schiffbruch. Doch nun, da ich mich in Graham Greene hineinversetzte, ließ sich meine Phantasie kaum zügeln. Was allerdings noch nicht hieß, dass ich unbedingt Greenes Ton traf. Seine Bücher spielten an Orten, an denen ich noch nie gewesen war. Und über einen Ort zu schreiben, den ich nicht aus eigener Anschauung kannte, war zu riskant. Ein falsches Detail, und ich wäre aufgeflogen.

Mir fiel eine Zeile aus Meyers' Hemingway-Biographie wieder ein: *Wer ein Mensch wirklich ist, erkennt man daran, was er verbirgt.* Tony hatte einen ähnlichen Ratschlag an mich weitergegeben; er stammte von einem Freund, der während des Kriegs als Spion tätig gewesen war: *Wenn du über die Schwächen einer Person Bescheid wissen willst, dann finde heraus, wo sie lügt.* Wo log Greene? Er betrog seine Frau, aber das war eigentlich allgemein bekannt. Prostituierte aufzusuchen war hingegen schon heikler. Darüber sprach er nicht offen. In *Die Stunde der Komödianten* gesteht Major Jones dem Erzähler, er habe nie eine Frau gehabt, ohne dafür zahlen zu müssen. Wie oft hatte Greene für Frauen bezahlt?

Ich entschied, eine Geschichte über eine Prostituierte zu schreiben. Selbst wenn ich es könnte, ich würde meine gefälschte Erzählung an dieser Stelle nicht wiedergeben wollen. Dem Leser, der bereits weiß, dass er eine Fälschung vor sich hat, fallen die Makel sofort auf. Will – oder besser noch –

muss man an die Echtheit dessen glauben, was man liest, liegen die Dinge anders, wie der Erfolg meiner Hemingway-Fälschung bewies.

In *Späte Erkenntnis* begegnet Sedgeworth, ein Juwelier um die vierzig, dessen körperbehinderte Frau im Sterben liegt, in Soho einer jungen Prostituierten und fühlt sich, obwohl er nie zuvor die Dienste einer Gunstgewerblerin in Anspruch genommen hat, augenblicklich zu ihr hingezogen. Die Prostituierte, die sich Eve nennt, ist eine Pendlerin aus Nottwich, der fiktiven Stadt, die Greene Nottingham nachempfunden hat. Nottwich erscheint zum ersten Mal in dem Roman *Das Attentat* aus den Dreißigerjahren und findet ebenfalls Erwähnung in *Unser Mann in Havanna*, dem Roman aus der Zeit, in der auch meine Geschichte entstanden sein sollte. In Nottingham war Greene als Journalist tätig, bis er eine Anstellung bei der *Times* bekam. Er hasste die Stadt, verdankte den wenigen Monaten, die er dort verbrachte, allerdings Einblicke in das Leben der Arbeiterklasse: eine offenbar prägende Erfahrung. In meiner Geschichte erwähnte ich, dass Sedgeworth ganz zu Beginn seines Berufslebens für kurze Zeit in Nottwich gelebt hatte, eine Gemeinsamkeit mit seiner Bekanntschaft Eve.

Eve hat etwas an sich, das den Juwelier fasziniert. Sie ist keine Schönheit im klassischen Sinn: Ihr Kinn ist zu eckig, ihre Schultern sind ein wenig zu breit. Sie ist nicht sexy oder glamourös genug, um in den nobleren Vierteln der Metropole zu arbeiten. Sedgeworth, sagt sie, ist ihr Lieblingskunde. Sie reden ganz ungezwungen und fassen Vertrauen. Sedgeworth merkt, dass er im Begriff ist, sich in Eve zu verlieben. Er erzählt ihr sogar von seiner todkranken Frau, die vermutlich ahnt, dass er sich regelmäßig mit einer anderen trifft, aber nie Fragen stellt. Eve wiederum erzählt ihm, dass sie nicht vorhat, auf Dauer als Prostituierte zu arbeiten. Sie will eine Boutique aufmachen, mitsamt einem Garderobenverleih für diejenigen, die sich teure Kleidung nicht leisten können. Sedgeworth bietet sich als Bürge an. Nach einigem Zögern erklärt Eve sich einverstanden. An diesem Punkt verrät sie ihm ihren wirklichen Namen, Hannah.

Sedgeworth plant, Hannah zu einem Leben als angesehener, unabhängiger Geschäftsfrau zu verhelfen. Nach dem Tod seiner Frau und einer angemessenen Trauerfrist wird er in der Lage sein, sie zu heiraten, aber nur, wenn sie ihn haben will. In der Zwischenzeit wird Hannah aus der Prostitution aussteigen, und er bleibt ihr Liebhaber.

Hannah erzählt Sedgeworth, dass ihr Vater vor ihrer Geburt gestorben ist und sie ihn deshalb nie kennengelernt hat. Sie möchte Sedgeworth eines Tages mit ihrer Mutter bekannt machen, der sie sehr nahesteht. Sie möchte ihn als ihren Mentor und nicht als ihren Liebhaber vorstellen, da ihre Mutter keine Ahnung hat, was Hannah tatsächlich in London treibt. Später, wenn Sedgeworths Frau gestorben ist, können sie behaupten, ihre romantische Beziehung hätte kurz danach begonnen. Sedgeworth erklärt sich mit dieser Farce einverstanden.

Das war schon jetzt zu viel Stoff für eine Kurzgeschichte, ging mir auf, andererseits wiederum nicht genug für einen Roman. Vielleicht würden die Leser ja denken, dass Greene aus diesem Grund nicht weiter an dem Manuskript gearbeitet hatte. Nachdem ich den Schluss komponiert hatte, nahm ich notwendige Kürzungen vor und übte mich in Greenes Metaphorik. Seine Frau Vivien pflegte alle seine Werke durchzugehen und sämtliche «Leoparden im Baumwipfel», wie sie es nannte – allzu schwülstige Bilder und übertriebene Vergleiche – zu streichen. Ich tat es ihr nach.

Es galt, noch weitere Einzelheiten richtig hinzubekommen. Ich trieb ein Farbband auf, das gelegentlich verrutschte, sonst aber einigermaßen zu der alten Schreibmaschine passte. Unter den Dokumenten im Archiv lag wild verstreut haufenweise unbenutztes Manuskriptpapier.

Erst als ich von meinem Geschreibsel rundum überzeugt war, holte ich die alte Schreibmaschine heraus und tippte es ins Reine, nahm dabei noch die eine oder andere Korrektur vor und achtete darauf, dass es insgesamt genauso aussah wie Greenes echte Erzählung, die ich gesehen hatte.

Als ich fertig war, ließ ich die Blätter ein paar Tage lang ausgebreitet am Fenster liegen, in der Hoffnung, dass die Sonne sie vergilben ließe. Zehn Tage nachdem ich damit begonnen hatte, las ich die Geschichte noch einmal, fand nichts daran auszusetzen, holte tief Luft und ging nach unten, um sie Tony zu zeigen.

«Wo war das?», fragte er mit einem flüchtigen Blick auf das Manuskript.

«Oben, in einer unbeschrifteten Aktenbox.»

«In welcher Ausgabe haben wir das veröffentlicht?»

«Es ist nie veröffentlicht worden. Ich habe im Verzeichnis nachgesehen.» (In den Sechzigerjahren war ein gedrucktes Verzeichnis der ersten zweihundert Ausgaben der *Little Review* erschienen.)

Tony ging zu dem alten Ledersessel in der Ecke und schob einen Stapel Bücher beiseite, damit er sich hinsetzen und die Geschichte lesen konnte. Ich nahm mich der belangloseren Korrespondenz an und bemühte mich, ihn möglichst nicht zu stören. Von Zeit zu Zeit schielte ich in Tonys Richtung. Hatte ich den Schluss richtig hinbekommen? Just als der Laden eröffnet wird, stirbt Sedgeworths Frau. Damit ist er frei für seine Geliebte. Doch als er unerwartet bei Hannah auftaucht, um ihr die Neuigkeiten mitzuteilen, hat sie ihre Mutter zu Besuch. Hannah stellt Sedgeworth als ihren Gönner vor. Die Mutter – in Sedgeworths Alter, aber abgekämpft und ungepflegt – begegnet ihm herzlich und hegt offensichtlich keinen Verdacht bezüglich seiner Beweggründe. Sedgeworth ist sich sicher, dass sie nichts gegen seine Heirat mit Hannah einzuwenden haben wird. Er kann es kaum erwarten, endlich mit seiner Geliebten allein zu sein und ihr die Neuigkeiten zu erzählen.

Doch als Hannah unten einen Kunden bedient, umarmt ihre Mutter Sedgeworth und erklärt, wie dankbar sie ihm ist. Aber wie um alles in der Welt, fragt sie, hat er von Hannah erfahren? Sedgeworth hat keine Ahnung, wovon sie redet. Ich wusste nicht, wie ich dich hätte erreichen können, Jim, sagt Hannahs Mutter. Wie hast du herausgefunden, dass sie von dir ist?

Endlich begreift Sedgeworth. Hannahs Mutter ist das Fabrikmädchen, mit dem er dreiundzwanzig Jahre zuvor eine kurze Liebschaft hatte. Hannah ist seine Tochter. Deshalb vielleicht hat sie ihn so fasziniert.

«Du warst immer ein Gentleman», sagt die Mutter zu ihm, während er mühsam die Fassung behält.

James und Hannah bringen die Mutter zum Zug, mit dem sie zurück nach Nottwich fährt. Sedgeworth erklärt Hannah, dass seine Frau von nun an ständige Pflege braucht und er seine Geliebte in absehbarer Zeit nicht mehr besuchen könne. Sie solle sich mit anderen Männern treffen. Sedgeworth lässt sie tränenüberströmt am Bahnhof stehen. Die Geschichte endet mit seiner Rückkehr in sein leeres Haus.

Tony legte die Blätter weg.

«Ich erinnere mich nicht im Geringsten daran», sagte er kopfschüttelnd.

«Vielleicht hat er sie dir nicht gezeigt?», sagte ich.

«Nein. Er hat immer mit mir über Pepe geredet, so hieß das Mädchen. Warum hätte er mir die Geschichte nicht zeigen sollen? Es sei denn, er hat es sich damit anders überlegt. Das ist ein phantastischer Fund, Mark, aber ich muss mich mit Graham in Verbindung setzen, bevor wir sie einplanen. Ich lasse sie heute Abend fotokopieren und schreibe ihm etwas dazu.»

Tony lächelte und machte es sich bequem, um die Geschichte noch einmal zu lesen. Ein wenig enttäuscht ging ich wieder nach oben in mein Zimmer, wo ich mich eigentlich auf die Prüfungen vorbereiten sollte, die am folgenden Tag begannen. Die Schreibmaschine, auf der ich die Geschichte getippt hatte, stand noch neben meinem Bett. Ich brachte sie in den Archivraum zurück. Halb erwartete ich, dass jeden Augenblick Tony zur Tür hereinkam, mir erklärte, die Greene-Erzählung sei eine Fälschung, und mich aus der Wohnung warf. Aber es geschah nichts dergleichen. Am folgenden Tag teilte er mir mit, er habe an Greene geschrieben.

«Daumen halten», sagte er.

Ich war mir sicher, dass ich einen Riesenfehler begangen hatte – einen, den Greene in null Komma nichts aufdecken würde.

## Einundzwanzig

Meine Prüfungen waren eine Katastrophe. Ich hatte sie nicht ernst genommen, so vertieft wie ich in meine Arbeit für die LR und die Greene-Fälschung war. Die Prüfungen zählten nicht für die Endnote des eigentlichen Examens. Man musste sie nur bestehen, um ins zweite Studienjahr zu kommen. Also hatte ich gebummelt. Zu Vorlesungen war ich schon lange nicht mehr gegangen, wohl aber zu den meisten Übungen. Einen der zentralen Texte hatte ich schon für die Schulabschlussprüfungen durchgearbeitet und kannte ihn meinem Gefühl nach in- und auswendig. Aber diese Prüfungen waren zwei Jahre her, und weder mit dem Altenglischen noch mit Malory war ich je warmgeworden. Ich war ein Ass in Sachen zwanzigstes Jahrhundert – hatte ich nicht Experten davon überzeugt, dass ich Ernest Hemingway war? Aber die Moderne kam erst im dritten Studienjahr an die Reihe. Die Plackerei mit dem gegenwärtigen Lehrplan hatte ich mir gespart. Bei der letzten, dreistündigen Prüfung ging ich eine Stunde früher, weil mir nichts, aber auch gar nichts mehr einfiel, was ich hätte schreiben können. Die Vorstellung, versagt zu haben, versetzte mich in Angst und Schrecken.

Zu Hause in Soho gab Tony mir einen Brief, der mit der zweiten Post gekommen war. Abgestempelt war er in New York. Die Handschrift war fast unleserlich, aber ich erkannte sie trotzdem und ging zum Lesen nach oben, was Tony höchlichst amüsierte.

Helen Mercer antwortete auf meinen Brief, den ich an ihren

Mann adressiert hatte. Sie verwies darauf, dass Paul und sie bisher keine Möglichkeit gehabt hatten, mich zu benachrichtigen. Helen schrieb, sie werde mich in London aufsuchen, «sobald es sich ermöglichen lässt». Von Geld war nicht die Rede, ebenso wenig wie von Paul.

Auch Graham Greene hatte geschrieben. Tony las mir seinen Brief vor. Darin stand, Greene sei seit einer Reise nach Dublin im Vorjahr krank und plane, von Antibes in ein kleines Dorf namens Corseaux zu übersiedeln und dort eine Wohnung mit schönem Ausblick auf den Genfer See und die Alpen zu beziehen.

«Steht nicht da, warum er unbedingt umziehen will», bemerkte Tony. «Vermutlich, um ein Krankenhaus in der Nähe zu haben. Muss ernster sein, als er zugibt, der arme Kerl. Hör dir das an.»

> *Danke für die Zusendung von* Späte Erkenntnis. *Ich kann mich nicht entsinnen, das geschrieben zu haben, erinnere mich aber natürlich noch an die Umstände, die dazu geführt haben. Schade, dass es zu spät ist, um die Geschichte noch in* Der Mann, der den Eiffelturm stahl *aufzunehmen. Was wohl aus der armen Pepe geworden ist? Alles in allem, keine schlechte Umkehrung des griechischen Mythos. Du kannst die Geschichte gern veröffentlichen, wenn Du meinst, dass sie den Anforderungen genügt, und vielen Dank für die Einladung. Leider erlaubt es mir mein Gesundheitszustand nicht, nach London zu reisen – oder sonst wohin –, so gerne ich es täte. Mit allen guten Wünschen, Dein Graham.*

Er hatte das fotokopierte Schreibmaschinenmanuskript mit zwei kleinen Ergänzungen zurückgeschickt, an einer Stelle eine stilistische Verbesserung vorgenommen und an einer anderen ein überflüssiges Komma gestrichen. Tony war völlig aus dem Häuschen. Ich beschränkte mich auf ein zufriedenes Lächeln.

«Die bringen wir gleich in der nächsten Ausgabe und schieben dafür die Geschichte von Wie-hieß-er-noch.»

«Das kannst du nicht machen», sagte ich. «Ich habe Tim versprochen, dass seine Geschichte in Nummer 499 erscheint. Wäre es nicht besser, den Greene für die fünfhundertste Ausgabe aufzuheben?»

Tony beäugte mich argwöhnisch, bestand aber nicht darauf, Tims Geschichte aus dem Heft zu nehmen.

«Nein», sagte er. «Das Geld, das der Greene uns einbringen wird, brauchen wir jetzt und sofort. Mit etwas Glück findest du in den Archiven etwas, was wir für die fünfhundertste Ausgabe verwenden können. Außerdem schreibe ich noch ein paar von unseren Stammautoren an und bitte sie um einen Sonderbeitrag. Ich drucke Extraseiten, nehme den halben Rezensionsteil raus, was immer nötig ist. Aber ich will sie bald draußen haben.» Mit leuchtenden Augen fügte er an: «Und am ersten Erscheinungstag machen wir eine Präsentation. Damit klar ist, dass wir's ernst meinen. Wir haben schon seit Jahren keine Präsentation mehr veranstaltet.»

An dem Abend kam Tim vorbei. Ich erzählte ihm von der geplanten Präsentation.

«Tony hätte gern, dass du deine Geschichte vorliest. Würdest du das machen?»

«Ob ich das machen würde?» Tim überschlug sich fast vor Freude. Er gestand, dass er das ganze Jahr über keinen Schlag an seinem Roman getan hatte, doch nun hatte ihn die Nachricht von der bevorstehenden Veröffentlichung seiner Geschichte förmlich beflügelt. «Seit du letzte Woche bei mir aufgetaucht bist, habe ich schon fünftausend Wörter geschrieben! Normalerweise bin ich ziemlich langsam, aber ich habe mir nochmal durchgelesen, was ich bis jetzt so geschafft hatte, und auf einmal hat es klick gemacht – ich weiß jetzt, was geändert werden muss und in welche Richtung der Roman geht.»

Tim war fasziniert von der Redaktion der *LR*. Ich zeigte ihm auch mein Quartier im Obergeschoss, wo er eine halbe Stunde lang im Archivraum herumwühlte. Beim Abschied bot er an, mir bei der Sichtung der Bestände zu helfen, doch ich riet ihm, seine freie Zeit lieber mit Schreiben zuzubringen.

Tims Freundschaft tat mir gut. Ich hatte einen Gefährten gefunden. Er war zwar ein paar Jahre älter als ich, aber immer noch in den Zwanzigern: Zum ersten Mal kannte ich einen Gleichaltrigen, der ebenfalls Schriftsteller werden wollte. Ich fühlte mich ein bisschen weniger einsam und machte mich sogar wieder an meine eigenen literarischen Projekte, obwohl ich wusste, dass etwas anderes dringender anstand. Tony zählte darauf, dass ich eine weitere «verloren gegangene» Geschichte im Archiv finden würde, für die fünfhundertste Ausgabe der *Little Review*.

## Zweiundzwanzig

Die Prüfungsergebnisse waren an einem Schwarzen Brett neben dem Hörsaal angeschlagen, in den ich seit dem Herbsttrimester keinen Fuß mehr gesetzt hatte. Bis ich dorthin gefunden hatte, waren die anderen Studenten schon wieder verschwunden, sodass niemand sah, wie es mir die Schamröte ins Gesicht trieb. Bisher war ich immer ohne viel Mühe durchgekommen. Ich wusste zwar, dass ich keine Glanzleistungen abgeliefert hatte, dachte aber, ich würde es schon schaffen. Doch diesmal hatte es nicht gereicht: Ich war durchgefallen.

Mein Studienbetreuer saß in seinem Büro. Die resignierte Herzlichkeit, mit der er mich begrüßte, ließ durchblicken, dass er mich bereits erwartet hatte. Meine Akte lag auf seinem Schreibtisch. So vorsintflutlich und anonym, wie es in dieser Uni zuging, war mir bis dahin nicht klar gewesen, dass es überhaupt eine Akte zu meiner Person gab.

«Dafür gibt es keine Entschuldigung, Mark», sagte er. «Niemand hat in dem Jahr so oft bei Vorlesungen gefehlt wie Sie.»

Niemand hatte mir gesagt, dass die Dozenten, sobald die Teilnehmerzahl dahinschwand, routinemäßig Anwesenheitslisten erstellten. Das hatte ich nun davon, dass ich mit niemandem aus meinem Studienjahrgang Freundschaft geschlossen hatte.

«Sie haben drei von Ihren insgesamt zwanzig Übungen bei mir geschwänzt und sind im Übrigen oft unvorbereitet erschienen.»

Das ließ sich nicht leugnen.

«Sie sind bei Ihrer wichtigsten Prüfung eine Stunde vor Ende gegangen und haben nicht alle Aufgaben bearbeitet. Wer soll angesichts dessen bei der Benotung noch großzügig sein?»

Ich ließ beschämt den Kopf hängen. Da hatte ich gedacht, ich ginge in dem Betrieb unbemerkt, ja buchstäblich anonym durch, und dabei waren die ganze Zeit Einträge über mich angelegt worden. Es führe kein Weg zurück, ließ mich mein Studienberater unmissverständlich wissen.

«Was mich überrascht», fuhr er fort, «sind die guten Empfehlungen, die Sie vorzuweisen hatten. Exzellente Abschlussergebnisse. Sie sind doch ganz offenbar ein Liebhaber der Literatur, fühlen sich zum Romanautor berufen. Haben Sie die vergangenen Monate mit Schreiben verbracht?»

Ich schüttelte nur den Kopf, zu erschöpft, um zu lügen. Am Ende hätte er noch gefragt, ob er das Opus in Augenschein nehmen könne.

«Ihre Mutter arbeitet als Bibliothekarin, lese ich hier. Wie wird sie diese Nachricht wohl aufnehmen?»

Fassungslos starrte ich ihm ins Gesicht. Wollte er sich einen schlechten Scherz mit mir erlauben? Andererseits, woher sollte die Universität wissen, dass meine Mutter seit fast einem Jahr tot war? Ich hatte ja keine Mitteilung davon gemacht.

«Alles in Ordnung mit Ihnen, Mark? Reißen Sie sich zusammen, Jungchen.»

Der Studienbetreuer gab mir ein Taschentuch. Ich flennte wie ein Kleinkind.

Später erfolgte die Mitteilung, dass ich aufgrund des Trauerfalls im engsten Familienkreis die Prüfungen am Ende des folgenden Jahres erneut ablegen dürfe. Wenn ich bestünde, könne ich mit meinen Studien fortfahren, als sei nichts vorgefallen (dann wäre ich erstmals in meinem Leben älter als die meisten meines Jahrgangs). Angenommen, dass ich mich in dem Jahr, in dem ich vom Studienfortgang suspendiert wäre, eigenständig über Wasser hielt, könnte ich sogar an den Vorlesungen teilnehmen, die ich zuvor versäumt hatte.

Wieder etwas, das ich meiner Mutter zu verdanken hatte. Ein Dreivierteljahr war sie nun schon tot, und dass sie einfach nicht mehr da war, setzte mir mehr zu, als ich mir eingestehen wollte. Ich war wie betäubt – was teilweise erklärt, warum ich mich so und nicht anders verhielt. Ich fühlte mich älter, als ich war, ich wollte mich nicht als Waisenkind sehen. Und doch war es so. Und ist es vielleicht bis heute geblieben.

Geläutert und erleichtert kehrte ich nach Soho zurück. Ich war noch nicht bereit für das Studentendasein. Andere Dinge hatten Vorrang, nicht zuletzt die Aufgabe, der *Little Review* wieder zu ihrem einstigen Glanz zu verhelfen. Wenn die Mercers kein Geld herausrückten, würde ich mir einen Job suchen müssen, aber diese Entscheidung lag noch in ferner Zukunft.

Ich sagte Tony, ich würde an der Uni ein Jahr pausieren und dafür gern der Zeitschrift mehr Zeit widmen.

«Geht das denn?», fragte er, ohne sich anmerken zu lassen, ob er den wahren Grund kannte. «Ich sag dir was», meinte er. «Ich sehe zu, ob ich ein bisschen Arbeit für dich auftreiben kann.»

«Ist nicht so wichtig», sagte ich. «Ich kann im Sommer Arbeitslosenunterstützung beantragen.»

«Das musst du wohl auch», sagte Tony mit einem traurigen Lächeln.

Die 499. Ausgabe der *Little Review* kam zwei Tage vor der Präsentation vom Drucker. Die Titelseite zierte ein Schwarzweißfoto von Greene mit der Unterschrift «Greene: eine bislang unveröffentlichte bedeutende Erzählung», weiße Schrift vor dem Hintergrund einer dunklen Straße in Soho. Tims Name stand ebenfalls auf dem Umschlag, neben den Namen der anderen Autoren.

Tim fand sich als Erster zu der Präsentation ein, die in der Buchhandlung Turret Books in der Lamb's Conduit Street stattfand. Zur Feier des Tages hatte er sich die Haare schneiden lassen. Erst jetzt fiel mir auf, dass er auf eine etwas geckenhafte, fast schon feminine Art gut aussah. Auch Magneta McLaren kam, die ich bis dahin nur vom Hörensagen kannte. Ihre bizarren, stets etwas geschwollen klingenden Kurzgeschichten erschienen in der *Little Review*, in *Ambit* und in etlichen anderen Magazinen. Sie war um die dreißig und stark geschminkt, wie ein Mitglied der Gothic-Szene, hatte einen wilden schwarzen Schopf und diverse goldene Stecker in der Nase. Zu ihrem engen Tanktop trug sie Jeans, die derart zerlöchert waren, dass man nicht umhinkam, zu bemerken, dass sie keine Unterwäsche trug. Ich erkannte sie, Tony hatte oft von ihr erzählt und stellte mich vor.

«Wo haben Sie sich bloß die ganze Zeit versteckt?», fragte sie und zwickte mich mit einem neckischen Grinsen in den Hintern. «Sie sind doch wohl keine kleine Schwuchtel, oder?»

Während ich noch um eine Antwort rang, kam Tony aus dem Hinterzimmer, wo er mit dem Inhaber der Buchhandlung über irgendetwas verhandelt hatte.

«Magneta, meine Liebste!» Er eiste sie von mir los und flüsterte mir ins Ohr: «Sieh dich ja vor, Mark. Magneta hat's gern jung und knackig. Wenn du sie lässt, hat sie dir im Handumdrehen die Unschuld geraubt.»

«Wer zum Teufel war das denn?», wollte Tim wissen, während immer mehr Leute eintrafen.

«Magneta McLaren!» Tim war schwer beeindruckt. «Von

ihr stand etwas in der ‹Dreißig unter dreißig›-Ausgabe von *Granta*.»

«Gefallen dir ihre Sachen?»

Tim gab keine Antwort. Er starrte wie gebannt auf Magnetas Kehrseite. Soviel ich wusste, hatte er schon seit Jahren keine feste Freundin mehr gehabt. Welche Frau, die auf sich hält, schläft schon mit einem Mann, der einen so miesen Job hat, billige Klamotten trägt und in einem staubigen Wohnklo über einem gammeligen Antiquariat lebt. Schließlich sprachen Tim und ich über die neue Ausgabe der LR. Er hatte sie bereits von vorne bis hinten gelesen.

«Nur um zu sehen, in welcher Gesellschaft ich mich befinde.»

Er fand ein paar freundliche Worte für meine Greene-Rezension, doch seine wahre Begeisterung galt meinem Fälscherwerk.

«Diese Geschichte von Greene», sagte er, «sie klingt so frisch, gar nicht wie etwas aus den Fünfzigerjahren. Zum Beispiel da, wo er sich nach ihrer Mutter erkundigt und herausfindet ...»

Volle fünf Minuten lang lauschte ich fasziniert Tims Ausführungen über *Späte Erkenntnis*. Es war eine der schmeichelhaftesten und intensivsten Unterhaltungen meines Lebens. Er hatte an ein oder zwei Stellen etwas zu bemängeln, andererseits aber Verbindungen zwischen der Geschichte und bestimmten Aspekten von Greenes Leben gefunden, an die ich im Leben nicht gedacht hätte. Er nahm eine Ausgabe der Zeitschrift zur Hand und las mir meine eigenen Worte vor. Ich musste schwer an mich halten, um nicht wie wild herumzuspringen und zu verkünden, dass das Ganze von mir stammte. Da kam Magneta an und brachte mir ein Glas Wein.

«Ich hab gesehen, dass Sie auf dem Trockenen sitzen.»

Dann bemerkte sie Tims gebanntes Interesse für ihre Person und fragte, ob er auch einen Drink wolle.

«Im Augenblick lieber nicht», sagte er. «Ich soll in ein paar Minuten lesen.»

Im Nu galt ihm statt mir Magnetas ganze Aufmerksamkeit. «Oh», sagte sie und nahm eine Ausgabe der *Little Review* Nummer 499 von der Auslage auf dem Tisch. «Dann sind Sie also ...»

Ein paar Minuten später stellte Tony Tim den rund dreißig Leuten vor, die sich in den beengten Räumlichkeiten drängten. Er bat zu entschuldigen, dass Graham Greene nicht persönlich anwesend sein konnte, und fuhr fort, er sei sicher, Graham hätte einem bedeutenden, neuen Talent wie diesem jungen Mann, der nun gleich seine Erzählung lesen werde, gern den Vortritt gelassen.

«Sobald ich Tims Geschichte zu Gesicht bekam», sagte er, «wusste ich, dass wir sie unbedingt für die *Little Review* haben wollten. Er zählt zu den frischesten Stimmen, die mir in den letzten Jahren untergekommen sind. Doch nun genug geschwafelt, hören Sie ihn selbst: Tim Cooper!»

Während meiner neun Monate in London hatte ich kaum je Lesungen besucht und entsprechend wenige Vergleichsmöglichkeiten. Dennoch besteht für mich kein Zweifel, dass Tim schlicht grauenvoll las: Er kam häufig ins Stocken, ließ Wörter aus oder betonte Sätze an der falschen Stelle. Er hatte kein Gefühl für seine eigenen Pointen. Wenn ich die Erzählung nicht schon gekannt hätte, hätte ich sie für kompletten Schrott gehalten. Ich fragte mich, ob ich mein Urteil überdenken sollte, doch Tim bekam begeisterten Applaus. Insbesondere Magneta wirkte völlig baff.

«Wie fandest du es?», fragte Tim mich.

«Du klangst etwas ... nervös.»

«Ich hab mir vor Angst fast in die Hosen gemacht. Ich hätte mich doch schon vorher betrinken sollen, noch schlimmer wäre es dadurch sicher nicht geworden. Niemand hat über die Witze gelacht, hast du das bemerkt?»

«Es ist aber auch ein seltsames Publikum», sagte ich mit einem Blick in die Runde. Schlecht gekleidet, klapperdürr oder übergewichtig. Die meisten waren schon etwas in die Jahre gekommen und tranken, als stünde das totale Alkoholverbot kurz bevor. Wir waren die einzigen Gäste unter dreißig. Es war wohl kaum das literarische London, das ich mir erträumt hatte. Laut Tim befand sich dieses eine halbe Meile entfernt, wo Zeitschriftenautoren, die zehn Jahre älter waren als ich, in den Toiletten eines angesagten Clubs Kokain schnupften und dann über die Romane laberten, für die sie den Vorschuss schon in der Tasche hatten. Ich hatte von diesen Typen gelesen und wusste, wo sie zu finden waren. Ich wusste auch, dass sie kein Interesse an mir haben würden – jedenfalls nicht, bis ich «jemand» war.

Viele wollten mit Tim reden, also verzog ich mich; ich freute mich, dass mein neugewonnener Freund seinen Erfolg genoss, und wünschte mir andererseits, es wären Verlagsleute anwesend, denen Tony ihn hätte vorstellen können. Die Zeiten, in denen Agenten und Verleger die *Little Review* nach neuen Talenten durchkämmten, waren lange vorbei, aber man konnte nie wissen – womöglich kaufte irgendein einflussreicher Mensch die Ausgabe wegen der Greene-Erzählung, stieß dabei auf Tims Arbeit und begeisterte sich dafür.

Ich trank noch ein Glas Wein und stieß wieder auf Magneta. Alkohol wirkt bei mir immer rasch. In meinem nunmehr leicht berauschten Zustand fand ich Magneta noch attraktiver als zuvor.

«Die Geschichte Ihres Freundes hat mir gut gefallen», sagte sie.

«Ja, mir auch.»

«Und Ihr Freund gefällt mir ebenfalls», fuhr sie mit einem kleinen Achselzucken fort, womit klar war, dass ich bei ihr keine Chance hatte. Tim gesellte sich zu uns. Nachdem Magneta ihn für seine Geschichte gelobt hatte, redete er wie ein Wasserfall. Ich ging daran, Gläser einzusammeln. Die Alkoholvorräte waren erschöpft, weshalb die Menge sich rasch verlief. Ich brachte zwei Handvoll Gläser in die winzige Küche. Dann mischte ich mich wieder unters Volk und hielt nach Tim Ausschau. Merkwürdig. Er schien schon gegangen zu sein. Dann bemerkte ich, dass Magneta ebenfalls nicht mehr da war.

«Ich glaube, sie hat deinen Freund überredet, sie nach Hause zu bringen», sagte Tony, während er sich ans Aufräumen machte.

Bald darauf ging auch Tony, in Begleitung eines seiner Ex-Freunde. Offenbar stand ihm, wie Magneta, ein vielversprechender Abend bevor. Allein trug ich die nicht verkauften Ausgaben der Zeitschrift zurück zur Redaktion, lief mit hängenden Schultern, ohne dass jemand mich bemerkte, durch breite, sich leerende Straßen und sinnierte darüber, was mir meine Karriere als Fälscher bisher eingebracht hatte. Mein ganzes Leben lang hatte ich mich unsichtbar gefühlt – und angenommen, durch das Schreiben erst zum Mensch zu werden. Doch so war es nicht gekommen.

Schon möglich, dass ich mit der gefälschten Greene-Erzählung dazu beigetragen hatte, die *Little Review* am Leben zu erhalten. Aber das war aus selbstsüchtigen Motiven erfolgt und nichts, worauf ich stolz sein konnte. Solange es die LR gab, hatte ich ein Dach über dem Kopf und eine Beschäftigung.

Angenommen – nur einmal angenommen –, ich hätte die Geschichte unter meinem eigenen Namen geschrieben, und Tony hätte sie akzeptiert und abgedruckt? Vielleicht wäre ich dann derjenige gewesen, den Magneta McLaren an dem Abend mit zu sich nach Hause genommen hätte. Und alles, was danach kam, hätte sich womöglich vermeiden lassen.

Dreiundzwanzig Einen Großteil des folgenden Monats brachte ich damit zu, Zeitschriften in fahlbraune, gepolsterte Versandtaschen zu stopfen und diese stapelweise zum Postamt zu schleppen. Ein paar Wochen später bekam ich die Abrechnung der Buchhandlungen für Remittenden von Ausgabe 499 zu sehen. Es gab keine. Wir hatten die Druckauflage auf viertausend erhöht und trotzdem alles bis aufs letzte Exemplar verkauft. Auch die Abonnentenzahlen gingen in die Höhe. Wenn wir mit der fünfhundertsten Ausgabe ein ähnliches Ergebnis erzielten, war die Zukunft der *Little Review* gesichert, und es spielte keine Rolle, ob ich je einen Penny für die Hemingway-Erzählungen sehen würde, an denen Paul Mercer sich offensichtlich eine goldene Nase verdient hatte. Das Problem verdrängte ich fürs Erste. Wichtig war, dass ich, wenn ich die Wiederholungsprüfungen bestand, im folgenden Herbst zur Universität zurückkehren konnte, und zwar in dem Wissen, dass meine einjährige Auszeit nicht umsonst gewesen war.

Vor der Wiederaufnahme meiner akademischen Studien hatte ich mich noch einer weiteren Herausforderung zu stellen. Tony brauchte eine Erzählung für die fünfhundertste Ausgabe, die im Doppelformat als Jubiläumsedition erscheinen sollte.

«Das wird die beste aller Zeiten!», verkündete er jedem, der sich in der Redaktion einfand. «Jim Ballard hat uns eine Geschichte versprochen. Spike Milligan und Ted Hughes schreiben Gedichte. Bill Burroughs hat gesagt, er steuert auch was bei.»

Mit anderen Worten, keiner der oben Erwähnten hatte bis dahin tatsächlich schon etwas geliefert.

«Ich habe sogar an James Sherwin geschrieben», sagte Tony zu mir.

«Wirklich?» Seit der Fertigstellung der Greene-Erzählung saß ich an einer Geschichte, die so etwas wie eine Hommage an Sherwin darstellen sollte, und arbeitete sie an dem billigen Textverarbeitungsgerät, das mir meine Mutter zum sechzehnten Geburtstag geschenkt hatte, wieder und wieder um. Was für ein Coup, wenn Tony nun mit einem echten Sherwin aufwarten könnte!

«Bisher hat er noch nicht geantwortet. Und, was hast du Schönes für mich?»

Ich blieb stumm.

«Du hast doch sicher die Archive durchgekramt, nehme ich an?»

«Das ganz alte Zeug bin ich noch nicht durchgegangen», sagte ich. «Da herrscht ein ziemliches Chaos.»

«Das hier schon gesehen?»

Er hielt mir einen Nachruf auf Roald Dahl aus der aktuellen Tageszeitung hin. «Den habe ich in seinen Anfängen publiziert. 1950 muss das gewesen sein.»

«Das wusste ich nicht», sagte ich.

«Wir werden ihn wohl nicht auf die Titelseite setzen. Seine Sachen waren nicht so mein Fall. Obwohl, er hatte schon was. Ich hätte beinahe noch eine andere Geschichte von ihm verwendet, kurz danach. Ich weiß nicht mehr, warum es nicht dazu kam, es ist schon so lange her.»

Als Tony zum Mittagessen ging, las ich den Nachruf. Nach einer Reihe furchtbarer Tragödien in seinem Leben war Roald

Dahl einer der erfolgreichsten Kinderbuchautoren des Jahrhunderts geworden. Seine früher entstandenen Werke für Erwachsene waren ganz anders. Ich hatte seit zehn Jahren nichts mehr von ihm gelesen, erinnerte mich aber an seinen schmucklosen und dennoch witzigen Stil. Die düsteren Elemente in seinen Werken fanden Gefallen bei Kindern – und hatten in seinen Arbeiten für Erwachsene unreif gewirkt, so empfand ich es damals jedenfalls. Hatte womöglich eine alte Geschichte von Dahl in den Archiven überlebt? Soweit ich es beurteilen konnte, war Tony in den Fünfzigerjahren besser organisiert gewesen als jetzt. Vielleicht hatten wir ja Glück. Sehr wahrscheinlich war es allerdings nicht. Ich schob den Stapel der zu bearbeitenden Manuskripte beiseite und griff mir die Ausgabe von Anfang 1950 mit der einen Dahl-Erzählung, die in der *Little Review* veröffentlicht worden war. Dann ging ich in den Archivraum.

Dort fanden sich in der einen Ecke sauber gestapelte Aktenordner: das Ergebnis meiner bisherigen Bemühungen. In der anderen türmte sich – in einem halben Dutzend altersschwacher Teekisten – all das, was in den ersten zwanzig Jahren Lebenszeit der *Little Review* angefallen war. Den Inhalt dieser Kisten hatte ich bisher noch kaum erforscht, nur das Originalmanuskript von Graham Greene daraus zutage gefördert. Immerhin waren die Behältnisse beschriftet. Nicht ohne Mühe hievte ich die Kiste mit dem Etikett 1962–66 hoch, stellte sie auf dem Boden ab und setzte mich darauf, um die Manuskripte durchzusehen, die in der Kiste mit der Aufschrift 1947–1951 aufbewahrt wurden: die Originalmanuskripte sämtlicher Erzählungen, Artikel und Gedichte, die Tony damals veröffentlicht hatte. Vermutlich die wertvollste Kiste von allen, Tonys Schatz, womöglich für die University of Iowa oder Texas bestimmt. Bei der Sichtung hätte ich wohl Handschuhe tragen sollen.

Als junger Mann war Tony nicht nur besser organisiert gewesen, sondern hatte auch eine ordentlichere Handschrift gehabt, nicht so krakelig wie heute. Die Originalmanuskripte lagerten gemeinsam mit der Korrespondenz zu jeder Ausgabe in klar beschrifteten, großformatigen Umschlägen. Binnen kurzem hatte ich die Erzählung von Dahl mitsamt einem Begleitschreiben des Autors ausfindig gemacht. Aber das war's dann auch. Ich durchforstete die Umschläge mit den nachfolgenden Ausgaben. Tony hatte nur wenig aufgehoben, was nicht in unmittelbarem Zusammenhang mit zu veröffentlichenden Werken stand. Falls Dahl ihm noch einmal geschrieben und eine weitere Geschichte angeboten hatte, war der Brief seit Urzeiten verschollen. Na und? Die Geschichte hätte es doch gut und gerne geben können.

Ich setzte mich an meinen Dinosaurier-Computer, besann mich und versuchte so zu tun, als wäre ich Roald Dahl. Das konnte doch nicht so viel schwieriger sein, als James Sherwin nachzuahmen. Dahls literarische Erzeugnisse für Erwachsene entsprachen dem Geschmack der großen Masse, entsprangen einer Tradition, die ihren Ursprung bei Somerset Maugham und weiteren Schreiberlingen der gehobenen Mittelschicht hatte. Die Schwierigkeit bestand darin, eine Idee für eine neue Geschichte zu entwickeln. In meinem früheren Studentenwohnheim hatte ich mir *Tales of the Unexpected* angesehen, eine Serie, die auf Dahls Geschichten basierte. Von daher kannte ich die unerwarteten Wendungen, hatte aber dennoch keinen blassen Schimmer, wie ich selbst auf eine solche verfallen sollte, etwa wie bei der Episode, in der die Ermittler die Lammkeule aufessen, die zuvor, steinhart tiefgefroren, als Tatwaffe gedient hat.

Ich schrieb ein paar Sätze und dann einen kompletten Absatz, der durchaus nach Dahl klang. Aber es wollte keine

Geschichte daraus werden. Ich schloss die Redaktion ab und begab mich zur Charing Cross Road, um dort nach einer gebrauchten Ausgabe von frühen Erzählungen Dahls zu suchen. Falls mir eine zündende Idee kam, musste ich mir immer noch überlegen, wie ich das Manuskript am besten fälschte. Ich hatte keine Ahnung, welche Schreibmaschine Dahl benutzt hatte. All dies drückte mir aufs Gemüt, als ich ‹Any Amount of Books› betrat und dort Tim und Magneta antraf.

Sie hielten Händchen und hatten so ausschließlich nur Augen füreinander, dass sie mich erst bemerkten, als ich sie ansprach. Tim wirkte verlegen.

«Entschuldige, dass ich mich nicht gemeldet habe, Mark. Es ist nur so, dass wir ...»

«Ich verstehe», sagte ich. «Wie geht's mit dem Schreiben?»

«Phantastisch. Magneta hat mich überredet, den Job in dem Buchladen an den Nagel zu hängen. Ich bin bei ihr eingezogen.»

«Toll.»

«Wir wollten dich einladen ...», setzte Tim an.

«Komm doch gleich heute Abend», unterbrach ihn Magneta. «Tim hat gesagt, dass du auch schreibst. Bring deine Arbeiten mit. Wir würden gern etwas davon hören.»

«Ich weiß nicht. Ich ...» – aber Magneta kritzelte schon ihre Adresse auf die Rückseite einer Papiertüte aus dem Kräuterladen, der ein Stück weiter oben an der Straße lag.

«Gegen neun», sagte sie. «Ich koche uns was.»

Tim warf mir den typischen Blick eines Mannes zu, den eine unwiderstehliche Macht fest im Griff hat, und die beiden zogen weiter. Im Nu waren sie wieder ineinander versunken.

In einem anderen Antiquariat, ‹Henry Pordes Books›, fand ich eine alte Ausgabe von Dahls Erzählband *Kuschelmuschel* und nahm sie mit. Der Winter wollte nicht vorbeigehen, und in meinem Stübchen war es eiskalt. Ich hatte abgenommen. Vielleicht würde eine Essenseinladung mir guttun.

Das Buch, das ich erstanden hatte, war gebunden, zerfleddert und offensichtlich schon durch viele Hände gegangen. Für das gleiche Geld hätte ich auch ein makelloses, gebrauchtes Taschenbuch kaufen können, dessen Seiten, obwohl nie gelesen, schon verfärbt und brüchig wären. Aber ich hatte eine Schwäche für gebrauchte, gebundene Bücher, ich wollte ein Buch so lesen, wie es ursprünglich erschienen war. Der erste Besitzer dieses Bandes musste mittlerweile schon tot sein. Aus den vielen Gesprächen, die ich beim Verscherbeln von Rezensionsexemplaren geführt hatte, wusste ich, dass Antiquare die besten Funde bei der Auflösung von Hausständen unlängst Verstorbener machten.

Ich las die Kurzgeschichten wieder und wieder, ließ ihren Stil auf mich wirken und hoffte auf eine Eingebung. Ich ging zur Bücherei und las die Nachrufe der anderen Zeitungen. Die Sache gestaltete sich schwieriger, als ich anfangs gedacht hatte. Arbeiten von Dahl waren schon lange vor der ersten Ausgabe der *Little Review* gedruckt worden. 1950, als Tony die eine Geschichte von ihm veröffentlichte, hatte Dahl bereits einen Agenten. Sein erster Roman war ein Flop gewesen, doch er selbst war weithin bekannt. Es gab mit Sicherheit Aufzeichnungen. Eine abgelehnte Erzählung wäre bestimmt erneut in Umlauf gebracht und anderswo angeboten worden. Dahl war ein Vielschreiber und dazu ein gewiefter Geschäftsmann. Wenn er keine Kopie aufgehoben hatte, dann sicherlich sein Agent. Ich las die Berichte über die vielen Tragödien in Dahls Leben und bekam Skrupel. Vielleicht sollte ich Tony lieber mitteilen, dass sich nichts finden ließ.

Magnetas Wohnung lag im obersten Stockwerk eines Hauses in Camden Town, ein kurzes Stück mit der U-Bahn von mir entfernt. Das Haus fand ich mühelos, aber die richtige Klingel ließ sich schwer ausmachen. Die, auf die ich schließlich drückte, schien nicht zu funktionieren. Ich brüllte mehrmals Magnetas und Tims Namen, bis mein Freund sich endlich an einem Fenster zeigte und mir lachend einen Schlüssel hinunterwarf.

«Entschuldige», sagte er, als er die Tür im zweiten Stock öffnete, «wir haben hier so gut wie nie Gäste.»

Ich wusste nicht, was mich erwartete. Es war lange her, seit ich jemanden bei sich zu Hause besucht hatte. So freundlich er mir in der Redaktion auch begegnete, in seine Wohnung in Highgate hatte Tony mich noch nie eingeladen. Magneta war ein Bohemien, soviel war mir klar. Ich erwartete Staub, schwere Portieren und düstere Paraphernalien, passend zu ihrem starken Lidschatten. Stattdessen war hier alles ganz normal. Bücher auf Regalen, Plakate an den Wänden und zwei gerahmte Drucke moderner Kunst. Auf den abgeschliffenen und versiegelten Bodendielen lag ein indischer Teppich, und ein Gaskamin spendete Wärme. Magneta entdeckte ich nirgends, doch aus der Küche duftete es nach einem deftigen Eintopf. Ich dachte an zu Hause, an das Zuhause, in das ich nun schon seit fast eineinhalb Jahren keinen Fuß mehr gesetzt hatte.

«Alles in Ordnung mit dir?», fragte Tim, dem meine Stimmung nicht entgangen war.

«Ja, alles bestens. Bin bloß müde. Ich hab schwer geschuftet.»

«Hast du ein paar von deinen Texten mitgebracht?»

«Nein. Es ist alles noch nicht fertig. Tut mir leid.»

«Macht nichts. Was zu trinken?»

«Ja, bitte.» Hätte ich eine Flasche Wein mitbringen sollen? Ich kannte die Gepflogenheiten nicht, Tim dagegen schien genau zu wissen, wie man sich zu verhalten hatte. Da stand er, in sauberen Kleidern, ordentlich gekämmt, und goss Wein aus einem Karton in ein richtiges Weinglas. Und da kam Magneta, das Haar so wild wie eh und je, das Make-up ein bisschen dezenter. Sie trug einen weiten Pullover und wollene Leggings.

«Ich hoffe, du hast Hunger», sagte sie. «Das Essen ist fertig.»

Magneta hatte einen Linseneintopf mit Sellerie, Pilzen, Möhren, Kartoffeln und Chorizo gekocht. Sie träufelte noch etwas Olivenöl und Sherryessig auf unsere Portionen. Es schmeckte köstlich.

«Ein spanisches Rezept», sagte sie, als ich ihr Werk lobte.

Magneta hatte einige Jahre in Andalusien gelebt. Wegen irgendeiner Liebesgeschichte, die schließlich ein unglückliches Ende genommen hatte. Ich fragte nicht weiter nach. Stattdessen sagte ich ein paar nette Worte über die Wohnung.

«Wir lieben sie heiß und innig. Schade, dass wir zum Jahresende ausziehen müssen.»

Das Haus, erklärte sie mir, war vor Monaten verkauft worden. Magneta war es gelungen, einen günstigen, kurzfristigen Mietvertrag auszuhandeln, weil sie den neuen Eigentümer kannte, der das Gebäude sanieren wollte.

«Ich werde schon was anderes finden», sagte sie, «aber nichts so Schönes zu dem Preis.»

Ich fragte mich, wovon sie eigentlich lebten, da ja Tim nicht mehr arbeitete. Sie schien meine Gedanken zu erraten.

«Ich schätze, ich muss mir mal wieder was Perverses einfallen lassen, damit ich die Miete zahlen kann. Was meinst du, Tim, Süßer? *Ich war ein Sexsklave?* Mark, möchtest du mein Œuvre besichtigen?»

Sie deutete auf ein Regal mit einem halben Dutzend erotischer Romane – die typischen schmalen, billigen Taschenbücher, wie sie sich auf den obersten Regalen von Zeitschriftenläden finden, die normalerweise keine Bücher im Angebot hatten.

«Die sind alle von dir?»

«Leider, ja.»

Die Autorinnennamen klangen allesamt nach Toupierfrisuren. Danielle Colby. Celia Hampton.

«Wer denkt sich die Namen aus?»

«Die Verleger.»

«Brauchst du lange, um so etwas zu schreiben?»

Magneta wirkte leicht gekränkt. «Ob du's glaubst oder nicht, es gehört ein gewisses Maß an Talent dazu. Du musst eine Geschichte erzählen können, dich in die Köpfe der Leute hineinversetzen, die solche Sachen lesen … und gute Sexszenen schreiben natürlich.»

«Und wer liest so was?», wollte ich wissen. «Hausfrauen?»

«Theoretisch. Die Verleger haben einige Untersuchungen über die Zielgruppen durchführen lassen, wobei sich herausstellte, dass fast so viele Männer wie Frauen zu den Lesern gehören.»

Auf gut Glück schlug ich *Umarmung der Sinne* auf. Es begann mit der Beschreibung einer Frau, die sich in der U-Bahn an einem Mann reibt. Ob absichtlich, ist nicht ganz klar – bis sie ihm unter den Regenmantel greift und seinen Hosenschlitz öffnet.

«Nimm ruhig eins mit, wenn du magst», unterbrach Magneta meine Lektüre.

«Nein, danke.» Ich wollte nichts lesen, was mir mein nicht vorhandenes Sexleben vor Augen führte. Aber dann kam mir eine erste Idee für eine Kurzgeschichte.

Magneta erzählte, wie sie durch einen Freund von Tony dazu gekommen war, dergleichen Romane zu schreiben.

«Bei meinen eigenen Sachen brauche ich Ewigkeiten für eine Kurzgeschichte mit dreitausend Wörtern. An einen Roman ist gar nicht zu denken. Aber bei dem Mist hier schaffe ich vierzigtausend Wörter in einem Monat. Wenn's sein muss, auch in zwei Wochen.»

«Meinst du, du könntest das auch?», fragte Tim mich.

Ich schüttelte den Kopf. Vielleicht würde ich Bücher nach Schema F verfassen können, wenn es nicht anders ging, aber ich bezweifelte, ob ich überzeugend über Sex schreiben konnte. Bei der gefälschten Greene-Geschichte hatte ich es wohlweislich unterlassen, die Schäferstündchen des Erzählers mit der Prostituierten zu schildern.

«Du?», fragte ich Tim.

«Ich würde es mit allem probieren. Werde ich wohl auch bald müssen. Wir brauchen eine neue Wohnung, und die Mietpreise schlagen alle Rekorde.»

«Wir müssen ja nicht unbedingt in London wohnen», sagte Magneta. «Vielleicht wäre es besser für uns beide, eine Weile irgendwo zu leben, wo es ruhiger und billiger ist.»

«Einem unbeheizten Natursteinhäuschen in Andalusien im Winter kann ich allerdings nichts abgewinnen», sagte Tim. «Das war Magnetas neuester Vorschlag.»

«Wie ist es mit einem Reiheneckhaus in Lancashire?», sagte ich.

«Wie kommst du darauf?», fragte Magneta.

Ich erklärte ihr, dass ich ein kleines, verlassenes Haus in Leam mein Eigen nannte. Wenn die zwei sich darum kümmerten und für die Dauer ihres Aufenthalts dort die Nebenkosten übernahmen, so sagte ich, könnten sie das Haus haben, solange sie wollten.

Magneta war begeistert. Tim wirkte unschlüssig. «Das können wir nicht annehmen, Mark. Du bist Student. Das wäre Ausbeutung.»

«Das Haus steht seit September vorletzten Jahres leer», sagte ich.

Tim und Magneta erörterten die Frage, ob ein Wohnsitz außerhalb von London womöglich ihre literarischen Karrieren beeinträchtigte, und kamen zu der Schlussfolgerung, weder sie noch er hätten bisher so nennenswert Karriere gemacht, dass ein Ortswechsel etwas ausmachen würde. Dann fragte Magneta, was ich an Weihnachten vorhätte.

«Nicht viel», sagte ich und dachte an die letzten, öden Weihnachtsfeiertage zurück, die ich allein in der Studentenwohngemeinschaft zugebracht hatte.

«Wie wär's denn dann, wenn wir zusammen feiern, in Leam? Dann könntest du uns alles zeigen, was wir über das Haus und die Gegend wissen müssen.»

Auf diesen Beschluss stießen wir mit einem weiteren Glas an. Magneta sah ich nunmehr mit völlig neuen Augen. Sie war meine neue, zweitbeste Freundin. An der Tür gab sie mir einen feuchten Schmatz.

«Wo liegt Lancashire eigentlich genau?», fragte sie.

Ich ging zu Fuß nach Hause, berauscht von Wein und dem Gefühl, Freunde gefunden zu haben. In meiner winzigen, kalten Bude ließ ich meinen Mantel bis zum letzten Knopf zu, schaltete meinen Computer und den läppischen Heizstrahler an und begann voller Zuversicht mit einer neuen Geschichte.

## Vierundzwanzig

Der Geistesblitz war mir gekommen, als ich in Magnetas erotischem Roman geblättert hatte. Wieso sollte Roald Dahl eine Geschichte für die *Little Review* schreiben und sie nach Tonys ablehnendem Bescheid ad acta legen? Doch wohl nur, weil er sich eines Besseren besonnen hatte. Nicht, weil die Geschichte schlecht war, sondern weil sie etwas Anrüchiges hatte, wofür die Welt noch nicht bereit war. Der Prozess wegen «Lady Chatterleys Liebhaber» von D. H. Lawrence lag 1950 noch in weiter Zukunft. Kraftausdrücke waren jedem Autor verwehrt. Unverhohlen sexuelle Inhalte verboten sich von selbst.

Ich verfügte wohl kaum über die nötige Erfahrung für die Schilderung von Sexszenen, aber eine Geschichte über jemanden, der wie Magneta Sexromane unter einem Pseudonym schrieb, konnte ich mir durchaus vorstellen. Die hätte Dahl ohne weiteres schreiben und Tony schicken können, und es war auch wahrscheinlich, dass er sie nach Tonys Absage unter Verschluss gehalten hätte. Gut denkbar, dass die Geschichte schon die bittere, erotische Atmosphäre in *Kuschelmuschel* vorwegnahm, dem von Dahl im mittleren Alter verfassten Erzählband. 1950 wäre seine erste Sorge gewesen, bei den Lesern nicht den Eindruck zu erwecken, er schreibe über sich selbst. Ein Vierteljahrhundert später war ihm dergleichen, wenn man Tony auch nur entfernt Glauben schenken konnte, schnurzegal.

Dahl hatte eigentlich keinen besonders eigentümlichen Stil.

Das ein oder andere Mal wandte er sich zu Beginn einer Geschichte direkt an den Leser und gab so der Geschichte eine Rahmenhandlung. Das musste ich hinbekommen. Ich konnte die Handlung dann rasch voranbringen, wenn ich auch gern ein paar Details über Paris eingefügt hätte, da ich mich nur zu gut an die Schauplätze erinnerte. Aber es zählte allein die Geschichte. Zugute kamen mir meine Kenntnisse über Jack Kahanes ‹Obelisk Press›, wo *Ich schäme mich nicht* und die pikanten Romane von Cecil Barr erschienen waren. Gut möglich, dass Dahl einen Roman von Barr gelesen hatte.

Beim Durchlesen meiner Geschichte kamen mir Zweifel. Das klang nicht nach Dahl, nicht mal ansatzweise. Wie konnte es sein, dass ich, der erfolgreiche Fälscher von Hemingway und Greene, mit einem längst nicht so bedeutenden Autor Schwierigkeiten hatte? Selbst der schwächste Schriftsteller musste doch einen halbwegs erkennbaren Stil haben. Aber ich war ja nicht darauf aus, Dahl zu parodieren und die Aufmerksamkeit auf seine größten Schwachstellen zu lenken. Hinzu kam, dass er zwar in England aufgewachsen war, aber als Kind norwegischer Eltern immer ein Außenseiter blieb, weshalb er einen so genauen, kalten Blick auf die britischen Schrullen hatte – und sein Ton sich viel schwerer treffen ließ.

Es gab eine Möglichkeit, das Problem zu umgehen: Ich konnte versuchen, so wie Dahl in der ersten Person zu schreiben. Allerdings sah ich die Eingrenzung auf einen einzigen Blickwinkel bei Ich-Erzählungen oft als Makel, weil sie die Handlung beschränkte und mögliche Spannungsmomente nicht zuließ. Der Leser wird der immer gleichen Stimme leicht überdrüssig, empfindet sie als monoton, bevormundend, ja dünkelhaft. Aber Dahl schrieb häufig so, darum beschloss ich, es auszuprobieren und so zu tun, als wäre ich ein

Norweger, der auf Englisch schrieb. Ich fand eine Ausgabe von Dahls erstem Erzählband, *«... und noch ein Küsschen»*. Verschiedene darin enthaltene Geschichten waren in der Ichform geschrieben. Und stammten dazu noch aus den Fünfzigerjahren, der Zeit also, in der auch meine Geschichte vorgeblich entstanden war. Diese frühen Erzählungen erschienen mir kraftvoller als das spätere Werk. Ich fing von vorne an, begann mit der Geschichte in der Mitte statt am Anfang, und allmählich klangen meine Worte nach Roald Dahl.

Meine Figur stellt sich als Edward Timms vor: ein Kriegsveteran mit einer leichten Verletzung durch Granatsplitter, infolge deren er hinkt. Er ist wohlhabend, wobei zunächst unklar bleibt, woher sein Vermögen stammt. Freunde vermuten, dass er sein Geld einer Erbschaft zu verdanken hat. Timms hat zwei Romane geschrieben, die von der Kritik respektvoll aufgenommen wurden, sich aber nicht sonderlich gut verkaufen. Er macht den Leser mit Lawrence Hamden bekannt. Dieser ist der Autor der *French Maid*-Serie, einer Reihe von erotischen Romanen. Viele von Timms' Freunden lesen heimlich seine Werke. Edward gibt stets vor, nichts von ihm gelesen zu haben.

Mittlerweile werden die meisten Leser erraten haben, welches Geheimnis mein Erzähler nun enthüllt. Timms ist nicht von Haus aus reich. Sein Geld verdankt er den erotischen Romanen, die er unter dem Pseudonym Lawrence Hamden verfasst. Sein Verleger, Maurice Cranstone, ist mittleren Alters, stammt aus Manchester und weist manche Ähnlichkeiten mit Jack Kahane auf. Hamdens Geschichten beschrieb ich, ohne je Erotika aus jener Zeit gelesen zu haben; allerdings kannte ich mich, wie Dahl sicherlich auch, mit dem Genre der britischen Schlafzimmerkomödie gut aus. In Hamdens Romanen wimmelte es nur so von Verwechslungen, liebestollen Paaren, lächerlichen Verkleidungen, plötzlich zurückkehrenden Ehepartnern und an den unwahrscheinlichsten Orten versteckten Ehebrechern. Der durchgehende Witz der Serie besteht in der sexuellen Kultiviertheit der Franzosen, die im krassen Gegensatz zur Proletenhaftigkeit der Engländer steht. Selbst die kleinsten Gefälligkeiten des französischen Zimmermädchens werden von den Männern dankbar aufgenommen. Immer wieder einmal retten Hamdens englische Helden sie aus den Fängen der zwielichtigen Hochstapler (für gewöhnlich Franzosen), denen sie regelmäßig auf den Leim geht, und werden dafür mit angenehmen Sachleistungen entlohnt.

Erotische Literatur zu verfassen, fällt Timms viel leichter als die Belletristik, die er unter seinem eigenen Namen veröffentlicht. Angesichts des wachsenden Erfolgs von Hamden verspürt Timms nicht mehr das Bedürfnis, ernsthaftere Werke zu schreiben. Cranstone schlägt ihm vor, einen zweiten Künstlernamen anzunehmen. Timms verfällt auf Veronica Bendix (Vor- bzw. Zuname zweier damaliger Filmstars). Unter diesem Namen schreibt er eine Reihe von «Memoiren» über eine amoralische Spionin in dem eben zu Ende gegangenen Krieg. Die Bendix-Bücher verkaufen sich noch besser als die von Hamden. Veronica Bendix wird zum Gesprächsthema Nummer eins in der Londoner Gesellschaft. Jeder will wissen, wer sie ist.

An diesem Punkt kam ich nicht weiter. Mir war klar, dass ich Edward Timms' Liebesleben beschreiben musste. Welche Art von Beziehungen hatte ein Mann, der erotische Romane schrieb? Wenn man Magneta als Maßstab nehmen durfte: völlig normale. Ich hatte Edward, nach dem Vorbild von Jake in Hemingways *Fiesta*, mit einem versehrten Bein ausgestattet. Möglich, dass er deswegen Schwierigkeiten hatte, eine Freundin zu finden. Möglich aber auch, dass Frauen seine Verletzung romantisch fanden. Ich konnte andeuten, dass er impotent war. Das würde mir die Schilderung seiner sexuellen Eroberungen ersparen.

Ich wusste mir keinen Rat – und schrieb weiter, in der Hoffnung, dass sich von selbst eine Lösung finden würde. Ich komponierte einen Kurzauftritt von Maurice Cranstone unter Verwendung der wenigen Details, die ich über Jack Kahane wusste, und verlieh ihm zusätzlich einige Züge von Tony. Aber ich hatte noch immer keine eigentliche Handlung, nur eine Ausgangssituation. Ich erschuf eine Frau namens Valerie, auf die der Schriftsteller Eindruck machen möchte. Als Vorbild für sie diente mir Helen Mercer. Wie viele von Dahls Frauengestalten ist Valerie fies, frigide und manipulativ. Zunächst ist Edward Luft für sie, doch als sein Reichtum wächst, lässt sie sich auf seinen spektakulären Partys sehen, nimmt sogar seine üppigen Geschenke an. Doch mit ihm schlafen will sie nicht.

Eines Nachts bricht der Schriftsteller, frustriert und verzweifelt, in ihr Haus ein. Er will sie verführen oder, falls dies fehlschlägt, sich ihrer mit Gewalt bemächtigen. In ihr Schlafzimmer vorgedrungen, findet er das Objekt seiner Begierde nackt und nur teilweise von Laken verhüllt vor. Eine Hand bewegt sich unter der Decke – damit deutete ich an, dass Valerie an sich selbst herumspielte.

Ja, das war das Tabu – und die Wendung, die ich brauchte: Selbstbefriedigung. Selbst jetzt noch, Jahrzehnte nach *Portnoys Beschwerden*, brachten viele Autoren dieses Thema nicht zur Sprache. 1950 wären die meisten Leser darüber entsetzt gewesen. Außerdem war Selbstbefriedigung die einzige Form von Sex, mit der ich überhaupt Erfahrung hatte und über die ich überzeugend schreiben konnte. Hätte Dahl die Dinge so explizit beim Namen genannt? Warum nicht? Er schockierte gern. Keine etablierte Zeitschrift hätte die Geschichte angenommen. Deshalb hatte er sie der *Little Review* geschickt, einem kleinen Abonnentenmagazin, das auch vor risikoträchtigen Beiträgen nicht zurückscheute.

Ich schrieb wie ein Wahnsinniger, ohne einen Gedanken an meine ausgetrocknete Kehle und meine Müdigkeit. Edward unterbricht Valerie. Er richtet eindringlich das Wort an sie. Wenn sie sich ihm nicht ergibt, wird er sie mit Gewalt nehmen. Dann sieht er, was sie gerade liest, und gerät ins Stottern: Veronica Bendix' «Memoiren». Er platzt damit heraus, dass er der Urheber ist. Zu seiner Überraschung ist Valerie nicht schockiert, sondern erklärt ihm, wenn er ein nur halb so guter Liebhaber sei wie die Männer, die er beschreibt, werde sie es auf einen Versuch mit ihm ankommen lassen.

Was wird mein Ich-Erzähler tun? Davonlaufen oder das Risiko eingehen, dass er Valerie enttäuschen wird? Wie würde Dahl den Schluss gestalten? Ich verschob die Entscheidung auf den folgenden Tag. Es dämmerte schon über den Dächern von Soho. Ich trank einen guten halben Liter Wasser, von dem ich mich frisch beschwipst fühlte, und ging zu Bett. Mir stand noch immer die Aufgabe bevor, ein überzeugend gefälschtes Manuskript zu verfertigen.

Der folgende Tag war ein Freitag. Nach den Kraftanstrengungen der vorangegangenen Nacht stand ich erst auf, als Tony die Redaktion schon wieder verlassen hatte. Freitags kam er nach dem Mittagessen nie noch einmal zurück. Die Zeitung hatte er, bei den Todesanzeigen aufgeschlagen, liegengelassen. Unten rechts fanden sich klein gedruckt die näheren Angaben zu Roald Dahls Begräbnis. Es sollte tags darauf in Great Missenden stattfinden, dem Dorf, in dem Dahl gelebt hatte. Was mit an Sicherheit grenzender Wahrscheinlichkeit hieß, dass sich um diese Zeit niemand in seinem Haus aufhalten würde.

Ich durchdachte die Sache wie ein professioneller Einbrecher. Das Haus würde verschlossen, zweifellos auch gut gesichert sein. Doch was war mit der Hütte, in der – laut der entsprechenden Passage im Nachruf – Dahl auf einem alten Lehnstuhl seine sämtlichen Werke verfasst hatte? Wie einbruchsicher konnte eine Hütte schon sein? Im Nachruf hieß es, Dahl habe seine ersten Fassungen mit Bleistift auf gelbem Kanzleipapier geschrieben. Dennoch musste er sie später irgendwann auch abtippen. Höchstwahrscheinlich befand sich seine Schreibmaschine noch dort. Eine bessere Chance, eine Erzählung von Roald Dahl zu fälschen, würde sich mir nicht bieten.

## Fünfundzwanzig

Der Zug ab Marylebone hatte Verspätung, was wenig Spielraum für Unvorhergesehenes ließ. Auf der vierzigminütigen Fahrt ging mir durch den Kopf, was alles schiefgehen konnte. Selbst für den Fall, dass ich mir tatsächlich Zugang zu der Hütte verschaffen konnte und die Schreibmaschine noch dort stand, würde ich gute eineinhalb Stunden brauchen, um die viertausend Wörter umfassende Geschichte abzutippen. Pro Minute schaffte ich bestenfalls fünfzig Wörter. Außerdem musste ich mich erst an eine weitere alte Schreibmaschine gewöhnen und durfte keine Tippfehler produzieren. Im Übrigen hatte ich kaum noch genügend altes Papier zur Hand. Wenn ich mehr als nur ein, zwei Seiten verpfuschte und neu tippen musste, konnte es knapp werden.

Als einfachste Lösung bot sich an, die Schreibmaschine zu entwenden. Was so einfach auch wieder nicht war. Wenn man mich erwischte, stand ich als gemeiner Verbrecher da. Das allgemeine Aufsehen ruinierte mir möglicherweise meine Zukunft und warf ein schlechtes Licht auf die *Little Review*. Und selbst wenn man mich nicht erwischte – der Diebstahl der Schreibmaschine würde Dahls Nachlassverwalter misstrauisch machen und ihn nach Fälschungen Ausschau halten lassen. Die Idee, meine Geschichte in der *Little Review* unterzubringen, konnte ich mir damit schenken. Aber wenn sie mich dabei erwischten, wie ich in Dahls Hütte etwas tippte, was sollte dann schon groß passieren? Man würde mich als Verrückten einstufen, der so tat, als wäre er Dahl, der Held seiner Kindheit. Ich nahm ihnen ja nichts weg. Es wäre nur ein peinliches Vorkommnis am Tag der Beerdigung. Niemand würde die Polizei einschalten, die Familie würde mich allenfalls schlankweg an die Luft setzen, und das mit gutem Recht.

Der Zug Richtung Aylesbury setzte mich direkt in Great Missenden ab. Ich eilte über die High Street zu der Gasse, die zum Gypsy House führte, einem frei stehenden Anwesen auf gut zwanzigtausend Quadratmeter Grund jenseits der Bahntrasse. Die Beerdigung musste jeden Moment beginnen. Sicherlich waren alle dort. Ich schlich ums Haus.

Der hintere Gartenbereich war von einer dichten Hecke umgeben. Ich spähte hindurch. Wo befand sich die Hütte? Fehlanzeige. Was nun? Ich war mir der Gefahr gewärtig, von Bediensteten oder Wachhunden entdeckt zu werden. Noch einmal das Gelände abzuschreiten, würde womöglich Verdacht erwecken. Ich trug eine Jacke aus schwerem Drillichstoff und Jeans. Mein Manuskript lag wohl verwahrt in einem starken Aktendeckel. Niemand zu sehen. Ich zog mir die Jackenärmel über meine bloßen Hände und brach durch die Hecke.

Was sehr viel schmerzhafter war als erwartet. Schlimmer noch, um ein Haar wäre ich mittendrin stecken geblieben. Mit dem linken Knie stieß ich gegen einen soliden Ast. Spitze Zweige zerkratzten mir das Gesicht. Als ich mich schließlich doch durchkämpfte, verrenkte ich mir halb den Knöchel und landete höchst unelegant mit dem Hintern zuerst auf dem nassen Gras. Mühsam rappelte ich mich auf. Wenigstens hatte sich nicht unverzüglich ein Wachhund auf mich gestürzt. Mir tat alles weh. Blut rann mir übers Gesicht. Blätter und abgebrochene Zweiglein hingen an meiner Kleidung. Aber ich hatte es geschafft. Und dort, am Rand eines Obstgartens, stand die Hütte aus weißen Ziegelsteinen mit der gelben Tür.

Es steckte kein Schlüssel im Schloss. Vielleicht hätte ich sie eintreten können, aber ich war kein Vandale, und außerdem wäre mein Eindringen damit offenkundig geworden. Ich drückte auf die Klinke, in der Erwartung, die Tür fest verriegelt zu finden. Irrtum.

Drinnen war es dunkel. Ich erspähte einen kleinen Eingangsbereich und eine weitere Tür. Zu meiner Linken standen Aktenschränke. Das große Fenster war mit einer dreckigen Plastikplane abgedeckt. In dem schwachen Licht konnte ich kaum etwas erkennen. Links von mir stand ein Ohrensessel, an dem eine mit grünem Filz bezogene Schreibunterlage lehnte. Links daneben entdeckte ich einen kleinen Tisch mit einer altmodischen Federzugleuchte, einem Aschenbecher und einem recht modern aussehenden Telefon. Wo war die Schreibmaschine? Ich schaltete die Lampe an. Auf dem Schreibtisch rechts neben dem Ohrensessel blieb kein Platz für eine Schreibmaschine. Dort sah ich Modellflugzeuge, Fossilien, einen Becher mit mehreren klassischen Markenbleistiften, eine kleine Kugel aus Silberfolie, einen getöpferten Käfer, einen runden Stein, antike Messer, ein Schwert und weiteren Krimskrams. Überall Bilder, aber keine Schreibmaschine.

Ich stand in dem düsteren Raum und ließ die Atmosphäre des Ortes, an dem ein echter Schriftsteller gearbeitet hatte, auf mich wirken. Trotz seines Reichtums hatte Dahl es vorgezogen, weiter in einer Hütte zu arbeiten, die nicht einmal über die einfachsten Annehmlichkeiten verfügte. Das sollte mir eine Lehre sein.

Ich wollte schon wieder gehen, da sah ich sie. Oben auf einem der schwarzen Aktenschränke, eine alte Schutzhülle aus Segeltuch. Ich reckte mich danach. Unter der Hülle befand sich eine Schreibmaschine. Ich stellte sie auf den Tisch neben Dahls Ohrensessel und rückte dafür das Telefon ein Stück beiseite. Dann nahm ich die Hülle ab und quetschte mich an den Tisch, um mit der Arbeit zu beginnen. Zunächst versuchte ich mein Glück mit einem neuen Blatt Papier und tippte ein paarmal den ABC-Testsatz, *The quick brown fox jumped over the lazy dog*, bis meine Finger sich an die Tastatur gewöhnt hatten. Dann legte ich das Blatt beiseite. Wenn mich irgendwer erwischte, sollte der- oder diejenige nur dieses Dokument zu sehen bekommen. Als Nächstes spannte ich ein Blatt aus dem LR-Archivmaterial der Fünfzigerjahre ein. Ich hatte mir eingeprägt, welches Format Dahl benutzte, und achtete sorgsam darauf, die Seite entsprechend einzurichten. Anders als bei Hemingway musste ich hier keine einschlägigen Fehler einbauen, sondern mich nur um Genauigkeit bemühen.

Es war kalt für Anfang Dezember, doch das machte mir nichts aus. Ich tippte drauflos, den Kopf zwischen die Schultern geduckt, sodass ich durch das große Fenster kaum zu sehen war. Ich tippte immer schneller. Hier und da kam ich noch auf eine bessere Formulierung, nach einer Weile fügte ich sogar völlig neue Sätze und Dialoge ein. Als wäre Dahl anwesend, dort, in mir.

Ich verlor jegliches Zeitgefühl, ging ganz in der Geschichte auf. Der Schluss, auf den ich am Vortag verfallen war, gefiel mir nicht mehr. Was ich in Soho geschrieben hatte, klang nicht nach Dahl. Selbstbefriedigung war eine zu billige Lösung und die Wendung nicht pfiffig genug. Dennoch tippte ich weiter, verbesserte weiter, derweil ein bis dahin unentdeckter Teil meines Gehirns Ideen austüftelte. Bei der Hälfte der Geschichte angelangt, war es dann so weit. Eine Frau taucht im Club auf, in Begleitung von Timms' Freund Barker. Die neue Figur, die ich im Folgenden beschrieb, basierte immer noch auf Helen, war aber ungefähr zehn Jahre älter und nur ansatzweise der Typ der Femme fatale. Timms ist sofort von ihr fasziniert und fragt sich, wie Barker an sie geraten ist. Dann stellt sein Freund die beiden einander vor. Der Name der Dame, so erklärt er, sei Veronica Bendix.

Da hatte ich meine Wendung. Timms kann die Frau nicht als Schwindlerin entlarven, ohne gleichzeitig zu enthüllen, dass er selbst Bendix ist. So oder so ist seine Neugier geweckt: Warum gibt diese Frau – ganz offensichtlich eine Abenteurerin – sich als Veronica Bendix aus? Er sucht ihre Gesellschaft, schüttelt Barker erfolgreich ab und lädt «Veronica» zum Abendessen ein. Sie willigt freudig ein.

Als sie sich am folgenden Abend treffen, stellt sich heraus, dass «Veronica» eine große Bewunderin von Edwards literarischem Werk ist und ihre «eigenen» Romane als unbedeutendes Geschwätz abtut. Timms fragt sie, ob ihre Kriegserinnerungen einen realen Hintergrund haben. Ob es ihn verstimme, wenn es nicht so wäre, fragt sie? Nein, eher im Gegenteil, so seine Antwort.

Mittlerweile würden die Trauergäste sicherlich von der Beerdigung zurück sein. Aber aus welchem Grund sollte irgendjemand zu der Hütte kommen? Ich musste weiterschreiben, musste herausfinden, was als Nächstes passierte. Also fuhr ich fort, erfand eine Romanze, bei der die beiden Beteiligten einander fortwährend belügen, und gewann allmählich eine Ahnung davon, wie die Geschichte enden sollte. «Veronica» und Timms werden ein Paar. In einer Szene sucht Timms seinen Verleger Cranstone auf, um die neueste Fortsetzung der *French Maid*-Serie abzuliefern, und teilt ihm mit, er sehe sich nicht in der Lage, noch weitere Memoiren der fiktiven Spionin Bendix zu schreiben. Cranstone erklärt ihn für verrückt. Schließlich verkaufen sich die Bendix-Bücher zehnmal besser als seine anderen Publikationen und könnten angesichts der bevorstehenden Lockerung der britischen Zensurbestimmungen Rekordauflagen erreichen. Doch Timms bleibt hart.

Er macht Veronica einen Heiratsantrag, den sie ihren Worten nach erst dann ernsthaft in Betracht ziehen will, wenn er die ganze Wahrheit weiß: Sie ist nicht Veronica Bendix, hat sich diesen Namen nur aus Spaß für Edwards Freund zugelegt, sich dann jedoch in Edward verliebt und weiß nun nicht, wie sie aus der Situation wieder herauskommen soll. Er versichert ihr, es sei alles gut, er habe von Anfang an gewusst, dass sie nicht die Wahrheit sage, weil …

Vom anderen Ende des Gartens drang ein Geräusch zu mir, doch nun war es zu spät, um noch aufzuhören. Ich wusste, wie das Ende meiner Geschichte auszusehen hatte. Es war, als schriebe die Schreibmaschine die Geschichte von allein, als tippte Dahl vom Jenseits aus die Geschichte aufs Papier. Veronica willigt ein, Timms zu heiraten, doch nur unter der Bedingung, dass er wieder die Romane schreibt, die ihn ursprünglich für sie so interessant gemacht haben. Und wovon sollen sie beide leben, fragt er. Vergiss nicht, sagt sie darauf, dass du die Bestsellerautorin Veronica Bendix heiratest. Deine Freunde werden dich beneiden, und mit deiner Hilfe kann ich die Schriftstellerin werden, als die wir beide uns ausgegeben haben.

War das ein allzu rosiger Schluss? Mir wären noch ein, zwei Wendungen eingefallen, aber zu viele Wendungen verdarben am Ende die Wirkung der Geschichte. Außerdem war nur noch ein freies Blatt Papier übrig. Ich nahm es als Titelseite und tippte darauf *Die Frau, die sich selbst heiratete* von *Roald Dahl*. Kaum war ich fertig, hörte ich, wie sich draußen etwas rührte, und sah auf meine Armbanduhr. Ich hatte mehr als zwei Stunden in der Hütte zugebracht.

Eben stellte ich die Schreibmaschine zurück, da sah ich das Gesicht eines Milchbubis vor dem dreckigen Fenster und schaltete rasch das Licht aus. Zu spät. Der Junge rannte zurück zum Haus. Was hatte er gesehen? Ich wirkte sicher wie eine Vogelscheuche, war nach wie vor mit Blättern und Zweigen von der Hecke übersät. Als ich die getippten Blätter in meinen mitgebrachten Aktendeckel schob, hörte ich den Jungen aufgeregt rufen. Ich öffnete die Tür. Niemand in Sicht.

Ich wappnete mich für einen erneuten Kampf mit der Hecke, als ich rasche Schritte vernahm. Zwei, möglicherweise auch drei Paar Füße näherten sich. Mich durch die Hecke zu verdrücken, würde nicht geräuschlos vor sich gehen. Also blieb mir nur, mich hinter der Hütte zu verstecken.

«Wenn ich's dir doch sage», ließ sich eine Kinderstimme vernehmen, «ich hab Großpapas Geist gesehen!»

«Na, na, was du dir einbildest», erwiderte eine Frauenstimme. «Großpapa ist jetzt im Himmel.»

«Großpapa hat nicht an den Himmel geglaubt. Das hat er mir selber gesagt. Ich weiß, dass er es war. Ich hab die Schreibmaschine gehört. Er hatte seine Lampe an.»

«Jetzt ist sie aber nicht an. Sieht nicht so aus, als wäre wer hier drin gewesen. So dreckig, wie das Fenster ist, wie konntest du da überhaupt was sehen?»

«Ich sag's dir, es war Großpapa, er hat bloß nicht alt ausgesehen. Er hatte Haare, aber da waren Zweige und andere Sachen drin, als hätte er sich aus der Erde gegraben.»

«Das ist nicht komisch. Klingt mir ganz so, junger Mann, als hättest du den merkwürdigen Sinn deines Großvaters für Humor geerbt. Hör zu, er kann sich nicht aus der Erde ausgegraben haben, weil wir ihn vor nicht mal einer halben Stunde beerdigt haben. Wenn du kein kleiner Dummkopf sein willst, dann geh zurück ins Haus und spiel mit deinen Vettern und Cousinen!»

«Aber ich hab ihn gesehen, ich hab ihn doch gesehen ...» Der Junge flitzte davon, seine Stimme verklang. Ich wähnte mich in Sicherheit. Doch die Frau blieb, wo sie war. Neben ihr stand ein Mann. Vom Fluchtinstinkt getrieben, wäre ich beinahe mit ihm zusammengestoßen, zum Glück wandte er mir den Rücken zu. Er sprach mit der Frau. Sie war sehr schön, und ich bekam ein schlechtes Gewissen, dass ich einfach so bei ihnen eingestiegen war.

«Schauen wir nach», sagte der Mann.

Die Tür wurde geöffnet. Noch immer wagte ich nicht, mich zu rühren. Ich drückte ein Ohr an die Hüttenwand und lauschte, während sie sich umsahen.

«Siehst du den Dreck da auf dem Boden? Ich hatte vorher alles sauber gefegt.»

«Vielleicht haben wir ihn ja gerade selbst mit hineingetragen.»

«Gibt es hier eine Schreibmaschine?»

«Ich glaube nicht.»

Schweigen. Dann wieder der Mann.

«Fass mal die Lampe an. Sie ist ganz warm!»

Längeres Schweigen.

«Egal. Es fehlt nichts.»

«Aber ... was war denn hier los?»

«Nichts war los. Gehen wir.»

Sie schlossen die Tür hinter sich zu. Ich zählte bis hundert und verließ den Garten auf dieselbe Weise, wie ich hineingekommen war, schüttelte mir Zweige und Dreck aus Haaren und Kleidern und ging zu Fuß zurück zum Bahnhof.

Ich traute mich nicht, gleich auf der Heimreise das Manuskript unter die Lupe zu nehmen. In Gedanken ging ich noch einmal die von mir erfundene Handlung durch, suchte nach Schwachstellen, fand aber keine. Kaum war ich zurück in der Redaktion der LR, las ich die getippten Seiten sorgfältig durch. Der Titel verriet ein wenig von der Story, aber den konnte ich nun nicht mehr ändern. Keine zehn Pferde brachten mich noch einmal in die Nähe von Dahls Schreibmaschine. Am Ende war es gar nicht die, auf der Dahl seine frühere Erzählung getippt hatte. Da konnte ich mir nicht ganz sicher sein, aber es spielte letztlich keine Rolle. Immerhin hatte ich eine von Dahls Schreibmaschinen benutzt. Hochzufrieden mit mir, heftete ich die Blätter mit einer antiken Büroklammer zusammen, die an Dahls Brief gesteckt hatte, und verstaute mein Machwerk in einem braunen Briefumschlag aus den Aktenboxen mit der Aufschrift 1951: *Vermischtes*. Bis Montag, so hoffte ich, würde meine neueste Fälschung authentisches Fünfzigerjahre-Aroma angenommen haben. Dann wollte ich sie Tony zeigen.

## Sechsundzwanzig

Am Montagmorgen kam Tony nicht in die Redaktion. Das passierte manchmal, wenn er ein Wahnsinnswochenende gehabt hatte. Ich wusste nicht genau, was an so einem «Wahnsinnswochenende» alles passierte; ich sah nur, dass seine Tränensäcke dann montags besonders schwer waren. An guten Tagen ging Tony für Ende fünfzig durch. An schlechten sah man ihm jedes seiner siebenundsechzig Jahre an. Samstag war der Tag, an dem die meisten Hobbyschriftsteller sich bemüßigt fühlten, ihre Seelenergüsse in braune, extra verstärkte DIN-A5-Umschläge zu verpacken. Ich sah den eingegangenen Riesenstapel in aller Ruhe durch. Unter dem üblichen Mist fand ich eine Geschichte von Tim, *New Moon*, über vier Fremde, die in einem eigenartigen Hotel übernachten, aus dem das gesamte Personal verschwindet. Da die aktuelle Ausgabe der *Little Review* einen Beitrag von Tim enthielt, war es eigentlich noch zu früh, um eine neue Story von ihm zu bringen, aber wenn man bedachte, dass er auf diese Veröffentlichung fünf Jahre hatte warten müssen, durfte man vielleicht eine Ausnahme machen.

Ich nahm mir die Geschichte sogleich vor. Tims Stil hatte sich weiterentwickelt. Zum Guten? Das vermochte ich nicht zu sagen. Schließlich war ich mit dem Autor befreundet. Wie konnte ich das hier Geschriebene von der Person trennen, die ich kannte? Ich wollte, dass mir die Geschichte gefiel, weil ich Weihnachten mit Tim verbringen würde. Also gefiel sie mir außerordentlich gut.

Aber ich hatte keine Ahnung, was Tony dazu sagen würde.

Die Mittagszeit war längst vorbei und immer noch keine Spur von Tony; zum ersten Mal in dem einen Jahr, das ich nun schon für die Zeitschrift arbeitete, rief ich ihn zu Hause an. Er stand nicht im Telefonbuch, weil er nicht von ungeduldigen Autoren belästigt werden wollte, hatte mir aber «für Notfälle» seine Nummer gegeben. War dies ein Notfall? Soweit mir bekannt war, gab es niemanden sonst, dem es auffallen würde, wenn Tony ernsthaft erkrankt wäre. Das Telefon klingelte und klingelte, was seltsam war; ich wusste, dass er einen Anrufbeantworter hatte. Allmählich machte ich mir Sorgen. Ich wartete noch eine Stunde ab, dann suchte ich seine Adresse aus einem Straßenverzeichnis heraus und fuhr mit der U-Bahn nach Highgate.

Tony lebte in einer Parterrewohnung, soviel wusste ich. Was sollte ich tun, wenn ich hinkam und niemand an die Tür ging? Einen Nachbarn zu Hilfe rufen oder die Polizei? Ich wusste es nicht. Die Straße, in der er wohnte, sah nicht so nobel aus, wie ich sie mir vorgestellt hatte. Sein Haus schien ein wenig heruntergekommen, ein Eindruck, der sich durch das Schmuddelwetter noch verstärkte. Die Fenster von Tonys Wohnung waren nicht nur schmutzig, sondern auch mit Stores verhängt, was meinem Gefühl nach nicht zu Tony passte. Es war unmöglich auszumachen, was dahinter vor sich ging. Ich klingelte und wartete. Keine Reaktion. Ich klingelte erneut. Immer noch nichts. Ob seine Nachbarn in den zwei Etagen über ihm wohl bei der Arbeit waren? Über beide hatte Tony nie ein Wort verloren. Welche Klingel sollte ich als nächste drücken, die für den ersten oder die für den zweiten Stock? Ich hatte den Finger schon auf dem unteren der beiden Klingelknöpfe, da zischte eine Stimme durch die Sprechanlage.

«Wer ist da?»

«Tony? Ich bin's, Mark. Du bist nicht ans Telefon gegangen, deshalb ...»

Ein Summer ertönte, und ich drückte die Haustür auf. In dem dunklen Flur lag ein Stapel Post auf einem offenen Schränkchen, das drei Stromzähler beherbergte. Die Briefe für Tony nahm ich gleich mit nach oben. Was fehlte ihm bloß, dass er es nicht mal bis zur Haustür schaffte?

Die Tür zu seiner Wohnung hatte dringend einen Anstrich nötig. Ich klopfte sacht an, woraufhin sie sich auftat.

«Tut mir leid, dass du dich bis hierher schleppen musstest.»

Tony trug einen Morgenmantel aus roter Seide. Ich betrat einen samtigen Florteppich. Die scharlachrot gestrichenen Wände zierte ein kurioses Sammelsurium von Bildern. Doch im Augenblick galt meine Aufmerksamkeit Tony. Er hatte ein blaues Auge und eine üble Schwellung am Kiefer. Seine Oberlippe verunzierten Blutspritzer.

«Warst du schon beim Arzt?», fragte ich. «Oder in der Notaufnahme?»

Tony schüttelte den Kopf. «Zu demütigend.»

«Du musst ja nicht sagen, wie es passiert ist.»

«Mein Süßer, die gucken mich einmal kurz an und wissen Bescheid.»

«Meine Mum hat mir Erste Hilfe beigebracht. Lass mich das mal richtig ansehen und sauber machen.»

«Ist doch nicht nötig ...», murmelte Tony.

«Entweder das, oder ich rufe auf der Stelle ein Taxi und bringe dich in die Notaufnahme.»

«Schon gut. Aber ...»

«Kein Aber. Wo ist dein Arzneischrank?»

Ich machte Jod, Desinfektionsmittel, antiseptisches Puder,

Watte und Pflaster ausfindig und spielte den Sanitäter. Ich sprach zu Tony mit der gleichen beruhigenden Stimme, mit der meine Mutter zu mir gesprochen hatte, wenn ich in der Schule von irgendwelchen Rabauken vermöbelt worden war.

«Hat er viel mitgehen lassen?», fragte ich, während ich die letzten Schnittwunden und Prellungen säuberte und abtupfte.

«Geld. Ein Radio. Ein paar CDs. Nichts von großem Wert.»

Unter seinem Morgenrock war Tony nackt. Die Blutergüsse in Reichweite hatte er schon selbst mit Salbe eingeschmiert. Ich machte mich an die übrigen und versuchte nicht zu seinem schrumpeligen Penis hinzusehen, der sich ein wenig regte, als ich Wärmesalbe auf die Quetschungen an Tonys Oberschenkeln auftrug. Nachdem ich uns eine Tasse Tee gemacht und Tony zurück ins Bett verfrachtet hatte, rückte ich mit der guten Neuigkeit heraus.

«Ich habe die Geschichte von Dahl gefunden, die du damals nicht verwertet hast.»

«Tatsächlich?» Tony rang sich ein Lächeln ab. «Sehr gut.»

«Ich glaube, nach dem Lesen weiß ich nun auch, warum Dahl sie nie veröffentlicht hat.»

«Nie veröffentlicht, sagst du? Das ist ja ein Glückstreffer. Wieso das denn?»

«Zu modern für die damalige Zeit. Lies sie selbst, wenn du wieder in der Redaktion bist. Ich will nichts vorwegnehmen.»

Zum ersten Mal brachte Tony ein richtiges Lächeln zustande, wobei sich zeigte, dass ihm auch ein Vorderzahn ausgeschlagen worden war. «Wer sagt denn, dass ich mich nicht doch daran erinnere?»

Ich nannte ihm den Titel. «Klingelt's bei dir?»

Tony schüttelte den Kopf. «Mark. Was täte ich bloß ohne dich.»

Bevor ich ging, sagte Tony, nun wieder ganz er selbst:

«Nimm dir für den restlichen Monat frei. Ich hab mir gedacht ... ich könnte ein bisschen Urlaub gebrauchen, irgendwo, wo's warm ist.»

«Über Weihnachten bin ich weg. Aber bis dahin sehe ich in der Redaktion nach dem Rechten. Was soll ich mit den Einsendungen machen?»

«Schick sie alle zurück und schreib von mir aus dazu, wir wären bis 1999 voll. Außer den Leuten natürlich, die wir um einen Beitrag für die fünfhundertste Ausgabe gebeten haben.»

«Okay.» Es enttäuschte mich, dass er meine Dahl-Geschichte nicht auf der Stelle lesen wollte.

«Danke fürs Herkommen», sagte Tony, «und fürs Helfen. Ich schulde ...»

«Quatsch», sagte ich. «Umgekehrt würdest du doch dasselbe für mich tun.»

Tony nickte. «Wir haben ja beide niemanden», setzte er in seinem weisen, väterlichen Tonfall an, brach dann aber in Tränen aus. Ich gab ihm ein Taschentuch und ergriff die Flucht, zurück in die Redaktion.

Dort war ich nun also ganz allein für die *Little Review* zuständig. Ich schickte Tim eine Karte, bestätigte den Eingang seiner Geschichte und erklärte, es werde eine Weile dauern, bevor er Bescheid bekomme. Dann sandte ich den restlichen Haufen mit der jeweils passenden Lüge an die Absender zurück. Noch zwei Wochen bis Weihnachten, in denen mir nicht allzu viel zu tun blieb. Ich begab mich in mein Stübchen und tat das Einzige, auf das ich mich halbwegs verstand. Ich schrieb. Wie üblich so, als wäre ich jemand anderer.

## Siebenundzwanzig

Magneta kaufte einen uralten, aber noch fahrtüchtigen Morris Traveller, in den wir ihre und Tims gesamte Habe einluden. Da für Tim und mich daneben kein Platz mehr blieb, fuhren wir mit dem Zug und trafen zwei Tage vor Weihnachten in Leam ein. Tim vertraute mir an, es sei das erste Weihnachten, das er nicht mit seiner Familie in Reading verbringe.

«In Lancashire bin ich überhaupt noch nie gewesen», sagte er, als handele es sich um eine besonders romantische Region. Wir traten aus dem Bahnhofsgebäude hinaus in eisigen Wind, kämpften uns durch endlose Straßen mit grauen Reihenhäusern aus Stein und kleinen, für Weihnachten festlich geschmückten Geschäften. Ich machte Tim auf die Bücherei aufmerksam, in der meine Mutter gearbeitet hatte. Tim erkundigte sich nach ihr. Ich erzählte nur das Nötigste.

«Und dein Vater?», fragte er.

«Den habe ich nie gekannt.»

«Aber wer war er?»

Ich gab die immer gleiche Antwort. «Ein Kommilitone meiner Mutter, schätze ich. Ich weiß nicht, ob er sich verdünnisiert hat oder meine Mum ihm nicht sagen wollte, dass sie von ihm schwanger ist. So oder so war nie von ihm die Rede.»

Tim spürte mein Unbehagen und wechselte das Thema. «Wohin man auch sieht, es ist, als befände man sich in den Fünfzigern. Ein toller Ort zum Schreiben!»

Er hatte recht. Nach fünfzehn Monaten in London kam mir die Rückkehr nach Leam wie eine Zeitreise vor.

«Das ist es», sagte ich zu Tim, als wir in die Straße mit den ehemaligen Armenhäuschen einbogen. Vorhänge bewegten sich fast unmerklich, während ich mit dem Schlüssel für die Haustür herumfuhrwerkte. Wie viele unserer Nachbarn wohl seit meinem letzten Besuch hier gestorben waren? Der Tod war mir von Kind an vertraut. Jeden Winter raffte es einen oder zwei unserer Nachbarn dahin. Meine Mutter konnte mir nicht verheimlichen, wo sie geblieben waren.

Als ich die Haustür aufstieß, traf mich die Erinnerung an Mums Tod wie ein Schlag. Beim Eintreten konnte ich sie einen Augenblick lang riechen, konnte sie spüren, als ob sie dieses düstere, schäbige Haus noch immer bewohnte. Doch dann machte ich Licht, und Tim beschwerte sich über den Geruch nach Moder und Schimmel. Ich eilte zum Gaskamin und versprach ihm, die Wände würden austrocknen, bis Magneta mit dem Auto nachkam.

«Sonst ist es phantastisch!», rief Tim freudestrahlend. «Genau das Richtige für uns.»

Ich ging nach oben und lud mein Zeug in meinem alten Zimmer ab. Die Matratze meines schmalen Betts fühlte sich klamm an. Ich holte eine alte Heizdecke vom Dachboden. Als ich herunterkam, hatte Tim schon den Wasserkessel aufgesetzt. Ich hatte einen gut kniehohen Stapel Post zu sichten. Der einzige Brief, den ich öffnete, war von Mr. Darkland, dem Anwalt. Er informierte mich über die rechtlichen Auswirkungen meiner Vermietung des Hauses an Freunde und schlug vor, mit ihnen einen kurzfristigen, alle sechs Monate verbindlich zu erneuernden Mietvertrag zu einer nominellen Summe zu schließen, damit sie kein dauerhaftes Wohnrecht erwarben. Ich legte den Brief beiseite.

Tim goss Tee ein und schwärmte davon, was er hier alles zu schreiben gedachte. Mein Zimmer sollte sein Arbeitszimmer werden, wenn ich nach London zurückgekehrt war, und Magneta könnte sich mit ihrem Schreibtisch im Wohnzimmer einrichten.

«Oder andersherum, wenn ihr das lieber ist.»

Bis zu Magnetas Eintreffen war das Haus zumindest einigermaßen aufgeheizt, allerdings verflüchtigte sich die Wärme wieder, als wir ihre und Tims Habseligkeiten aus dem Auto ausluden. Magneta erklärte unverzüglich, das Haus sei ein Traum, und wunderte sich, dass ich nicht schon früher dorthin zurückgekehrt war.

«Es ist nicht mehr mein Zuhause, seit Mum tot ist. Nur noch der Ort, an dem ich aufgewachsen bin.»

«Hast du noch viele Freunde hier?», fragte sie.

«Ich habe zu niemandem Kontakt gehalten.»

Seit meinem Schulabschluss vor mehr als zwei Jahren hatte ich keinen von der kleinen Truppe mehr gesehen, mit der ich früher herumgezogen war. Die einzigen Freunde, die ich in London gefunden hatte, waren Tony, Tim und Magneta. Offenbar spürten die beiden das, denn Magneta verfolgte das Thema nicht weiter. Stattdessen schmiedeten wir Pläne für Weihnachten. Ich musste erst in zehn Tagen wieder in London sein, war mir aber nicht sicher, ob ich so lange bleiben wollte. Während ich die Post durchging, wollten Tim und Magneta Einkäufe erledigen.

Die Tage vergingen wie im Flug. Wir schliefen bis in die Puppen, schlugen uns mit köstlichen Mahlzeiten den Bauch voll, tranken, rauchten, hörten Musik und sahen fern. Tim und Magneta gemeinsam zu erleben, ließ mich ahnen, wie es in einer richtigen Beziehung zwischen einem Mann und einer Frau zuging. Anfangs machte ich mir Gedanken, weil sie sich entweder ankeiften oder mit spitzen Bemerkungen bedachten und dann wieder – meinem Eindruck nach – kaum ein Wort miteinander wechselten (obwohl sie beide ausführlichst mit mir sprachen). Zeitweise kam es mir vor, als hätte eindeutig Magneta die Hosen an. Aber was ich notgedrungen nachts von ihnen im Bett mitbekam, zeichnete ein anderes Bild von ihr: verletzlich, verliebt, keine Spur von der Domina, die ich zuerst in ihr gesehen hatte.

Auch ihr Aussehen veränderte sich. Sie färbte sich nicht mehr die Haare. Der Ansatz, der nun sichtbar wurde, war rötlich braun. Ohne das gruftige Make-up wirkte sie jünger. Als ich endlich eine taktvolle Formulierung gefunden hatte, um mich nach ihrem Alter zu erkundigen, erfuhr ich von Tim, dass sie neunundzwanzig war, nur zweieinhalb Jahre älter als er. Dass die beiden in meiner Gegenwart keine langen Gespräche führten, geschah, wie mir langsam dämmerte, aus Höflichkeit – und weil sie es nicht für notwendig hielten. Sie vertrauten einander vollständig. Dass sie sich selbst genug waren, wollten sie mir nicht unbedingt ständig unter die Nase reiben, weil mir damit meine Einsamkeit nur noch deutlicher geworden wäre.

Magneta und Tim freundeten sich rasch mit den alten Leutchen in der Nachbarschaft an. Magneta erzählte ihnen stolz, Tim sei ein echter Schriftsteller, und sie schreibe Schmutz und Schund, um ihm den Rücken freizuhalten. Das fanden die Nachbarn großartig. Magneta hatte eine sehr viel eindrucksvollere Erfolgsbilanz vorzuweisen als Tim, doch sie spielte sie tunlichst herunter.

Silvester kam, und Neujahr ging, und es wurde Zeit für mich, nach London zurückzukehren, zurück in meine kalte Bude über der Redaktion der *Little Review*; noch neun Monate, bis ich das Studium wiederaufnehmen konnte. Lieber wäre ich in Leam geblieben. Aber Tim und Magneta brannten darauf, ihr neues gemeinsames Leben zu beginnen, während ich ganz von vorn anfangen musste.

«Wir bestehen darauf, dir Miete zu zahlen», sagte Tim, als sie mich zum Bahnhof fuhren. «Keine Widerrede, sonst ziehen wir wieder aus.»

Ich gab nach. «Aber nur so viel, wie ihr euch leisten könnt.»

Beide umarmten mich zum Abschied.

«Komm uns jederzeit besuchen», sagte Magneta.

Soho war so windig und eisig, dass kaum ein Tourist auf der Straße zu sehen war. Die Redaktion fand ich so vor, wie ich sie zurückgelassen hatte. Offenbar war Tony noch nicht aus dem Urlaub zurück. In einer Woche begann das Frühjahrstrimester; wenn ich wollte, konnte ich die Vorlesungen besuchen, die ich im Vorjahr geschwänzt hatte. Nach den Weihnachtstagen mit Tim und Magneta war ich mehr mit mir im Reinen und fühlte mich zu allem bereit.

## Achtundzwanzig

Der Postkorb der *Little Review* quoll über. Viele Schreiben waren am 27. Dezember abgestempelt, was darauf schließen ließ, dass die Urheber die Feiertage genutzt hatten, um ihre Einsendungen an die Zeitschrift postfertig zu machen. Unter dem Stapel eingereichter Manuskripte fand ich zwei an mich adressierte Weihnachtskarten. Die eine war von Francine, mit ein paar handgeschriebenen, liebevollen Zeilen. Die andere trug den Poststempel New York, wo ich nur zwei Menschen kannte. *Auf ein Wiedersehen (hoffentlich) im Neuen Jahr.* Unterzeichnet war die Karte von Helen und Paul Mercer. Keine Rede vom Geld für die Hemingway-Manuskripte.

Ich machte mich wieder ans Fälscherwerk, doch diesmal aus weniger unlauteren Motiven. Ich schrieb zu meinem eigenen Vergnügen, und zwar im Stil von James Sherwin, weil ich noch immer keinen eigenen Stil entwickelt hatte. Laut Tonys Einschätzung fanden nur wenige Autoren vor dem dreißigsten Lebensjahr zu ihrer eigenen Stimme. Das Gleiche galt für ihre Themen. Meine Lebenserfahrungen gaben nichts her, worüber ich hätte schreiben können, darum hielt ich mich an Sherwins Themen und seinen Stil. Ich fingierte den Roman, den Sherwin nie veröffentlicht hatte und aus dem meine Mutter ihn Ausschnitte hatte lesen hören, als er Anfang der Siebziger an Universitäten las. Der Arbeitstitel lautete *Die Kommune.*

James Sherwin hatte mit J. D. Salinger, Harper Lee und

Ralph Ellison gemeinsam, dass sie alle nach frühen, gigantischen Erfolgen in Stillschweigen verfallen waren. Ihr jeweils erster Roman hatte sich fortlaufend weiter gut verkauft, sodass sie nicht aus finanziellen Gründen gezwungen waren, immer neue Bücher zu veröffentlichen. Um nicht Gefahr zu laufen, ihr Ansehen zu schmälern, hörten diese Autoren auf zu publizieren. Was mich beschäftigte: Hatte Sherwin auch aufgehört zu schreiben? Gerüchten zufolge schrieben Salinger und Ellison immer noch, und zwar täglich. Salinger verwahrte seine Manuskripte angeblich in einem zimmergroßen Safe. Von Ellison hieß es, er arbeite an seinem zweiten Roman, aus dem er – vor Jahrzehnten – einzelne, noch unfertige Kapitel veröffentlicht hatte. Nach ihrem Tod würden all diese unter Verschluss gehaltenen Schriften höchstwahrscheinlich rasch erscheinen. Sherwin war jünger und weniger populär. Dafür hatte er das schönste Leben – auf seiner entlegenen griechischen Insel, die nur unregelmäßig von Fähren angelaufen wurde – und eine sehr viel jüngere amerikanische Frau. Er wollte seine Ruhe, und das gedachte ich zu respektieren, ganz gleich, wie besessen ich von ihm war.

Mit der Zeit hörte sich mein Geschreibsel immer mehr nach Sherwin an, und ich widerstand dem Drang, jemandem meinen Text zu zeigen. Ich blieb standhaft. Sherwins Erzählungen aus den Sechzigerjahren (einschließlich der beiden Vorabdrucke in der *Little Review*) waren alle in Sammelbänden erschienen. Insgesamt waren es so wenige, dass er wohl kaum eine davon vergessen haben würde. Ich konnte unmöglich überzeugend vorgeben, auf eine Kurzgeschichte gestoßen zu sein, die Sherwin dreißig Jahre zuvor geschrieben haben sollte. Außerdem würde ich nach der Veröffentlichung der Dahl-Geschichte nicht noch einmal mit der Behauptung durchkommen, ich hätte den Text in den Archiven gefunden.

Meine Sherwin-Imitate waren nicht zur Veröffentlichung gedacht, sondern lediglich als Fingerübung, so wie ursprünglich auch die Fälschungen von Hemingway.

Am 4. Januar holte ich die Post aus dem großen Drahtkorb, der unter dem Briefschlitz stand. Zwischen den üblichen braunen DIN-A5-Umschlägen fand sich eine Postkarte aus Tunesien, die verkündete, Tony amüsiere sich so prächtig, dass er seinen Urlaub verlängert habe (kein Wort über das Datum seiner Rückreise), ein Rezensionsexemplar eines Gedichtbandes von einem kleinen Verlag (es musste ein kleiner Verlag sein – kein gestandener Verleger nahm in diesen Tagen die Arbeit schon wieder auf) und ein blauer Luftpostumschlag mit einem Poststempel aus Griechenland.

Letzteren legte ich auf den Stapel mit Tonys persönlicher Korrespondenz und arbeitete mich durch die Einsendungen des Tages. Bis ich den Großteil verworfen hatte, verging fast eine Stunde. Was all die literarischen Aspiranten wohl denken mochten, wenn sie wüssten, dass ihr Werk nach einem flüchtigen Blick von einem neunzehnjährigen Studienabbrecher in die Ecke geworfen wurde? Dann nahm ich erneut den blauen Umschlag zur Hand. Wer schrieb Tony aus Griechenland? Es war kein Manuskript. Der Umschlag war so leicht, dass er nur ein Blatt Papier enthalten konnte. Mithin bestand keine Notwendigkeit, ihn zu öffnen.

James Sherwin lebte in Griechenland. Und Tony hatte mir aufgetragen, den Eingang aller Einsendungen, die wir für die fünfhundertste Ausgabe erhielten, zu bestätigen. Vielleicht war es ja doch ein Beitrag, sagte ich mir, ein kurzes Gedicht etwa auf einem einzelnen Blatt Papier. Bevor mir etwas einfiel, das dagegensprach, schlitzte ich den Umschlag auf. Er enthielt einen auf einem Schreibcomputer getippten Brief.

Karenos, 14. Dezember 1990

*Lieber Tony,*
*danke für Deinen Brief und das Buch. Fünfhundert! Meinen allerherzlichsten Glückwunsch. Schick mir unbedingt ein Exemplar der Jubiläumsausgabe. Lang, lang ist's her, hm? Um diese Jahreszeit ist es auf der Insel immer am schlimmsten – kalt, windig, fast menschenleer, beinahe bekomme ich Sehnsucht nach London. Ich glaube, ich habe Dir schon geschrieben, dass ich geheiratet habe. Sonia hat mir den Computer hier gekauft, in der Hoffnung, dass er mich wieder zum Schreiben bewegt, aber eigentlich benutze ich ihn nur, um braven amerikanischen Doktoranden zu antworten, dass sie sich verpissen sollen. Meistens setze ich mich aber doch an das verdammte Ding und versuch's.*
*Womit ich sagen will, dass ich augenblicklich nichts habe, was ich Dir anbieten könnte, aber wenn ich etwas hinkriege, schicke ich es Dir. Die Gedichte haben mir sehr gefallen, besonders «Sein trojanischer Hintern». Gut zu wissen, dass da wie eh und je ein alter Lüstling zugange ist.*

*Herzlich,*
*James*

Der Brief überraschte mich. Zum einen hatte ich nicht gewusst, dass Sherwin und Tony befreundet waren. Dass jemand von Sherwins Format Tonys Gedichte mochte, weckte in mir den Wunsch, sie selbst zu lesen. Ich hatte hin und wieder einen Blick darauf geworfen, war aber nie bei einer von Tonys (selten gewordenen) Lesungen gewesen. In seinem Brief klang Sherwin – den ich mir als eine fast schon mythische, göttergleiche Gestalt vorstellte – sehr menschlich, ein

Mann mit einer normalen Schreibblockade, die eben nun schon zwanzig Jahre anhielt.

Ich verspürte Gewissensbisse, weil ich den Brief gelesen hatte. Er war für Tony bestimmt, nicht für mich. Andererseits war ich auf Hochtouren – und zwar nicht wegen des Inhalts. Ich erkannte auf einen Blick, dass James Sherwin exakt den gleichen Computer und Drucker wie ich besaß: einen Amstrad 8256 mit einem hundsgewöhnlichen Matrixdrucker. Kein Mensch konnte den einen Ausdruck von dem anderen unterscheiden. Aber die Freude währte nicht lange, denn aus diesem glücklichen Zufall ließ sich letztlich doch gar nichts gewinnen. Meine Entdeckung würde folgenlos bleiben.

Im Lauf der folgenden Tage kamen weitere Einsendungen für die fünfhundertste Ausgabe. Die Benachrichtigung des Kunstverbandes wegen der Zuschüsse stand noch aus, aber sie würden den Geldhahn wohl kaum vor der Jubiläumsausgabe zudrehen. Und immer noch kein Wort von Tony.

Doch dann, eines Tages um die Mitte des Monats herum, war er wieder da. Ich hörte, wie sich in der Redaktion unter mir etwas rührte, und flitzte, nur in Unterhosen und vor Kälte zitternd, die Treppe hinab. Es war acht Uhr morgens, sehr früh für Tony. Er kam mir auf einen Gehstock gestützt entgegen, braun gebrannt, aber müde, und bedankte sich bei mir, dass ich die Stellung gehalten hatte.

«Der Überfall hat mich doch ganz schön mitgenommen. So richtig gemerkt habe ich das erst in Tunesien. Aber ich war viel zu lange weg. Nun erzähl schon. Ich will alles wissen.»

Ich erzählte ihm so viel, wie er meinem Gefühl nach aufnehmen konnte, und endete mit dem Brief von Sherwin, den er fast schon liebevoll begutachtete.

«Ich habe seit Jahren nichts mehr von James gehört.»

«Wart ihr früher befreundet?»

Tony nickte, ohne mich anzusehen. Waren sie mehr als nur Freunde gewesen? Nein, Sherwin konnte nicht schwul sein. Er hatte ja eben erst geheiratet.

«Den Stapel da nehme ich mit und lese ihn zu Hause», sagte Tony. «Ich will ein Inhaltsverzeichnis der fünfhundertsten Ausgabe erstellen, zur Vorlage beim Kunstverband. Damit und mit den höheren Verkaufszahlen sollten uns die Zuschüsse für die nächsten paar Jahre sicher sein.»

«Ich hoffe es mal», sagte ich, dann fiel mir noch etwas ein: «Ach ja, in dem Stapel ist auch eine Geschichte von Tim Cooper. Ich dachte mir, du hättest vielleicht gern wenigstens einen jungen Autor in der Jubiläumsausgabe.»

«Gute Idee», sagte Tony. Nach einer Weile fragte er: «Du selbst hast zwischenzeitlich nichts produziert, was ich mir ansehen könnte?»

«Ich bin noch nicht so weit.»

«Muss nicht unbedingt schon zur Veröffentlichung taugen», sagte Tony so sanft, wie es ihm zu Gebote stand. «Aber ein kritischer Leser kann nicht schaden, insbesondere wenn man am Anfang steht. Damit kann man locker ein paar Fehler vermeiden, sich davor bewahren, in schlechte Gewohnheiten zu verfallen, so was in der Richtung.»

«Verstehe», sagte ich unverbindlich.

«Ich würde dir wirklich gern helfen», sagte Tony herzlich. «Wo du mir doch schon so viel geholfen hast.»

«Ich schreibe ja», erklärte ich unbeholfen. «Aber das meiste klingt so wie der Autor, den ich gerade lese.»

«Jeder ahmt am Anfang große Vorbilder nach», sagte Tony. «Das lässt sich nicht vermeiden. Ich wollte zu Beginn genauso klingen wie Auden. Der frühe Auden. Mittlerweile fühle ich mich beim Durchlesen meiner neuesten Werke an den späten

Auden erinnert, was allerdings niemandem sonst aufzufallen scheint. Das ist in Ordnung. Glaub mir, du musst dir deshalb keine Gedanken machen.»

Wenn er wüsste. «Ich würde gern mal einen von deinen Gedichtbänden lesen», sagte ich. «Vielleicht den mit dem Gedicht, das Sherwin erwähnt hat.»

«Klar», sagte Tony. «Ich bringe ihn dir morgen mit. Und nochmal vielen Dank für deine Hilfe, Mark. Du bist wirklich ein Pfundskerl.»

Ich machte mich zu einer der Vorlesungen auf, die ich im Vorjahr geschwänzt hatte. Der Dozent war noch öder, als ich ihn in Erinnerung hatte. Beim Hinausgehen fragte mich eine hübsche Studentin, die in derselben Reihe wie ich gesessen hatte: «Dich habe ich hier noch nie gesehen. Bist du aus unserem Jahrgang?»

Sie wollte mir gar nichts Böses, sondern mich einfach bloß anquatschen. Trotzdem wusste ich nicht, wie ich reagieren sollte. Ich murmelte irgendwas und machte mich hurtig aus dem Staub. Wieso war ich bei Frauen bloß immer so ein Versager? Nach diesem Vorfall besuchte ich keine einzige Vorlesung mehr.

**Neunundzwanzig** Die fünfhundertste Ausgabe nahm zusehends Gestalt an. Der Künstler Francis Bacon, ein alter Kumpel von Tony, hatte eine Illustration für das Cover zugesagt. Mit dieser Neuigkeit kehrte Tony freudestrahlend vom Colony Club zurück. In seiner Champagnerlaune sagte er, er verdanke mir sein ganzes Glück.

«Seit du mit an Bord bist, Mark, hat sich alles zum Guten gewendet.»

«Wann soll sie denn herauskommen?», fragte ich ungerührt. Wir waren mit der Jubiläumsausgabe bereits jetzt spät dran. Tony hatte beschlossen, sie als Doppelnummer unter Einschluss der Ausgabe 501 zu gestalten, denn so konnte er einen satten Fünfer pro Exemplar verlangen.

«Sobald der Scheck vom Kunstverband da ist und ich den Drucker zahlen kann. Nächste Woche treffe ich mich mit den Leuten vom Verband.»

«Und kommt die Dahl-Geschichte auch mit rein?» Seit seiner Rückkehr hatte ich es vermieden, Tony danach zu fragen, aus Sorge, dass er Verdacht schöpfen könne.

«Ah», gab er, schlagartig ernüchtert, zurück. «Tja, das ist nicht so ganz einfach.»

«Wieso?»

«Weil Dahl tot ist. Die Sache ist die: Hätte ich die Geschichte vor seinem Tod angenommen, wäre alles in bester Ordnung. Aber ich habe sie abgelehnt und offensichtlich fast vierzig Jahre darauf gesessen. Ich habe kein Recht, sie zu veröffentlichen. Die Frage ist, wende ich mich an seine Nachlassnehmer und frage an, ob ich sie verwenden kann? In dem Fall haben sie alles Recht der Welt zu sagen: ‹Nein, her damit.› Oder veröffentliche ich sie einfach und handle mir damit womöglich Ärger ein?»

Nichts von alledem hatte ich je bedacht. «Glaubst du, jemand würde die Geschichte wegen ihres Inhalts unter Verschluss halten wollen?», fragte ich Tony.

«Nö. Das Sexuelle wird ja nur angedeutet. Aber ein Anwalt könnte einwenden, dass Dahl die Geschichte nicht veröffentlichen wollte, weil sie seinen Ansprüchen nicht genügte.»

Ich holte tief Luft. «Meinst du denn, dass sie gut genug ist?»

«Ich schon», sagte Tony. «Aber sie ist untypisch. Was hältst du davon?»

Auf diese Frage hatte ich keine Antwort. Ich war stolz auf mein Werk, andererseits befürchtete ich, dass Tony mich auf die Probe stellen wollte. Vielleicht war er ja doch misstrauisch geworden.

«Ich bin kein großer Fan von Dahl», sagte ich. «Aber mir hat sie ganz gut gefallen.»

«Würdest du sie in unsere fünfhundertste Ausgabe aufnehmen?», fragte Tony mit einer hochgezogenen Braue.

Statt einer Erwiderung legte ich die Stirn gedankenvoll in Falten. Dann fiel mir eine Antwort auf die Frage ein, die mich am meisten beschäftigte: wie sich nämlich meine Fälschung der Welt überzeugend verkaufen ließe.

«Und wenn du sagst, Dahl habe die Geschichte erst nach seinem Tod veröffentlichen wollen? Du hättest sie damals angenommen, und dann habe er es sich anders überlegt.»

«Ein bisschen weit hergeholt», sagte Tony nachdenklich. «Ich hätte doch sicherlich die Korrespondenz aufgehoben.»

«Was geht nicht alles verloren», sagte ich. «Und Dahl war damals noch ein ganz unbedeutender Schriftsteller. Du hast das mit der Geschichte völlig vergessen, bis du von seinem Tod erfuhrst, und dann hast du deinen Assistenten das Archiv durchsuchen lassen ...»

Tony lachte. «Das könnte klappen. Ich wusste ja gar nicht, dass du so ein ausgefuchster Schwindler bist, Mark. Ich denke darüber nach. Da.» Er hielt mir ein schmales Bändchen hin. «Das Buch, nach dem du gefragt hast. Ich hoffe, es gefällt dir – wenn nicht, schweig still.»

Es war *Im Zaum*, Tonys neuester Gedichtband, der bei Carcanet Press erschienen war. Er hatte mir eine Widmung hineingeschrieben: *Für Mark, ohne den nichts geht und mit ihm alles*, was ich ein bisschen zweideutig fand, obwohl ich wusste, dass es von Herzen kam. Ich schenkte ihm ein dankbares Lächeln und verzog mich dann wieder nach oben, um weiter an der Sherwin-Geschichte zu arbeiten.

Später, am Abend, sah ich mir die Gedichte an. Manche verstand ich, manche nicht. Ob es an mir lag oder ob sie absichtlich nebulös waren, vermag ich nicht zu sagen. Tony war kein «bekennender» schwuler Dichter wie etwa Thom Gunn, aber wenn man ihn kannte, ließ sich aus einem Großteil der Gedichte unschwer herauslesen, dass es um schwulen Sex ging. Sie klangen mal skurril, dann wieder erotisch oder auch leise enttäuscht. Zwei bewegende Elegien auf Freunde, die an Aids gestorben waren, fand ich gelungen, ansonsten konnte ich den Gedichten wenig abgewinnen. Ich behielt das Buch oben bei mir, ließ aber Tony gegenüber nichts weiter darüber verlauten.

Es war eine einsame Zeit. Tony kam für höchstens ein, zwei Stunden am Tag in die Redaktion. Tim war in Leam. Wir schrieben einander, aber er und Magneta hatten das Telefon noch nicht wieder anschließen lassen. Ich konnte von der Redaktion aus kostenlos telefonieren, doch wen sollte ich anrufen? Ich musste mir die Zeit vertreiben. Dank einer Vollmacht von Tony hatte ich einen Leseausweis für die British Library. Zunächst kam ich mir inmitten der Akademiker und Besessenen, die den grandiosen Bau bevölkerten, wie ein Hochstapler vor. Doch als ich mich daranmachte, jeden jemals veröffentlichten Artikel über James Sherwin – meine private kleine Obsession – aufzuspüren, fühlte ich mich ihnen allmählich zugehörig.

Ich fand die frühen Gedichte und einen Brief, der in der *Times* abgedruckt worden war, außerdem zwei in keiner Sammlung enthaltene Geschichten, die in den frühen Sechzigern in längst nicht mehr existierenden Zeitschriften erschienen waren. Dazu ein Haufen Interviews und zahllose Artikel über sein Werk, ja sogar eine Reihe von Rubriken zum Thema *Was macht eigentlich ...?*.

Ich las und schrieb und ernährte mich von Hafergrütze, Nudeln und Sandwichs. Ich war arm. Die Arbeitslosenunterstützung war ein Witz. Ich hätte mir wohl, da ich genau besehen ja keine Miete zahlte, irgendwie Wohngeld erschwindeln und damit mein Salär aufbessern können, doch da ich von Tim und Magneta wiederum für das Haus eine kleine monatliche Summe erhielt (die ich nicht angab), konnte ich mich einigermaßen über Wasser halten. Eine Prostituierte, die ich flüchtig kannte, bot mir einen Job an: Ich sollte für sie ihre Visitenkarten in Telefonzellen auslegen. Ich lehnte ab – und bereute es noch tagelang, wie ein aufgescheuchtes Huhn reagiert zu haben. Bei diesem Job hätte ich viel Stoff für neue Geschichten sammeln können.

Die Abende wurden mir lang. Draußen war es zu laut, um früh schlafen zu gehen, und zu kalt, um Spaziergänge auf der Suche nach Material für meinen Roman über das Londoner Leben zu unternehmen. Ich sah fern, auf dem alten Gerät meiner Mutter, allerdings war der Empfang lausig. Ich wurde süchtig nach *Coronation Street* und amerikanischen Polizeiserien. Ich ließ mir die Haare wachsen, weil ich kein Geld für einen Friseur hatte. Meine Kleidung sah mittlerweile ziemlich abgetragen aus. Seit Mums Tod hatte ich mir nichts Neues mehr zum Anziehen gekauft. Ich führte häufig Selbstgespräche. Es ging rapide mit mir bergab.

So wie mit der *Little Review*. Das anstehende Treffen mit dem Kunstverband wurde abgesagt und unser Zuschuss weiter hinausgeschoben. Dann war lange Sendepause. Der vornehmlich durch Abwesenheit glänzende Tony bekam ständig Anrufe von der kleinen Druckerei, mit der er seit 1972 zusammenarbeitete.

«Er schuldet uns fast viertausend. Das sind die Lohnkosten für einen ganzen Monat.»

Die *Little Review* war im Grunde genommen schon seit Jahren pleite. Auf dem Papier wurden Honorare gezahlt, doch die meisten Autoren und Zulieferer verzichteten auf das Geld. In der Annahme, dass sein alljährlicher Zuschuss auch weiterhin genehmigt würde, hatte Tony die Gläubiger hingehalten, um den Kapitalfluss nicht versiegen zu lassen. Zweifellos war er schon zigmal so vorgegangen. Einmal erzählte er mir stolz von den Anfängen der Zeitschrift: «Damals gab es noch keine Zuschüsse, und von dem kleinen Gewinn, den ich machte, zahlte ich mir ein Gehalt aus. Das waren die Zeiten, in denen die Leute noch Literatur in rauen Mengen lasen.»

Doch diese Zeiten waren lang vorbei. Keine einzige Literaturzeitschrift konnte ohne Zuschüsse überleben, außer man rechnete die kleinen Blätter dazu, die wie schlechte Fotokopien aussahen und von zornigen Arbeitslosen in nordenglischen Städten produziert wurden. Und vielleicht waren auch sie die einzigen, die es verdient hatten zu überleben; doch diesen Gedanken behielt ich aus Rücksicht auf Tony für mich. Ich war nach dem Motto «Hilf dir selbst, dann hilft dir Gott» erzogen worden und fand es grauenhaft, Arbeitslosengeld zu beziehen. War so ein Zuschuss nicht eine Art Arbeitslosengeld für Zeitschriften? Sollte man von dem Geld nicht lieber angehenden Autoren vierzig Piepen pro Woche zahlen, als Arbeitsbeschaffungsmaßnahme? Ich fragte Tony nach seiner Meinung.

«In dem Fall würde die Hälfte aller Schmarotzer auf den Straßen behaupten, sie seien Schriftsteller», wandte er ein.

«Dann sollen sie alle drei Monate hundert Seiten vorlegen, sonst kriegen sie kein Geld mehr», schlug ich vor. «Das würde ihnen die Schreibblockaden schon austreiben.»

«Das Problem ist», wandte Tony ein, «dass wir nicht mehr Schriftsteller brauchen, sondern weniger. Die, die wir haben, können allesamt nicht davon leben.»

Die Druckerei drohte ihm mit einer Klage. Tony war Ende der Siebziger schon einmal fast bankrott gewesen, das wollte er nicht noch einmal durchmachen. Er fing an, Naomi Finch zu belagern, die zuständige Mitarbeiterin des Kunstverbands. Nachdem er sie eine Woche lang täglich angerufen hatte, lud sie ihn zu einem Treffen ein. Bei der Rückkehr war Tony so niedergeschlagen, wie ich ihn noch nie erlebt hatte.

«Sie drehen den Hahn zu», sagte er. «Die Budgets für Zeitschriften werden gekürzt, und wir müssen dran glauben. Sie hat wörtlich zu mir gesagt: *Zeitschriften haben eine gewisse Blütezeit – ein paar Jahre, fünf im Höchstfall –, und danach werden sie so etwas wie eine alternde Schlampe, die mit jedem ins Bett gegangen ist, aber nie den Grips hatte, zu heiraten und sich häuslich niederzulassen.*

Dann hat sie mir noch förmlich mitgeteilt, nach Ansicht

des Verbandes sei es für die *Little Review* an der Zeit, neuen Zeitschriften Platz zu machen. Was für neuen Zeitschriften?, habe ich sie gefragt. Darauf wusste sie natürlich keine Antwort. Also habe ich mein Sprüchlein aufgesagt von wegen der fünfhundertsten Ausgabe, wer da alles vertreten ist, und weißt du, was sie daraufhin gesagt hat? Warum schreiben Sie die nicht alle an, sehen zu, dass sie Geld für die Druckerei lockermachen, und inszenieren einen furiosen Abgang? Als ob ich mich so demütigen würde, dass ich ...»

Er brach in Tränen aus. Ich umarmte ihn ungelenk, fühlte mich unnütz und hatte Mitleid mit meinem Freund. Und mit mir selbst, denn so, wie es aussah, war ich meinen Job bald los.

## Dreißig

Mit einem Mal nahm Tony die Zeitschrift bitterernst. Er kam morgens um zehn, öffnete eigenhändig die Post und ging selbst ans Telefon. Er schrieb an eine Handvoll wohlhabender Gönner, die schon früher einmal ausgeholfen hatten, und an Autoren, die mit ihren Werken reich geworden waren (weniger als allgemein angenommen – die meisten erfolgreichen Schriftsteller verdienten nach wie vor weniger als Lehrer). Er brauchte zehntausend Pfund, um die überfällige Druckerrechnung zu bezahlen und die Kosten für die letzte Ausgabe zu decken. Ich schlug ihm vor, sich an Francis Bacon zu wenden, der angeblich Millionär war. Allein seine Zeichnung für den Umschlag der Jubiläumsausgabe war um ein Vielfaches mehr wert als die benötigte Summe. Doch davon wollte Tony nichts wissen. Er sei kein Kunsthändler, und er gedenke nicht, sich gegenüber einem Freund in eine peinliche Position zu bringen.

«Weißt du, welche Verrenkungen ich gemacht habe, um Francis dazu zu bringen, aus freien Stücken eine Illustration für das Cover zu liefern, ohne ihn ausdrücklich darum zu bitten?»

«Könntest du deine Probleme nicht im Colony Club anklingen lassen? Da würde er doch sicher anbieten ...»

«Die Leute sind nicht naiv, Mark. Und auch nicht gutherzig, jedenfalls die meisten nicht. Ich höre schon, wie der eine oder andere feixt, wenn ich das auch nur ansatzweise zur Sprache bringe. *Bracken nagt am Hungertuch. Gib acht, Francis, Tony ist auf einen Kredit aus. Hast du ihm nicht schon ein Bild geschenkt?* Ich kriege das Geld schon irgendwie zusammen, und wenn ich den Pachtvertrag für das Haus hier abstoßen muss. Zehn Riesen sind nicht die Welt.»

«Den Pachtvertrag abstoßen?»

Ich wusste nicht, dass die *Little Review* den Pachtvertrag für das Gebäude hatte, doch die Aussicht, demnächst auf einer Parkbank nächtigen zu müssen, gefiel mir nicht gerade. Ich bat Tony, mir die Gegebenheiten zu erklären. Wie sich herausstellte, hatte er einen Pachtvertrag für das komplette Gebäude – und das Erdgeschoss an die Pornovideothek vermietet; aus diesen Einkünften bestritt er die Miete für die Redaktion, die Steuer und die Heizkosten.

«Der Pachtvertrag läuft in vier Jahren aus. Eigentlich hatte ich vor, dann zusammenzupacken, das Archiv zu verkaufen, vielleicht hin und wieder noch ein Gedichtbändchen zu veröffentlichen und mich zur Ruhe zu setzen.»

«Könntest du das Archiv nicht jetzt schon verkaufen?», fragte ich.

«Wohl kaum. So etwas auszuhandeln dauert Monate, wenn nicht Jahre. Das Archiv ist nicht einmal annähernd gemäß den geltenden Standards katalogisiert. Ich will, dass die fünfhundertste Ausgabe noch in diesem Jahr erscheint. Außerdem bin ich mir gar nicht sicher, ob das Archiv so furchtbar viel wert ist. Ich schätze, für einen Käufer wäre die unveröffentlichte Dahl-Geschichte das Sahnehäubchen auf dem Tortenstück. Aber dazu müsste ihre Echtheit verbürgt sein.»

Ich sah verlegen aus dem Fenster. In dem chinesischen Supermarkt weiter unten an der Straße war heute viel los. Vier oder fünf Kunden standen vor der Kasse Schlange. Die enge Straße blockierte der Kleintransporter des Gemüselieferanten. Ein Taxi hupte. Tony hustete.

«Was hast du mit dem Dahl vor?», fragte ich.

«Es wäre töricht, es nicht mit einer Veröffentlichung zu versuchen», sagte Tony. «Darum habe ich beschlossen, die Geschichte in Druck zu geben. Zur Absicherung schicke ich Dahls Erben einen Satz Korrekturabzüge.»

«Und wenn jemand Einwände erhebt?»

«Suche ich mir juristischen Beistand, schätze ich mal.»

«Solltest du das nicht schon vorher tun?», fragte ich.

Tony bedachte mich mit einem herablassenden Blick. «Juristischer Beistand kostet», sagte er nur.

«Aber sollten wir nicht versuchen, mit der letzten Ausgabe einen Gewinn zu machen?», fragte ich, um Optimismus bemüht. Dann ging mir auf, was ich da gesagt hatte. Das Unaussprechliche nämlich – dass die nächste Ausgabe ein für alle Mal die letzte sein würde. Ich muss wohl ziemlich rot geworden sein. Tony bemerkte meine Verlegenheit und schwieg.

«Theoretisch hat schon die letzte Ausgabe einen Gewinn abgeworfen», sagte er. «Aber es wird noch Monate dauern, bis wir wissen, wie viel Geld damit hereingekommen ist. Viele Läden, mit denen wir bisher nie was zu tun hatten, haben Exemplare angefordert. Was nicht unbedingt heißen muss, dass wir dafür auch Geld sehen. Die Vertriebshändler haben tausend Stück extra abgenommen, aber von denen bekommen wir nur siebenundvierzig Prozent vom Ladenpreis. Wenn man unsere Zuschüsse nicht mit einkalkuliert, schreiben wir mit diesen Verkäufen rote Zahlen. Dadurch, dass ich für die fünfhundertste Ausgabe einen höheren Ladenpreis festsetze, mache ich mehr Umsatz, aber vermutlich werden wir davon nicht so viele Exemplare verkaufen.»

Er zündete sich eine Zigarette an. «In der Branche lässt sich nicht viel Geld verdienen, Mark. Hör auf meinen Rat. Gründe keine Zeitschrift, während du darauf wartest, Schriftsteller zu werden. Das saugt alle Energie auf, die du bräuchtest, um es mit dem Schreiben wirklich zu etwas zu bringen. Deine besten Jahre gehen dahin, und du merkst es nicht mal, weil du zu beschäftigt damit bist, das Ding am Laufen zu halten und anderen Schriftstellern ihre Chance zu geben. Und was ist der Dank? Vergiss es. Die von den Zuschussgremien betrachten dich als Blutsauger und können es kaum erwarten, dich loszuwerden. Die meisten Schriftsteller hassen dich, weil du ihre Sachen nicht veröffentlichst. Und wenn du's doch tust, geht es ihnen nicht schnell genug, oder sie sind sauer, weil du das Nächste dann nicht annimmst. Wirklich, es hat keinen Sinn, das Ganze.»

«Aber es muss doch irgendwas für dich dabei herausgesprungen sein», wandte ich zaghaft ein.

«Ich habe mir nie mehr als einen symbolischen Lohn ausbezahlt. Hin und wieder habe ich einen Typen abbekommen – nicht allzu oft, aber doch oft genug, dass es die Mühe wert war. Und meine eigenen Arbeiten sind immer wahrgenommen und ziemlich gut besprochen worden – wer will sich schon einen bekannten Herausgeber zum Feind machen. Aber es lobt dich auch niemand über den grünen Klee, damit es nicht so aussieht, als wolle er sich bei dir einschleimen. Dann ist da natürlich noch die Zeitschrift selbst, die mir Genugtuung verschafft. Sie in den Läden ausliegen oder bei Leuten auf dem Regal stehen zu sehen, perfekt gebunden, verheißungsvoll glänzend. Aber das ist kein Vergleich zu der Zufriedenheit, die ich empfunden hätte, wäre ich tatsächlich Schriftsteller geworden.»

«Warum bist du dann dabeigeblieben?», fragte ich. «Vierzig Jahre lang?»

«Das ist doch wohl klar», sagte Tony und goss sich ein Glas Famous Grouse ein. «Weil es das Einzige ist, wovon ich etwas verstehe.»

Er bot auch mir einen Drink an, doch ich lehnte ab.

«Ein Gutes hat das Ganze», sagte Tony, als ich mich auf den Weg nach oben machte. «Wenigstens muss ich nie wieder Absagen verschicken.»

Als ich wieder nach unten kam, war es schon dunkel. Tony arbeitete nie so lange, doch in der Redaktion brannte noch Licht, deshalb schaute ich kurz hinein, bevor ich mich auf den Weg machen wollte, um mir etwas zu essen zu besorgen. Tony war noch da, in der einen Hand ein Glas Whisky, in der anderen eine Zigarette. Er war nicht allein. Er hob sein Glas und rief mich zu sich.

«Ich möchte dir jemanden vorstellen.»

Dort, auf dem Stuhl, der normalerweise mein Platz war, saß ein rotgesichtiger Mann mittleren Alters in einem teuren Anzug. Paul Mercer.

## Einunddreißig

«Mark, das ist Paul Mercer. Paul, darf ich Ihnen Mark Trace vorstellen, meinen Redaktionsassistenten und Archivar.»

Paul stand auf und schüttelte mir die Hand. Sollte ich auf der Stelle damit herausrücken, dass ich einst in Pauls Diensten gestanden und er mich mit den Hemingway-Manuskripten übers Ohr gehauen hatte? Das wäre das angebrachte, aufrichtige Verhalten gewesen. Tony würde verstehen, warum ich bisher nie darüber gesprochen hatte. Aber er würde sich auch zusammenreimen, dass die anderen Manuskripte ebenfalls gefälscht waren.

Ich schwieg.

«Paul arbeitet für verschiedene amerikanische Universitätsbibliotheken», sagte Tony. «Er hat Interesse daran, unser Archiv zu kaufen.»

«Tatsächlich?», sagte ich. Paul war also wieder darauf aus, etwas zu stehlen. Diesmal nicht von mir, sondern von Tony.

«Tony hat mir erzählt, dass die meisten Sachen in der Wohnung oben sind», ließ Paul sich mit seiner penetranten, dröhnenden Stimme vernehmen.

«Ich glaube, Paul würde sie sich gern ansehen», sagte Tony.

«Klar», sagte ich. «Jetzt gleich?»

«Wenn es Ihnen nichts ausmacht ...»

Es machte mir nichts aus. So bekäme ich Paul unter vier Augen zu sprechen, denn Tony scheute zunehmend die Kraxelei dort hinauf. Ich führte Paul über die steile Stiege hoch in den Archivraum.

«Helen lässt dich schön grüßen», sagte Paul, sobald wir außer Hörweite waren. «Sie will unbedingt wissen, wie du dich so machst. Das nächste Mal bringe ich sie mit. Aber momentan hat sie mit ihrem Studium an der New York University viel zu tun.»

Ich verschmähte den Köder, den er mir hinwarf, und fragte nicht nach, wie es Helen ging oder was sie studierte. Paul vor mir zu sehen, dick und selbstzufrieden, und zu wissen, dass sie die Seine war, verursachte mir Magenschmerzen.

«Hier ist es.» Ich zeigte ihm den Raum, in dem die Archivbestände der Zeitschrift, dem Anschein nach wohl geordnet, aufbewahrt wurden. In der folgenden halben Stunde präsentierte ich, nun ganz der professionelle Bibliothekar, einige der dort versammelten Kostbarkeiten: Albee, Auden, Beckett, Pinter, Plath, Sherwin …

Paul vermochte sein Entzücken nicht zu verbergen.

«Ich wüsste einige Institutionen, denen einer abgehen würde bei der Vorstellung, das hier in die Finger zu kriegen», sagte er in widerlich selbstgefälligem Ton. «Ich werde Fotokopien davon mit zurück in die Staaten nehmen.»

«Wir haben keinen Fotokopierer», sagte ich. Ich würde nicht zulassen, dass irgendetwas von dem Zeug außer Haus gelangte – nicht nach dem, was mit meinen Hemingway-Geschichten passiert war.

«Eine Zeitschrift ohne Fotokopierer? Typisch britisch!»

«Sie schulden mir einiges an Geld», sagte ich, gereizt durch sein Gehabe, seine bloße Anwesenheit. «Für die Geschichten, die Sie mir weggenommen haben.»

Paul wurde ernst. «Es tut mir leid, dass wir nicht richtig dazu gekommen sind, das zu besprechen», sagte er. «Tatsache ist, dass nie so viel dafür geboten wurde, wie die Zeitungen behauptet haben. Es gab einige Zweifel an der Echtheit.»

Er zögerte. Ich bemühte mich weiter um eine steinerne Miene. Wusste er, dass ich sie gefälscht hatte?

«Kurz und gut, ich habe noch kein Geld dafür gesehen. Wenn es kommt, überweise ich dir die Hälfte.»

«Die Hälfte?» Ich verließ den Archivraum; Paul folgte mir.

«Bei solchen Deals wird normalerweise halbe-halbe gemacht.»

«Verlangen Sie von Tony auch so viel?», fragte ich, während ich die Tür zum Archiv abschloss.

«Nein. Tonys Archiv ist komplett dokumentiert, und es besteht kein Zweifel an der Echtheit der Dokumente. Das ist ein großer Unterschied. Ach übrigens, Mark ...»

«Was?»

«Ich nehme an, dein ... Freund weiß nichts von den Pariser Manuskripten?»

«Er weiß nicht, dass ich damit etwas zu tun hatte, nein», erwiderte ich, mit dem Rücken zu ihm.

«Ich verstehe.» Schweigend stieg er hinter mir die Treppe hinunter. In der Redaktion fiel er Tony vor Begeisterung fast um den Hals. «Ich glaube, das wird eine großartige Zusammenarbeit. Aber Ihr Archiv sollte besser gesichert sein.»

«Mark ist mein Wachhund», erklärte Tony.

«Wie wär's, wenn Sie zwei mit mir essen gehen? Ich lade Sie ein.»

«Sehr freundlich.» Eine kostenlose Mahlzeit ließ Tony sich nur selten entgehen, ich jedoch zögerte. Was wog schwerer, mein Unbehagen oder meine Neugier, wie Paul Tony um den Bart streichen, welche Informationen er ihm geben würde? Dank Tonys schwacher Blase böten sich mir mit Sicherheit noch weitere Gelegenheiten, Paul wegen der Hemingway-Manuskripte die Hölle heißzumachen. Außerdem hatte ich seit Wochen nichts Anständiges mehr gegessen.

«Kommen Sie mit, Mark?», fragte Paul.

«Wenn es Ihnen recht ist», sagte ich.

«Gibt es ein Lokal in der Nähe, das Sie empfehlen können?», fragte Paul Tony.

«Ich rufe beim French House an und frage, ob sie noch einen Tisch für uns haben.»

Während Tony telefonierte, bedachte Paul mich mit einem abschätzigen Blick. Seine Miene rief mir ins Gedächtnis, dass wir beide etwas wussten, was Tony nicht wusste. Ich fühlte mich wie ein Verräter.

Das kleine Restaurant im ersten Stock war gesteckt voll, aber da Tony dort Stammgast war, fand sich rasch ein Tisch. Auf Tonys Empfehlung bestellte Paul Austern und Nieren, eine Spezialität des Hauses. Ich nahm ebenfalls Austern, da Paul zahlte und ich noch nie welche gegessen hatte. Ich erinnere mich noch an die glitschige Konsistenz der Schalentiere und an einen dreckigen Witz über die Klitoris, mit dem Paul mir den Genuss verdarb.

Als Tony sich eine Treppe tiefer zur Toilette begab, ging ich Paul erneut wegen der Manuskripte an.

«Sie hatten kein Recht, diese Papiere zu verkaufen.»

Meine Attacke ließ Paul kalt. «Ich habe doch bereits gesagt, Mark, sie sind noch nicht verkauft. Das war eine Zeitungsente. Willst du sie wiederhaben? Ich könnte sie beschaffen. Allerdings wären dann wohl ein paar Erklärungen fällig, was für dich in deiner augenblicklichen Position vielleicht ein bisschen unangenehm werden könnte.»

«Was meinen Sie damit?»

«Du bist für ein Archiv verantwortlich, das seltene Manuskripte von berühmten Autoren enthält – eine Goldmine, und du solltest Tony nicht das Geschäft verderben.»

«Deshalb bin ich nicht ...»

Paul lachte. «Wieso bist du dann sonst hier? Aus Liebe?»

«Liebe? In gewisser Hinsicht, ja.» Naiv, wie ich war, dachte ich, er meine die Liebe zur Literatur, aber ich kam nicht dazu, mich weiter zu erklären.

«Ich möchte dich etwas fragen, Mark. Wie alt bist du?»

«Ich ...»

«Weißt du, ich dachte, du wärst fast im gleichen Alter wie Helen. Die Uhr da. Haben wir dir die nicht zu deinem zwanzigsten Geburtstag geschenkt? Aber vorhin, als Tony und ich uns unterhalten haben, bevor du dazu kamst, sprach dein Chef von dir als von einem hochintelligenten Teenager. Gehört das auch zu deinen Finten, Mark? Tony glauben zu lassen, du wärst jünger, als du tatsächlich bist?»

«Nein!» Das war eine so harmlose Flunkerei, dass ich beschloss, reinen Tisch zu machen. «Ich habe Helen gegenüber behauptet, älter zu sein, damit sie mehr Respekt vor mir hat. Ich werde erst im März zwanzig.»

«Das heißt, was Tony und du miteinander treibt, muss hübsch geheim bleiben.»

«Ich kann Ihnen nicht folgen.»

«Ach, komm schon, Mark. Es ist doch eindeutig, worauf du aus bist. Tony kann dir sehr nützlich sein. Er kann dafür sorgen, dass deine Sachen publiziert werden, er kann dich mit den richtigen Leuten bekannt machen. Vielleicht nimmt er dich sogar in sein Testament auf. Und dann die ganzen seltenen Manuskripte. Du hättest deinen Blick sehen sollen, als dir klar wurde, dass ich haargenau über sie Bescheid weiß.»

«Sie irren sich», sagte ich.

«Denk ja nicht, dass du mich zum Narren halten kannst. Warum solltest du dich sonst mit Tony abgeben? Doch wohl nicht wegen dieser miesen kleinen Bruchbude über der Redaktion. Zweifellos hältst du dich die meiste Zeit in Tonys Wohnung auf.»

«Ich habe niemals ...»

«Schwuler Sex unter einundzwanzig ist in diesem Land verboten, oder?»

Ich stemmte mich hoch. «Ich bin nicht ...»

In dem Moment kam Tony von der Toilette zurück und bemerkte meine Anspannung. «Alles in Ordnung mit dir, alter Junge?», erkundigte er sich.

«Ich glaube, die Austern sind mir nicht gut bekommen.» Aufgebracht verließ ich den Gastraum. Tony hatte mich nie in Verlegenheit gebracht. Wohingegen Paul so verkommen war, dass er seine eigene Stieftochter verführte.

Als ich wieder zurück an den Tisch kam, hatte sich Paul bereits über die Nieren hergemacht. Zwischen den einzelnen Happen erzählte er Tony eine Anekdote über Roald Dahl und die Zeitschrift *Playboy*. Offenbar hatte Tony *Die Frau, die sich selbst heiratete*, meine Dahl-Geschichte, erwähnt.

«Der *Playboy* hat viel von ihm abgedruckt – zynische kleine Sachen, genau das Richtige für übersättigte Leser, die eine Pause einlegen, bis sie genug Saft haben, um sich wieder einen runterzuholen. Dahl publiziert da also diese Geschichte – ist noch nicht lange her, neunzehnsiebenundachtzig oder so: *Der Buchhändler*, so hieß sie, glaube ich. Nette kleine Idee. Ein Buchhändler geht die Todesanzeigen durch und sucht sich die eben verstorbenen, verheirateten Männer raus. Und dann schickt er dem Toten eine Rechnung für Zeitschriften, bei denen es sich eindeutig um Hardcore-Pornographie handelt. Die Witwe begleicht stets die Rechnung, um Peinlichkeiten zu vermeiden. Eine gute Masche. Bis er eines Tages den Trick an der Witwe eines Blinden ausprobiert ...»

Tony brach in wieherndes Gelächter aus. Ein typischer Dahl-Plot, dachte ich, schlicht und ergreifend. Doch dann kam Paul mit dem zweiten Clou.

«Ich lese also die Geschichte im *Playboy* und denke mir, halt mal, die kenne ich doch. Und richtig, sie steht in einer Taschenbuchanthologie, die rauskam, als ich noch ein Kind war. *Schreibfehler* hieß sie im Original. Bloß dass der Autor nicht Dahl war. Er hat sie abgekupfert. Viele Leute haben an den *Playboy* geschrieben und darauf hingewiesen, dass er die Story geklaut hat. Die Zeitschrift hat Dahl gedeckt und keinen einzigen von den Briefen abgedruckt.»

Welche Erleichterung. Dahl, den ich gefälscht hatte, war ebenfalls ein Plagiator, wenn vielleicht auch nicht vorsätzlich. Möglicherweise hatte er die Geschichte früher einmal gelesen, sie verinnerlicht und später geglaubt, selbst auf die Idee zu ihr gekommen zu sein. Ein immerhin nicht ganz so übles Vergehen.

«Was ist das für eine Geschichte von ihm, die Sie abdrucken wollen?», fragte Paul.

«Erzähl du, Mark», sagte Tony.

«Ich würde sie lieber von Ihnen hören.»

Also gab Tony die Story zum Besten. Er ließ einiges aus, brachte sie aber im Wesentlichen zusammen. Als er geendet hatte, klatschte Paul Beifall.

«Sie kennen sie hoffentlich nicht auch schon von anderswoher?», fragte Tony Paul mit einem verschmitzten Grinsen.

«Nein, aber ich erkenne, wenn eine Geschichte Potenzial hat. Es wundert mich, dass Dahl die Erzählung nicht dem *Playboy* gegeben hat. Die könnte man gut verfilmen. Nehmen Sie sie in Ihre fünfhundertste Ausgabe auf?»

«Vielleicht.»

«Wissen Sie, was ich an Ihrer Stelle täte?», fragte Paul und machte eine Kunstpause. Tony löste gerade sorgsam ein Stück Wolfsbarsch vom Grätengerüst und hatte darum kein Auge für den Gesichtsausdruck unseres amerikanischen Gastgebers. «Ich würde nicht Dahls Namen unter die Geschichte setzen», fuhr Paul fort, «sondern Ihren – oder, noch besser ...», er zwinkerte mir zu, «nehmen Sie den von unserem jungen Freund Mark – und verkaufen Sie die Idee an Hollywood. Dafür kriegen Sie einen Haufen Kohle.»

«Was für eine faszinierende Idee», sagte Tony. Mir gefror das Blut in den Adern. Ich wusste genau, was das Zwinkern zu bedeuten hatte. Er war mir auf die Schliche gekommen.

# Zweiunddreißig

«Wie fandest du ihn?», fragte Tony mich am folgenden Tag. Ich hatte abends im Restaurant vorgegeben, dass meine Magenbeschwerden sich verschlimmerten, und das Restaurant fluchtartig verlassen.

«Ich traue ihm nicht über den Weg», antwortete ich, ohne zu zögern. Tony lächelte.

«Ich auch nicht, aber er könnte genau der sein, den wir brauchen. Warum magst du ihn nicht?»

«Aalglatt, zu gut gekleidet.»

«Ich weiß, was du meinst. Mein Vater hat immer gesagt, es sollte mindestens eine Minute dauern, bis man einschätzen könnte, ob jemand wirklich gut gekleidet ist. Bei wem es kürzer dauert, der ist entweder ein Lackaffe oder ein Betrüger. Um sicherzugehen, habe ich gestern Abend zwei Freunde in den Staaten angerufen und mich nach Mercer erkundigt. Er war ihnen beiden ein Begriff. Er hat seine Stieftochter geheiratet, die halb so alt ist wie er, was drüben ein ziemlicher Skandal war. Abgesehen davon scheint Mercer auf dem Gebiet literarischer Manuskripte durchaus beschlagen zu sein. Er ist derjenige, der diese maschinengeschriebenen Hemingway-Geschichten in Paris gefunden hat ... erinnerst du dich noch an den Artikel in der Literaturbeilage der *Times*, den ich dir gezeigt habe?»

Ich nickte knapp, und Tony fuhr fort.

«Mercer hatte auch schon mit einigen Briefen von Joyce zu tun. Nach Einschätzung meiner Freunde hat er ein gutes

Gespür für Autoren, für die aller Voraussicht nach einmal Sammlerinteresse bestehen wird. Er ist übrigens nicht eigens hergeflogen, um mich aufzusuchen. Er wollte versuchen, V. S. Pritchett seine Erstfassungen abzukaufen. Der Alte hat ihm gesagt, er könne ihn mal, und deswegen ist er stattdessen zu uns gekommen.»

Tony war beeindruckt, das sah ich. Woher wusste Paul bloß so viel über Literatur? In Paris hatte er ganz und gar nicht so gewirkt. Aber da war er auch nicht darauf aus gewesen, mich zu beeindrucken. Eins jedenfalls stand fest: Paul war kein feinsinniger Literat, sondern ein Geschäftsmann, der Dollarzeichen in den Augen hatte.

«Er hat mir ein Angebot für das komplette Archiv gemacht. 75 000 Pfund. Das ist ziemlich großzügig, oder was sagst du?»

Ich hatte keine Ahnung und gab dies auch zu.

«Er meinte, es gebe drei mögliche Vorgehensweisen. Ich könnte das Ganze versteigern lassen, was mir möglicherweise das meiste einbrächte; wenn sich nicht genügend Bieter einfänden, kämen allerdings vielleicht auch nur zehn- oder zwanzigtausend dabei heraus. Ich könnte über ihn als Mittelsmann das Archiv an eine Universität verkaufen, wofür er fünfzehn oder zwanzig Prozent verlangen würde. Aber das würde mehrere Monate dauern. Seiner Meinung nach könnte er dabei vermutlich hunderttausend heraushandeln. Oder ich verkaufe ihm das Archiv direkt, für besagte fünfundsiebzigtausend, und er verkauft es weiter, wenn die Marktlage seiner Meinung nach am günstigsten ist. Was meinst du?»

Meiner Meinung nach wollte Paul mit dem Geld, das ihm meine Hemingway-Geschichten eingebracht hatten, Tonys Lebenswerk aufkaufen, aber das konnte ich schlecht als Argument anbringen.

«An deiner Stelle würde ich eine zweite Meinung einholen.»

«Selbstredend. Morgen kommt ein Vertreter von Christie's. Aber ich neige dazu, Mercer das Archiv direkt zu verkaufen. Dabei verliere ich vielleicht langfristig gesehen ein paar tausend, aber ich könnte die letzte Ausgabe mehr oder weniger pünktlich herausbringen, und das Ansehen der Zeitschrift würde keinen Schaden erleiden.»

Bei den Worten «die letzte Ausgabe» wurde mir das Herz schwer.

«Das war's dann also?», fragte ich. «Du machst den Laden dicht?»

«Ich denke schon», sagte er. «Wir verabschieden uns mit einem Stinkefinger in Richtung Kunstverband: ein Inhaltsverzeichnis, das alle umhaut, eine Produktion in Topqualität und ein gallebitteres Vorwort, in dem Namen genannt werden. Was denkst du?»

Irgendwie schien es angemessen, dass meine Fälschungen indirekt das Ihre zur letzten Ausgabe der *Little Review* beitrugen, aber auch das konnte ich Tony nicht gut sagen.

«Ich hätte gedacht, du wolltest dich würdevoll aufs Altenteil zurückziehen und nicht zu schlechter Letzt noch den Kunstverband anrotzen.»

«Da hast du vermutlich recht», sagte Tony, «aber lass mir doch eine Zeitlang wenigstens die Illusion.»

Es gab noch eine Frage, die ich Tony nicht stellte. Was würde aus der Redaktion und meinem Zuhause werden? Sein Pachtvertrag lief bis Ende 1994, womit ich bequem Zeit gehabt hätte, ohne Sorge um ein neues Quartier mein Studium zu beenden – wenn ich es denn je so weit brachte. Ich nahm an, dass Tony die Räumlichkeiten verkaufen oder untervermieten würde, aber vielleicht konnte ich ja doch irgendwie in der Wohnung bleiben. Ich lebte gern in Soho, im Herzen von London, obwohl mein Heim nicht viel hermachte und ich mir die schicken Läden, Theater und Restaurants im Westend eigentlich nicht leisten konnte. Hin und wieder erstand ich an der Abendkasse eine verbilligte Eintrittskarte fürs Theater, ging mit Tony in einen Club oder zu einer Vernissage. Und ich verhökerte Rezensionsexemplare, setzte das Geld in Lebensmittel um und hatte trotzdem noch mehr als genug zu lesen. All das würde ein Ende finden, wenn die Zeitschrift eingestellt wurde.

Außerdem würde mir das «literarische» London fehlen. Mitunter besuchte ich Buchpräsentationen oder ähnliche Veranstaltungen, für die Tony keinen Nerv mehr hatte. Das kostenlose Essen und Trinken war das eigentliche Motiv, aber ich konnte dort auch einen flüchtigen Blick auf die Welt werfen, zu der ich einmal gehören wollte und in der es glanzvoller und geheimnisvoller zuging als bei der *Little Review*.

«Bis wann musst du dich entscheiden?», fragte ich Tony.

«Mercer kommt in einer Woche wieder nach London.»

«Heißt das, er ist schon weg?»

«Ab zurück nach New York, heute früh, ja.»

Fürs Erste war mein Geheimnis also gewahrt.

«Du gehst heute Abend zu der Präsentation von Richard Mayfield, nicht wahr?», fragte Tony später, als er die Einladung sah, die ich oben auf einen Stapel Einsendungen gelegt hatte. Es war eine Buchpräsentation im Groucho Club, der nur einen Steinwurf von unserer Redaktion entfernt lag; trotzdem war ich noch nie dort gewesen (man musste Mitglied sein oder in Begleitung eines solchen erscheinen) und wollte gern einmal hin, zumal dergleichen Einladungen mir wohl nicht mehr allzu lange zuteilwerden würden.

«Ich denke schon.»

«Ich hab ihn zwei- oder dreimal abblitzen lassen. Ein altkluger Fratz. Allerdings nicht untalentiert. Würde mich interessieren, was du von ihm hältst.»

Wenn Mayfield, der unmittelbar nach seinem Studienabschluss einen Roman veröffentlicht hatte, Tony als irritierend altklug erschien, was war dann ich, den man für Hemingway und Greene gehalten hatte? Als Tony nach Hause ging, begab ich mich nach oben und unterzog mich der komplizierten Übung, mich an einem winzigen Waschbecken von Kopf bis Fuß zu säubern. Bis ich mir die Haare geföhnt und meine besten Kleidungsstücke gebügelt hatte, würde die Buchpräsentation schon im Gange sein.

So dachte ich jedenfalls. Ich fand mich zur angegebenen Zeit ein, zeigte an der Tür meine Einladung vor und wurde nach oben in einen großen Raum geführt. Ich ging davon aus, dass ich mit meiner üblichen Kluft (schwarz, schwarz und nochmals schwarz) in der Menge verschwinden würde. Doch ich war einer der ersten Gäste. Als ich nach einem Glas griff, stürzte sich eine gepflegte, zaundürre Presseagentin auf mich. Auch sie war ganz in Schwarz, doch die Etiketten in ihrer Kleidung würden meine Schnäppchenkäufe vom Wühltisch im Untergeschoss vermutlich erbleichen lassen.

«Sind Sie von *The Face?*», fragte sie.

«Nein. Ich bin ...»

*«Dazed And Confused?»*

«Aber immer doch», witzelte ich. Sie verzog keine Miene. «Ist das eine Zeitschrift?»

«Ja», sagte sie. Dies war schon jetzt das längste Gespräch, das ich je bei einer Buchpräsentation geführt hatte. Meistens stand ich nur herum, hielt mich im Hintergrund, vertilgte Kanapees und betrank mich mit dem kostenlosen Wein. Die Frau blieb eisern bei mir stehen.

«Ich bin von der LR», sagte ich.

*«London ...»*

*«Little Review.»*

«Oh.» Sie sah mich gelangweilt an, um dann einen Blick über meine Schulter zur Tür zu werfen, auf der Suche nach einem interessanteren, nützlicheren Ansprechpartner. Das galt nicht als unhöflich, hatte mir Tony einmal erklärt. Literatur war schließlich und endlich ein hartes Geschäft, und wir waren die kleinsten Fische im Teich. Aber da sonst noch kaum jemand da war, wandte sie ihre Aufmerksamkeit wieder mir zu.

«Möchten Sie den Autor kennenlernen?», fragte sie.

Ich hätte gern nein gesagt, konnte aber schlecht zugeben, dass ich eigentlich nur wegen der kostenlosen Verpflegung gekommen war.

«Wer ist es denn?», fragte ich.

Sie deutete auf einen Knaben in einem Samtjackett, der nicht viel älter sein konnte als ich. Dann führte sie mich zu ihm.

«Richard, ich möchte dir gern Mark Trace vorstellen, vom *Little Magazine*. Er ist ein großer Bewunderer deines Werks.»

«Sie meinte *Little Review*», stellte ich richtig, sobald die Pressetante davongesegelt war.

«Ein *großer Bewunderer*, was?» Richard Mayfield hatte langes lockiges Haar und trug ein Rüschenhemd unter seinem scharlachroten Hausrock. «Ein so großer Bewunderer, dass ihr Dreckskerle nie was von mir veröffentlicht habt.»

Er klang so abgrundtief verbittert, dass ich innerlich zusammenzuckte.

«Ich arbeite dort erst seit neun Monaten», sagte ich. «Ich erinnere mich nicht, dass in der Zeit etwas von Ihnen gekommen wäre.»

«Ich habe nichts mehr geschickt, seit ich einen Verlagsvertrag in der Tasche hatte», sagte Richard. Dann hielt er mir die Hand hin, und ich schüttelte sie. «Entschuldigung», sagte er. «Solche Veranstaltungen machen mich nervös. Ich weiß nicht, was ich hier eigentlich verloren habe.»

Er verstummte, und mir wurde klar, dass es an mir war, etwas zu sagen. Aber was? Ich hatte keines von seinen Büchern gelesen und wollte ihm nun wirklich nicht unter die Nase reiben, was Tony über ihn geäußert hatte.

«Nach Tonys Einschätzung schreiben ernstzunehmende Autoren erst dann etwas Interessantes, wenn sie die dreißig überschritten haben», sagte ich und fürchtete augenblicklich, dass selbst das als Beleidigung aufgefasst werden könnte.

«Das heißt, ich muss noch weitere sieben Jahre warten, bevor er etwas von mir veröffentlicht?», fragte Mayfield neugierig.

«Ich hoffe, er täuscht sich», sagte ich. «Sonst habe ich noch mehr als ein Jahrzehnt vor mir.»

«Was sind Sie denn bei der LR genau?», fragte der junge Autor.

«Redaktionsassistent. Archivar. Handlanger. So was in der Art.»

«Schon was veröffentlicht?»

«Ein paar Rezensionen.»

«Und Sie sind ... wie alt, zwanzig?»

«In ein paar Wochen.»

«Und sind Sie öfter auf solchen Veranstaltungen?»

«Nur weil es da Wein umsonst gibt.»

Der Autor lächelte. «Ein Mann nach meinem Herzen. Kommen Sie. Trinken Sie aus und holen Sie sich noch was. Ich muss ordentlich beschickert sein, bevor ich es schaffe, vor fremden Leuten zu lesen.»

Während wir uns nachschenkten, traf die Meute ein. Wir wurden schnell getrennt. Richard Mayfields Lesung war kurz und kam gut an, obwohl man sich unmöglich darauf konzentrieren konnte. Der Raum war voller Menschen, die sich alle zu kennen schienen. Ich erkannte einige, wusste aber nicht genug von ihnen, um mit ihnen ein Gespräch anzufangen. Nach ein paar Minuten merkte ich, dass Richard ebenfalls überfordert war. Schließlich unterhielten wir beide uns wieder. Er fragte, wie ich dazu gekommen sei, für die LR zu arbeiten, und ich erzählte ihm, dass ich von der Uni geflogen sei.

«Das Beste, was Ihnen passieren konnte», sagte er. «Ein Abschluss in Literatur ist der Tod für einen Schriftsteller – all die Einflüsse, die man wieder loswerden muss, die ewigen Analysen und der ganze akademische Schwachsinn. Damit wären Sie nie imstande, auch nur ein unbefangenes Wort hinzuschreiben.»

Das leuchtete mir ein. Zum ersten Mal fragte ich mich, ob ich wirklich zur Universität zurückkehren wollte.

«Was haben Sie studiert?», fragte ich.

«Ich? Oh, ich war für PPE eingeschrieben.»

Nach meiner Vermutung hieß das, dass er in Oxford oder Cambridge gewesen war, was erklärte, woher er die richtigen Verbindungen hatte, um mit dreiundzwanzig bereits publiziert zu werden. Dass PPE für Philosophie, Politik- und Wirtschaftswissenschaft stand, wusste ich damals nicht.

«Welche Schriftsteller mögen Sie besonders?» Eine sehr naheliegende Frage.

Er rasselte die üblichen, momentan angesagten Autoren herunter, was ich mit einem halbherzigen Nicken quittierte. «Wissen Sie, wer für mich ganz oben steht?», fragte er. «Der Einzige, dem ich gern nacheifern würde, wenn ich auch nur halb so viel Talent hätte wie er?»

«Nein. Wer?»

«James Sherwin.»

Ab diesem Moment gab es natürlich kein Halten mehr, denn er wusste fast ebenso viel über James Sherwin wie ich. Außerdem wussten wir beide Dinge, die der andere nicht wusste. Ich konnte zum Beispiel aus einem Brief zitieren, den Sherwin im Vormonat geschrieben hatte. Richard wiederum kannte eine Geschichte über Sherwins unvollendeten Roman *Die Kommune*, die eine mögliche Erklärung dafür bot, warum er das Werk nie fertiggestellt hatte.

«Es heißt, dass es auf der Insel, wo Sherwin lebte, eine echte Kommune gab. Daher kam er auf die Idee. Aber während er an dem Buch schrieb, wurde jemand umgebracht oder beging Selbstmord, ich weiß nicht mehr genau, was. Und dann bekam Sherwin Schiss.»

«Woher wissen Sie das?»

«Ich erinnere mich nicht mehr. Muss ich irgendwo gelesen haben.»

Das Buchvolk verlief sich allmählich, doch wir redeten immer noch. Richard sammelte zwei angefangene Flaschen Wein ein, die wir auf mein Zimmer über der Redaktion mitnahmen.

«Das ist ja toll!», sagte er, als er meinen Computer auf dem wackligen Tischchen beim Bett sah. «Der ideale Platz für einen Schriftsteller. Woran sitzen Sie gerade?»

Ich zögerte. Ich konnte ihm schließlich nicht sagen, dass ich meine eigene Version des Romans schrieb, über den wir vorhin gesprochen hatten.

«Nichts Besonderes», murmelte ich. «Fingerübungen, autobiographische Notizen, versuche meine Stimme zu finden, wenn Sie so wollen.»

«Das ist Mumpitz aus dem Schreibkurs», sagte Mayfield,

nahm einen kräftigen Schluck aus der einen Flasche und gab mir die andere, die meine Erinnerung an den restlichen Abend vollständig löschen sollte. «Kein Mensch *findet seine Stimme*. Jeder klaut die von wem anderen. Und versucht noch besser zu sein. Glauben Sie mir.»

Das tat ich. Wir redeten noch stundenlang, bis Richard sich schließlich schwankend zur letzten U-Bahn aufmachte. Ich dachte, dies wäre der Beginn einer langen Freundschaft, die mich auf meinem Weg als Schriftsteller voranbringen würde, doch es sollte anders kommen: Seit jenem Abend habe ich kein Wort mehr mit ihm gesprochen.

# Dreiunddreißig

In der folgenden Woche begutachteten Experten diverser Auktionshäuser die Bestände des LR-Archivs. Männer in altmodischen Anzügen ergingen sich in vorsichtigen Taxierungen. Zu meiner Überraschung kristallisierte sich heraus, dass Paul Mercers Angebot als durchaus großzügig anzusehen war.

«Der Wert eines derartigen Archivs ist bekanntlich schwer einzuschätzen», äußerte der Fachmann für literarische Manuskripte von Sotheby's. «Um die fünfzigtausend, würde ich sagen.»

Aus Amerika kam ein Vertragsentwurf. Wenn Tony ihn unterschrieb, gehörten das Archiv und alles neue Material, das in den letzten Monaten der Zeitschrift eingetroffen war, Paul – sobald die fünfhundertste Ausgabe auf dem Markt war.

«Ich weiß, dass du ihm nicht traust», sagte Tony, «aber es ist ein sehr gutes Angebot.»

Wo war der Haken? Paul wusste oder vermutete, dass ich die Erzählungen von Dahl und Hemingway gefälscht hatte. Vielleicht hatte er mich auch wegen Greene in Verdacht. Erwartete er weitere Fälschungen von mir, um den Wert seiner Sammlung zu steigern? Falls ja, würde der Plan nicht aufgehen, nachdem nun noch andere das Archiv zu Gesicht bekommen hatten. Selbst wenn ich gewollt hätte, könnte ich kein neues, wertvolles Material mehr hinzufügen.

«Wegen der Wohnung», fuhr Tony fort. «Ich werde versuchen, die Redaktionsräume ohne die Wohnung darüber zu vermieten – ich weiß, dass du gerne hierbleiben möchtest. Ich kann nichts versprechen, aber wer immer das Büro anmietet, wird dich vielleicht behalten wollen, aus Sicherheitsgründen.»

«Es spielt keine Rolle», log ich. «Ich kann immer irgendwo was finden.»

Wir machten uns wieder an die Arbeit für die letzte Ausgabe. Ich schrieb einen kurzgefassten Überblick über die Geschichte der Zeitschrift, der im Rezensionsteil erscheinen und nebenbei dazu dienen sollte, möglichst viele der früheren Ausgaben noch zu verkaufen. Die aktuelle Ausgabe war so gut wie voll, die meisten Beiträge waren bereits gesetzt. Wenn an diesem Punkt James Sherwin höchstpersönlich noch eine neue Geschichte geschickt hätte, hätten wir vor der ernsthaften Frage gestanden, wo wir sie noch hineinquetschen sollten. Die Familie Dahl hatte sich nicht gemeldet, nachdem Tony einen Satz Korrekturabzüge geschickt hatte. Zweifellos war es für derlei Überlegungen nach dem Tod des Autors noch zu früh. Tony gab sich damit zufrieden.

«Falls von ihnen nichts kommt, lassen wir die Geschichte drin. Falls sie uns die Abdruckgenehmigung verweigern, ist die Kacke am Dampfen.»

Wenn Tony abends nach Hause ging, fühlte ich mich verloren. Mit der kleinen Welt, die ich mir geschaffen hatte, ging es zu Ende, und ich hatte keine Ahnung, was aus mir werden sollte. Ich wollte endlich Schriftsteller werden, wusste aber, dass ich noch nicht so weit war. An die Uni wollte ich nicht zurück, zumindest nicht mit meinen bisherigen Studienfächern. Ich kam allmählich zu dem Schluss, dass das Literaturstudium mich bezüglich meiner eigenen Schreibversuche nur befangen machte. Literaturgeschichte mochte meiner Karriere als Fälscher förderlich sein, doch auch mit der war es ja nun vorbei. Ich war ungeschoren davongekommen, weil ich aus dem Bauch heraus gehandelt und Glück gehabt hatte, dachte ich. Glück von der Sorte, das nicht ewig hält.

Ich schrieb noch immer an meiner Sherwin-Geschichte. Ich musste einfach schreiben. Womit sonst sollte ich mich an den langen Abenden beschäftigen, ohne Geld, ohne echte Freunde? Doch ich glaubte nicht recht an die Geschichte, die sich da auf dem Papier entspann, und hatte keine Hoffnung, dass sie irgendwohin führen würde als nur immer tiefer in sich selbst hinein, zu dem Nichts, aus dem sie entstanden war.

## Vierunddreißig

Es wurde Frühling, doch in meinem Dachkämmerchen blieb es kalt, sodass ich den Heizstrahler ständig mindestens auf halber Kraft laufen lassen musste. Ich schrieb wie ein Wilder, wagte mich selten hinaus und aß zu wenig. Dann und wann schleppte Tony mich auf einen Happen irgendwohin, nahm selbst aber sein Mittagessen überwiegend in flüssiger Form zu sich. Eines Tages, ich kam eben von einem Gang zum Postamt zurück, fand ich eine junge Frau in der Redaktion vor, die mir ein typisch amerikanisches, selbstbewusstes Lächeln schenkte. Eine attraktive, reiche, offensichtlich verheiratete junge Frau mit einem teuren Haarschnitt. Zunächst erkannte sie mich nicht, doch für mich bestand nie ein Zweifel, wer sie war.

«Helen», sagte ich, die Ruhe selbst. «Was führt dich her?»

«Mark», sagte sie und küsste mich auf die Wange. «Du bist reifer geworden.»

Ich hatte mir erstmals einen Bart wachsen lassen – der rötlich braune Flaum sollte die Akne verdecken, die mich noch immer plagte. Ich stand eine Woche vor meinem zwanzigsten Geburtstag und war aufgrund der kärglichen Kost noch hagerer geworden. Erst später wurde mir klar, dass ich allmählich für Frauen meines Alters attraktiv wurde, ebenso wie für Tonys lasterhafte Freunde. Ich hatte etwas vom «Armen Poeten» an mir, und das wirkte auf romantische Gemüter durchaus reizvoll – allerdings würde ich Helen Mercer nie und nimmer als «romantisches Gemüt» bezeichnen.

«Du auch», gab ich zurück und erkannte zu spät, dass das für Frauen nicht unbedingt ein Kompliment war, weshalb ich ihr noch hastig versicherte, dass sie «besser denn je» aussehe, was ja auch stimmte. Der verdrossene Ausdruck, den sie in Paris ständig zur Schau getragen hatte, war verschwunden. Ich versuchte, die teuren Goldringe am Mittelfinger ihrer linken Hand zu übersehen; vermutlich waren sie der Schlüssel zu ihrer Wandlung.

«Danke», sagte sie und fuhr fort, als wären wir die engsten Freunde: «Wir haben uns ja so viel zu erzählen.»

«Wo ist Tony?»

«Er und Paul sind ausgegangen, um Geschäftliches zu besprechen. Tony meinte, du wärst sicher bald wieder da, darum habe ich gesagt, ich würde hier auf dich warten.»

«Aber Tony weiß doch gar nicht, dass wir uns kennen», wandte ich ein.

«Trotzdem, er hat gesagt, du würdest mich bestimmt gern herumführen und gut mit mir auskommen», sagte sie grinsend.

«Wie lange seid ihr hier?», fragte ich.

«Einige Tage. Paul will ein paar Verträge unter Dach und Fach bringen. Wenn ich beschließe, dass London mir besser gefällt als New York, sehen wir uns vielleicht nach einem Haus in Chelsea um. Zeigst du mir dann die Sehenswürdigkeiten?»

Obwohl ich schon seit eineinhalb Jahren in London lebte, hatte ich noch kaum eine der touristischen Attraktionen besucht. Nicht, weil sie mich nicht interessierten, sondern weil ich nicht zugeben wollte, dass sie mich interessierten. Ich wohnte hier. Ich war kein Tourist. Außerdem konnte ich mir zumeist den Eintritt nicht leisten. Aber für Helen würde ich den Reiseführer geben.

«Ich wollte mich noch dafür entschuldigen, wie wir aus Paris verschwunden sind», sagte sie, als wir unseren Streifzug durch Soho antraten. «Ich habe kurz danach versucht, Kontakt mit dir aufzunehmen, aber du warst nirgends zu finden.»

«Ich musste selbst ziemlich eilig verschwinden», sagte ich und schilderte ihr knapp meine letzten Tage in Paris. Helen lachte gut gelaunt.

«Und ich wollte dich noch dazu überreden, sie zu verführen. Ich fühle mich schuldig. Auch dafür muss ich um Verzeihung bitten.»

Ich lächelte. Wer würde nicht einer schönen Frau verzeihen, die sich soeben bei ihm unterhakte?

«Paul hat den Deal mit den Hemingway-Geschichten so gut wie festgemacht», sagte sie. «Ich soll dir das hier von ihm geben, einen Vorschuss von tausend Pfund.»

Sie überreichte mir eine hübsche, schweinslederne Brieftasche, bis zum Bersten vollgestopft mit mehr Zwanzigpfundnoten, als ich je gesehen hatte.

«Die Brieftasche habe ich ausgesucht», sagte Helen. «Sie ist ein Geschenk. Gefällt sie dir?»

«Sie ist ... wundervoll.» Ich küsste sie auf die Wange.

«Es ist so schön, dich wiederzusehen. Ich kenne so wenige Leute in meinem Alter.»

«Geht mir genauso», sagte ich. Wusste sie von Paul, dass ich sie über mein Alter belogen hatte und in Wahrheit drei Jahre jünger war als sie? Vermutlich. Es spielte keine Rolle. Wir waren altersmäßig viel näher beieinander als sie und ihr Mann. Wir waren in London, an einem schönen Frühlingstag, und ich hatte tausend Pfund in der Tasche.

In den folgenden Tagen besuchten wir Galerien, Parks und Läden. Helen probierte eine Unzahl von Kleidern und Schuhen an. Sie bestand darauf, mir als Dank für meinen Begleitservice ein Jackett und ein Hemd zu kaufen. Ich erstand von meinem «Vorschuss» ein neues Paar Schuhe.

Paul sah ich in dieser Zeit überhaupt nicht und Tony nur äußerst selten, dennoch gewann ich den Eindruck, dass es mit den Verhandlungen über das Archiv voranging. Es war albern, das wusste ich, aber trotzdem war ich wieder völlig vernarrt in Helen. Sie war die erste Frau, die ich je wirklich begehrt hatte, und ihre Heirat machte sie für mich nur umso begehrenswerter. Was hatte Paul mir schon voraus? Geld. Und davon schuldete er mir eine Menge. Er war alt und fett, ich jung und gut aussehend. Dazu noch talentiert, sagte ich mir. Der Sieg war mir sicher.

Falls ich bis dahin in London verliebt gewesen war, dann in ein enges, verwinkeltes, historisches, archaisches, literarisches London, das vor allem in meiner Phantasie existierte, das es gar nicht wirklich gab. Nun, an diesen warmen Tagen zu Beginn des Frühjahrs – bevor der Touristenzustrom einsetzte, und mit Helen an meiner Seite, die in den höchsten Tönen schwärmte, einen solchen Ort gebe es kein zweites Mal auf der Welt, und sie müsse es wissen, denn sie sei schon überall gewesen – verfiel ich der Stadt ganz und gar.

So viel wie in dieser Woche mit Helen hatte ich noch nie mit einem Freund geredet. Ich erzählte ihr meine komplette Lebensgeschichte, mit Ausnahme der Fälschungen. Ich erzählte ihr von meiner Mutter und sie mir von ihrer. Es war eine traurige Geschichte, die ich erst nach und nach zu hören bekam, während wir durch die Stadt bummelten oder in Restaurants, Pubs und Parks saßen. Helen sprach nur zögerlich, doch ich stellte ihr Fragen über Fragen, bis sie mir allmählich alles offenbarte.

Bei Helens Geburt war ihre Mutter noch sehr jung gewesen. Ihr Vater, ein Journalist, hatte gemeinsam mit Paul Mercer für ein New Yorker Veranstaltungsmagazin gearbeitet. Die Ehe hielt nur zwei Jahre, und Helen konnte sich nicht die Spur an ihn erinnern.

«Seit dem Tag, an dem er Mom sitzenließ, habe ich meinen Dad nicht mehr gesehen. Paul hat die Scherben zusammengeklaubt. Paul war der einzige Dad, mit dem ich je gut ausgekommen bin, aber auch an die Zeit erinnere ich mich kaum noch. Ich war fünf, als Mom ihn verließ. Sie zog mit so einem Künstler zusammen, der damals total angesagt war. Ich weiß nicht einmal mehr seinen Nachnamen. Mittlerweile ist er völlig unbedeutend. Meine Mutter hatte einen Mann nach dem anderen, immer dachte sie, der nächste würde ihr geben, was sie suchte. Der dritte, den sie heiratete, war ein Banker namens Sam. Er schickte mich in ein Internat. Ich bin von Nonnen aufgezogen worden, kannst du dir das vorstellen? Mom und Sam führten eine offene Ehe, deshalb hielt sie etwas länger. Aber sie stritten viel, weil Sam Kinder wollte und Mom mit mir schon reichlich genug hatte.

Mom kam zu dem Entschluss, sie wolle unbedingt reisen. Sie geriet in alle möglichen spirituellen Kreise. Einmal tauchte sie bei mir im Internat auf und wollte mich überreden, die Schule zu schmeißen und mit ihr in einen Ashram zu ziehen. Aber ich wollte eine gute Ausbildung. Ich wusste, dass ich etwas Eigenes brauchte, weil ich mich auf niemanden verlassen konnte. Und dann, als ich vierzehn war, ging Mom fort und kam nicht mehr wieder. Sam unterstützte mich, bis ich achtzehn war, obwohl er dazu gar nicht verpflichtet gewesen wäre. Er und Mom ließen sich scheiden, als ich sechzehn war. Sie hat uns beide im Stich gelassen.

Danach war ich auf mich gestellt. Ich zog nach New York, belegte Vorlesungen an der Uni, jobbte als Kellnerin und lebte in einer Bruchbude, als ich zufällig Paul über den Weg lief. Er hatte sich gerade von seiner vierten Frau getrennt und war in keiner guten Verfassung, wollte mir aber gern helfen. Bei ihm fühlte ich mich geborgen. Ganz sicher war er nicht darauf aus, mich zu verführen. Trotzdem, eines Tages ist es passiert. Wir kamen zusammen. Seine Frau fand es heraus und hetzte uns die Polizei auf den Hals. Deshalb beschlossen wir, das Land zu verlassen, bis Pauls Scheidung rechtskräftig wäre und ich einundzwanzig. Als wir dich kennenlernten, waren wir schon seit sechs Monaten auf der Flucht.»

«Ich kann mir euch beide immer noch schlecht als Paar denken», sagte ich zögerlich. «Wahrscheinlich, weil du mir als Pauls Tochter vorgestellt worden bist.»

«Uns blieb nichts anderes übrig, als zu lügen. Wo immer wir abstiegen, musste Paul zwei getrennte Suiten buchen, für den Fall, dass die Privatdetektive seiner Frau uns aufspürten. In gesetzlicher Hinsicht war Paul immer noch mein Pflegevater, weil Sam mich nie adoptiert hatte. Die Scheidung war ein Rosenkrieg. Seine Ex wollte ihn wirklich Staub fressen sehen, einen Skandal inszenieren.»

Es war ja auch ein Skandal, dachte ich.

«Macht es dich denn tatsächlich glücklich, mit einem Mann verheiratet zu sein, der doppelt so alt ist wie du?»

Helen schenkte mir ein fast schon gönnerhaftes Lächeln. «Ich habe dir doch in Paris von den Typen erzählt, mit denen ich früher ausgegangen bin. Mistkerle waren das, Schmarotzer. Ja, jüngere Typen haben einiges für sich, aber ältere auch. Nicht zuletzt, dass sie mehr Geld und mehr Erfahrung haben. Und Paul hat moderne Ansichten. Wenn mir nach einem Techtelmechtel ist, lässt er mir die Freiheit. Darauf haben wir uns gleich zu Anfang geeinigt.»

«Und wenn der Typ, mit dem du zusammen bist, mehr als nur ein Techtelmechtel will?», fragte ich.

Helen gab keine Antwort, also setzte ich alles auf eine Karte und küsste sie.

Sie ließ zu, dass meine Lippen die ihren berührten, erwiderte den Kuss aber nicht, und ich ließ von ihr ab.

«Mark», sagte sie. «Du bist mein einziger echter Freund. Lass uns das nicht kaputt machen, für ...»

Sie brauchte den Satz nicht zu Ende zu bringen. Ich war ja auch nicht auf ein Techtelmechtel aus. Mit ihr zu schlafen wollte ich mehr als fast alles andere auf der Welt, aber ich wollte noch viel mehr. Ich sagte nur: «Du bedeutest mir sehr viel.»

«Du mir auch», sagte sie und küsste mich ebenfalls auf die Lippen.

«Zeigst du mir jetzt die British Library?», fragte sie.

**Fünfunddreißig** Gegen Ende der Woche bekam ich Helen seltener zu sehen. Sie zog mit Paul los und besichtigte Häuser, dabei brauchten sie Helens Ansicht nach eigentlich nur ein Appartement.

«Paul findet, wir sollten bald ans Kinderkriegen denken», erzählte sie mir beiläufig. «Ich kann mir schon vorstellen, wie das wäre – er würde weiterhin ständig um die Welt jetten und Geschäfte machen, und ich sitze zu Hause und hüte unsere Brut in irgendeinem Kaff, wo ich keinen Menschen kenne. Nein danke.»

Außerdem hatte ich selbst einiges für die Zeitschrift zu tun: Korrekturabzüge prüfen, Anzeigen auftreiben. Einige unserer regelmäßigen Inserenten verabschiedeten sich im Blatt mit kleinen Mitteilungen wie: «Alles Gute, es war schön, mit euch zusammenzuarbeiten.» Für wie viele dieser Annoncen wir Geld sehen würden, blieb abzuwarten. Tony war sich wohl bewusst, dass er große Schwierigkeiten haben würde, ausstehende Beträge einzutreiben, wenn die Zeitschrift erst einmal offiziell eingestellt war. Ich musste korrigierte Fahnensätze zur Druckerei bringen und nahm von dort eine neue Serie von Ablehnungsbescheiden mit. Die meisten «Schriftsteller», die eigene Arbeiten an Zeitschriften sandten, kauften die Blätter, in denen sie vertreten sein wollten, selbst nicht. Wenn dem so wäre, würden gute Zeitschriften einen hübschen Profit abwerfen, statt sich um Zuschüsse vom Kunstverband bemühen zu müssen. Nach dem Ende der *Little Review* würden noch auf

Jahre hinaus weitere Einsendungen kommen. Diejenigen Absender, die einen adressierten und frankierten Rückumschlag beigelegt hatten, würden Folgendes erhalten:

*Die Little Review hat mit ihrer fünfhundertsten Ausgabe im April 1991 ihr Erscheinen eingestellt. Wir danken Ihnen für Ihr Interesse und Ihre Unterstützung in den vergangenen Jahren. Der Herausgeber wünscht Ihnen alles Gute für Ihre schriftstellerische Zukunft. Welche Ausgaben noch erhältlich sind, entnehmen Sie bitte dem beigefügten Verzeichnis.*

Der Vertrag mit Paul Mercer war mehr oder weniger ausgehandelt, und am Fenster der Redaktion prangte ein Schild mit der Aufschrift «Zu vermieten». Der Betreiber der Pornovideothek im Erdgeschoss hatte sich bereits umgesehen, hielt sich bezüglich seiner Absichten jedoch bedeckt.

«Ich weiß noch nicht so recht, wie es mir damit geht, wenn das hier eine Peepshow wird oder ein Puff», sagte Tony. «Auf jeden Fall wären damit meine Chancen im Eimer, dass sie eine Erinnerungstafel für mich anbringen, wenn ich ins Gras gebissen habe.»

Dann kamen zwei Nackenschläge, beide mit derselben Post. Roald Dahls Agent weigerte sich rundweg, die Genehmigung zur Veröffentlichung der Geschichte zu erteilen, bis er das Manuskript und Dahls Aufzeichnungen unter die Lupe genommen hatte.

«Wen wundert's», sagte Tony, nachdem er mir den Brief gezeigt hatte. «Wenn sie die Story wirklich gedruckt sehen wollen, können sie sie genauso gut wem verkaufen, der ordentlich dafür zahlt. Schade.»

Der zweite Brief jedoch traf uns völlig unerwartet. Er war in Griechenland abgestempelt.

«Sherwin?», fragte ich und gab Tony den Brief, doch er schüttelte den Kopf.

«Nicht seine Handschrift.»

Der Brief kam von James Sherwins Frau Sonia.

*Lieber Mr. Bracken,*

*ich habe traurige Nachrichten. James hatte einen Herzinfarkt und ist vor fünf Tagen gestorben. Gestern haben wir ihn in dem kleinen Olivenhain oberhalb unseres Hauses begraben. Ich weiß, dass er und Sie alte Freunde waren, und er hätte sicher gewollt, dass Sie es als Erster erfahren.*

*Bei der Durchsicht der jüngsten Korrespondenz meines Mannes sah ich, dass Sie ihn um einen Beitrag für Ihre fünfhundertste Ausgabe gebeten haben. Hat er Ihnen etwas geschickt? Ich kann keine Kopie seiner Antwort an Sie finden, und James war bezüglich seiner Arbeiten immer sehr verschwiegen. Falls ja, wäre ich Ihnen dankbar für eine Kopie, da ich seine literarische Nachlassverwalterin bin.*

*Darf ich Sie um einen letzten Gefallen bitten? Würden Sie die Medien von James' Tod informieren? Ich werde seinen Verlegern schreiben. Ich nehme an, dass ich bald nach London reisen muss und es dort so etwas wie eine Trauerfeier geben wird. Im Augenblick fühle ich mich dergleichen jedoch noch nicht gewachsen.*

*Mit freundlichen Grüßen,*
*Sonia Sherwin*

Ich sah, dass Tony die Nachricht schwer traf; zugleich kamen mir verschiedene Gedanken, auf die ich keineswegs stolz war.

«Rufst du gleich bei den Zeitungen an?», fragte ich, als Tony den Blick hob.

«Das hat Zeit bis morgen», sagte er. «Dann kann ich in Ruhe an einem Nachruf arbeiten.»

Tony wurde oft gebeten, vorgefertigte Nachrufe auf berühmte Persönlichkeiten zu verfassen, doch er war abergläubisch und machte sich erst an die Arbeit, wenn sie tatsächlich gestorben waren.

«Ich geh in den Colony Club und lass mich volllaufen», teilte er mir mit. «Dort, wo die Dahl-Geschichte stehen sollte, haben wir jetzt Platz für einen Text über James. Wird sich nicht so gut verkaufen, aber er hat es verdient. Mach für heute Schluss, wenn du willst. Was gibt's hier schon noch groß zu tun?»

Damit ging er, ich schloss die Redaktionsräume ab und nahm mir oben die Geschichte vor, an der ich seit Monaten schrieb.

Sie hatte 15 000 Wörter, dreimal so viel wie eine durchschnittliche Kurzgeschichte in der *Little Review*. Vielleicht gelang es mir ja, etwas Anständiges daraus zu machen. Ich wusste, wie viel Platz zur Verfügung stand und welche Seiten von meinem Geschreibsel die besten waren. Wenn ich die komprimierte, würde ich es wohl mit Sherwin aufnehmen können. Und ich hatte einen Riesenvorteil: Sherwin benutzte das gleiche billige Textverarbeitungsgerät und den gleichen Drucker wie ich. Sobald ich mein Werk ausgedruckt hatte, konnte selbst der beste Fälschungsexperte der Welt keinen Unterschied mehr zwischen meinen Blättern und den in Griechenland ausgedruckten erkennen. Es war einfach perfekt.

Tony wusste, dass Sherwin keine Geschichte geschickt hatte. Und ich konnte unmöglich eine im Archiv «entdeckt» haben. Ich würde Tony meine Fälschertätigkeit beichten müssen, sprich reinen Tisch machen, was Dahl, Greene und womöglich auch Hemingway betraf. Ich überarbeitete mein Sherwin-Material wieder und wieder, versuchte, nicht an das bevorstehende Gespräch mit Tony zu denken. Aber eines wurde mir klar: dass ich nicht darum herumkam, Tony davon zu erzählen. Ich musste es irgendwem erzählen, und ich wollte die ganze Sache von der Seele haben, bevor er den Vertrag mit Paul Mercer endgültig unterzeichnete. Mehr noch, ich wollte, dass Tony billigte, was ich getan hatte.

**Sechsunddreißig** Seit nahezu zwanzig Jahren zählt James Sherwin zu den schweigenden Vertretern der zeitgenössischen englischen Literatur. Nun ist er für sie auf ewig verstummt. Ich erinnere mich noch lebhaft an seine Lesung der Kurzgeschichte «Der stille Schütze», die später als erste seines Œuvres veröffentlicht werden sollte. Sie landete 1964 auf meinem Schreibtisch, eine von vielen (und stetig mehr werdenden) Einsendungen an die kleine Zeitschrift, als deren Herausgeber ich fungierte. Auf einen talentierten Autor zu stoßen, von dem man bis dahin noch nie gehört hat, war und ist bis heute eine erfreuliche Überraschung. Ich lud Jim zum Mittagessen ein und fand mich nicht etwa, wie erwartet, einem Mann meines Alters gegenüber, sondern einem sommersprossigen Dreiundzwanzigjährigen, der seine Schriftstellerei so ernst nahm, wie es nur einem sehr jungen Mann gegeben ist.

Nach dem Tod seiner Eltern früh verwaist (der Vater starb in Ägypten, die Mutter bei einem Luftangriff in London), wuchs Jim in den folgenden zehn Jahren bei verschiedenen Verwandten auf. Er war Autodidakt, verließ die Schule mit fünfzehn und schlug sich als Parkwächter, Straßenkehrer und Maurer durch – Handlangertätigkeiten, die ihm Zeit zum Nachdenken und Schreiben ließen.

Jim schrieb in keiner erkennbaren Tradition. Er sprach oft von Hemingway und Borges, doch seine Lieblingsbücher waren Bleak House und Jahrmarkt der Eitelkeiten. Trotz der sprachlichen Dichte seiner Prosa war er im Herzen ein Geschichtenerzähler und erntete rasch Erfolg. Seine in Zeitschriften abgedruckten Arbeiten erregten Aufsehen und wurden rezensiert, noch bevor 1967 Ich, Singer, sein erster halb autobiographischer Roman, erschien. Mit 26 wurde er – wenn auch nur für kurze Zeit – zu einer von John Lennon und Mick Jagger bewunderten, von Models und Filmstars umschwärmten Berühmtheit, dessen Werke in den höchsten Tönen gepriesen wurden. Wer hätte sich nicht davontragen lassen? James war nicht länger Jim, er wurde eine Legende, ein Star der Subkultur aus Sex, Drogen und Rock 'n' Roll. Hin und wieder zog er sich, um wieder einen klaren Kopf zu bekommen, auf eine abgelegene griechische Insel zurück, wo er unerkannt leben, sich erholen und schreiben konnte.

Der Ruhm tat seiner Arbeit nicht gut. Bis auf eine sind alle neun in Nutzer, seinem zweiten Buch, erschienenen Geschichten vor seinem großen Durchbruch entstanden. Doch das spielte keine Rolle. Die Veröffentlichung des Erzählbandes bekräftigte seinen Ruf und steigerte zugleich die Erwartungen.

Doch der Quell, aus dem James – immer schon ein langsamer Schreiber – schöpfte, versiegte zusehends. Sein drittes und letztes Buch, Sterngucker, war nur noch eine schmale Novelle. Wie in Ich, Singer geht es auch hier um die Ernüchterung eines jungen Mannes in einer materialistisch geprägten Welt. Während die Figuren in Ich, Singer dem wilden Eskapismus frönen, lebt der Sternengucker ein asketisches Leben, wird erst zum Aussteiger und dann zum Einsiedler. Dies war im Jahr 1970. Das Presseecho und die Verkaufszahlen fielen weniger positiv aus als für Ich, Singer, konnten sich aber immer noch durchaus sehen lassen. James begab sich auf eine Lesereise, die ihn zunächst in Großbritannien und nachfolgend in den USA an mehrere Universitäten führte, wo er Freundschaft mit Autoren wie Donald Barthelme und Richard Brautigan schloss. Statt aus seinen bereits erschienenen Büchern zu lesen, präsentierte Sherwin hierbei Ausschnitte aus einem noch unvollendeten Werk mit dem Arbeitstitel Die Kommune.

Der Rest war Schweigen. Sherwin zog sich auf die griechische Insel Karenos zurück, wo Bewunderer, meist vergeblich, ihn aufzuspüren versuchten. Er schrieb, betrieb Ackerbau und meditierte. Alle paar

*Monate kam ein Brief. Erst hieß es noch, er schreibe, doch damit hatte es bald ein Ende. Schließlich trafen nur noch ganz vereinzelt Briefe ein. Vor sechs Jahren erwähnte er, dass er geheiratet hatte: «ein süßes amerikanisches Mädchen, das mich wieder zum Schreiben bringen will.»* Doch trotz Sonias Ermutigung ist Die Kommune *nie erschienen. Auf den Brief, in dem ich ihn unlängst um einen Beitrag für die letzte Ausgabe der* Little Review *bat, schrieb James zur Antwort: «Sonia hat mir den Computer hier gekauft, in der Hoffnung, dass er mich wieder zum Schreiben bewegt, aber eigentlich benutze ich ihn nur, um braven amerikanischen Doktoranden zu antworten, dass sie sich verpissen sollen. Meistens setze ich mich aber doch an das verdammte Ding und versuch's ...»*

*James starb einige Wochen nach seinem dreiundfünfzigsten Geburtstag an einem Herzinfarkt. Sein Tod ist ein großer Verlust. Er war im besten Alter und hätte am Ende vielleicht doch noch das Meisterwerk vollbracht, das viele von ihm erwarteten. Doch wir wollen nicht klagen: Er hat uns zwei Romane und zehn rätselhaft aufregende Geschichten geschenkt, die zum Besten zählen, was seit dem Zweiten Weltkrieg geschrieben wurde. Er hinterlässt seine Frau Sonia. Die Ehe war kinderlos.*

«Was meinst du?», fragte Tony mich, nachdem ich den Nachruf gelesen hatte.

«Es liest sich gut», sagte ich nachdenklich. «Sollte nicht noch ein bisschen mehr über seine Eltern, seinen Hintergrund und so was drinstehen?»

«Wahrscheinlich», sagte Tony. «Das könnte ich alles noch nachschlagen.»

«Nicht nötig», sagte ich. «Ich habe Recherchen zu Sherwin angestellt.»

Ich erzählte Tony, was ich über Sherwin wusste. Er machte sich Notizen und tippte die Änderungen in den Computer ein.

«Ich wusste gar nicht, dass du ein solcher Experte bist», sagte er und fügte an: «Ich drucke das hier schnell aus und faxe es dem *Guardian.*»

«Warte», sagte ich. «Guck dir vorher noch das hier an.»

Ich gab ihm die Geschichte, an der ich so lange gearbeitet hatte.

«Was ist das?», fragte Tony und warf einen flüchtigen Blick auf das Manuskript. «Versuchst du schon wieder eine Geschichte von irgendeinem Freund in der Zeitschrift unterzubringen?»

Die Texte, die angehende Schriftsteller – auch Tim – uns schickten, wurden meist auf solchen Textverarbeitungsgeräten von Amstrad fabriziert, erkennbar an den leicht verwischten Matrixausdrucken.

«Es ist der gleiche Drucker wie der, den James Sherwin benutzt hat», sagte ich.

«Ich erinnere mich», sagte Tony, nahm das Manuskript zur Hand und las den Titel: *Die Kommune: Auszug aus einem unvollendeten Roman.* Er machte große Augen. «Wann ist das gekommen?»

Sollte ich lügen? Ich konnte behaupten, es sei in der Post gewesen, mit einem «Von der Post beschädigt»-Aufkleber, ohne Begleitschreiben. Ich konnte sagen, dass ich mir eben erst zusammengereimt hätte, worum es sich handelte. Aber ich hatte schon viel zu viel gelogen.

«Gar nicht», sagte ich.

«Vielleicht hast du es ja im Archiv gefunden», schlug Tony in ungewöhnlich ruhigem Ton vor. «Etwas, das du bisher übersehen hast.»

«Nein», sagte ich. «Ich habe es selbst geschrieben.»

«Ah.» Tony lehnte sich zurück, legte die Füße auf den Schreibtisch und begann zu lesen, ohne mich weiter zu beachten. Ich brachte es nicht fertig, ihm dabei zuzusehen, und starrte stattdessen aus dem Fenster. Es wurde langsam Frühling. Die Männer trugen keine Mäntel mehr. Das Mädchen von dem CD-Laden weiter unten in der Straße, das manchmal in meinen Phantasien auftauchte, hatte ein kurzärmliges T-Shirt an. Ich sah ihr zu, wie sie die Kartons mit der Aufschrift «Zwei für zehn Pfund» sortierte, die vor dem Laden standen, und dachte daran, was meine Mutter mir über *Die Kommune* erzählt hatte – der ultimative Abgesang auf die Träume der Sechzigerjahre. Wie konnte ich, der ich erst 1971 das Licht der Welt erblickt hatte, über die Sechzigerjahre schreiben?

Vierzig Minuten später war Tony fertig.

«Wie lang hast du dafür gebraucht?»

«Lange.»

«Länger als für die anderen?», fragte er unverblümt.

«Ja.»

Hatte er alles schon vorher gewusst, oder war er beim Lesen darauf gekommen? Ich hatte eine Riesenszene erwartet, doch Tony blieb ruhig. Ich hätte nicht sagen können, ob er von mir enttäuscht war.

«Wo hast du das gelernt?», fragte er.

«Das ist eine lange Geschichte.»

«Ich habe heute nichts weiter vor.»

Ich erzählte ihm alles – zögerlich zunächst, von den Anfängen, Dickens in der Schule, bis zu dem Einbruch in Dahls Schreibhütte. Da brach Tony in Gelächter aus, und ich wusste, dass er mir meine Verfehlungen vergeben würde.

«Die Ironie dabei ist», sagte er, als er sich beruhigt hatte, «dass das die beste ist. O Mann ...»

Er wischte sich die Lachtränen aus den Augen und fragte dann: «Was soll ich Graham sagen?»

«Ich weiß nicht.»

«Er hatte einen Verdacht, weißt du. Das hat mich misstrauisch gemacht. Ich habe dir seinen Brief nicht vollständig vorgelesen. Warte, ich suche ihn heraus.»

Er schloss die oberste Schreibtischschublade auf, fand den Brief von Greene und gab ihn mir.

*Der Fotokopie nach sieht es korrekt aus, aber ich habe nicht die leiseste Erinnerung daran, diese Geschichte geschrieben zu haben. Habe ich es in der Zeit etwa mit den Amphetaminen übertrieben? Das würde den reichlich stümperhaften Stil erklären. Oder will dich womöglich jemand an der Nase herumführen? Wenn ich mich recht erinnere, war St. Pancras damals nicht geschlossen, Bahnbüros waren darin untergebracht – ich glaube nicht, dass mir solch ein Fehler unterlaufen wäre. Druck den Text auf jeden Fall ab, wenn du ihn für gut genug hältst. Ich fürchte, ich bin momentan nicht in der Verfassung, um ihn zu überarbeiten.*

Ich gab Tony den Brief zurück.

«Ich war mir nicht hundertprozentig sicher», sagte er. «Die Geschichte erschien mir viel zu gut für einen Neunzehnjährigen, und sie war ein Geschenk des Himmels, deshalb wollte ich sie nicht anzweifeln. Dann starb Roald Dahl, und ich beschloss, dich auf die Probe zu stellen.»

«Du hast gewusst, dass ich die Dahl-Geschichte gefälscht habe?»

Tony warf mir einen abschätzigen Blick zu. «Du hast Dahl nicht gekannt. Er hätte nicht mal eine schlechte Geschichte vierzig Jahre herumliegen lassen, sondern sie anderswo eingereicht. Wie alle Schriftsteller.»

«Du hast jemanden ausgelassen», sagte ich und meinte Sherwin damit, doch Tony brachte die Sprache stattdessen auf Paul Mercer.

«Ich habe einfach nicht begriffen, wieso er auf mich verfallen ist und mir so eine Unsumme für das Archiv bezahlen wollte. Dann habe ich entdeckt, dass er derjenige war, der diese Hemingway-Manuskripte verkauft hat. Und musste nur noch eins und eins zusammenzählen. Als die Geschichten entdeckt wurden, warst du in Paris. Ergo hatte Mercer sie von dir. Mercer ist durch dich auf mich gekommen.»

«Ich habe ihm geschrieben», erklärte ich. «Ich wollte wissen, was aus dem Geld für die Geschichten geworden ist. Letzte Woche hat er mir erzählt, sie seien immer noch nicht verkauft.»

«Blödsinn», sagte Tony. «Der Mann ist ein Schwindler. Ich weiß nicht, worauf er aus ist, und ich bezweifle, dass ich je die 75 000 sehen werde, die er mir versprochen hat. Ich würde es bloß gern herausfinden. Hast du schon mit seiner Frau geschlafen?»

«Nein!»

«Wieso nicht? Erzähl mir nicht, sie wäre ihm treu.»

«Nein, also, ich ... das muss sie ja auch nicht. Es ist bloß ...»

«Du hast sie doch die meiste Zeit ganz für dich. Worauf wartest du noch? Nutz die Gelegenheit, sonst wirst du es bereuen.»

Es ließ sich nicht leicht erklären, dass Helen mich lieber als guten Freund haben wollte. Tony war unfähig zu begreifen, dass nicht jeder Mann von seinem Schwanz gesteuert war. Ich murmelte irgendetwas und stellte dann die Frage, die mich wirklich beschäftigte.

«Was hältst du von der Sherwin-Geschichte?»

«Nicht schlecht», sagte Tony. «Musst aber noch dran feilen. Weißt du, ich habe doch 1970 James Ausschnitte aus *Die Kommune* lesen hören. Vielleicht habe ich mir in meinem Tagebuch was darüber notiert, worum es ging.»

«Willst du wirklich, dass ich an der Geschichte weiterarbeite?», fragte ich, noch immer unsicher über Tonys Meinung.

«Wieso nicht?», fragte Tony wieder. «Jim ist tot. Da, wo er jetzt ist, tut es ihm nicht mehr weh. Seine Frau ist vermutlich knapp bei Kasse. Sie kriegt etwas von den Einnahmen, wir verkaufen mehr Exemplare. Aber wir müssen sicherstellen, dass die Story gut genug ist. Wie schnell kannst du schreiben?»

«Ziemlich schnell.»

«Gut. Weil die Ausgabe unbedingt bis Ende der Woche in Druck gehen muss. So, wie soll ich jetzt den vorletzten Abschnitt für den *Guardian* umschreiben? Mal sehen. *Auf den Brief, in dem ich ihn unlängst um einen Beitrag für die letzte Ausgabe der* Little Review *bat, schrieb James zur Antwort: ‹Sonia hat mir den Computer hier gekauft, in der Hoffnung, dass er mich wieder zum Schreiben bewegt, aber eigentlich benutze ich ihn nur, um braven amerikanischen Doktoranden zu antworten, dass sie sich verpissen sollen. Meistens setze ich mich aber doch an das verdammte Ding und versuch's ... Schau mal, wie du das hier findest.›* Klingt das überzeugend?»

«Klar», sagte ich. «Aber dann musst du erklären, was ‹das hier› ist.»

Tony begann zu tippen. *‹Das hier› war ein Auszug aus* Die Kommune. *Auch zwanzig Jahre später arbeitete Sherwin noch an dem Buch. Das von ihm übersandte Material erscheint im kommenden Monat in der letzten Ausgabe der* Little Review.

«Und dann weiter wie gehabt. Was meinst du?»

«Klasse», sagte ich. «So machen wir's.»

Erst als er den Nachruf weggeschickt hatte, kamen mir Bedenken. «Wenn du das Archiv verkaufst, bekommt Paul den Brief und das Manuskript von Sherwin.»

«Kann er haben. Wir drucken eine zweite Kopie der Geschichte für Jims Frau aus», sagte Tony. «Was den Brief angeht ...»

Er fand den Originalbrief von Sherwin in der Schreibtischschublade und begutachtete die Unterschrift sowie die Handschrift auf dem Umschlag.

«Zwei Möglichkeiten. Entweder schreibe ich die zusätzlichen Wörter von Hand mit blauschwarzer Tinte rein. Oder du tippst den ganzen Brief nochmal auf deinem Computer, druckst ihn aus, und ich fälsche die Unterschrift. Was meinst du?»

Ich überlegte. «Nicht auszuschließen, dass seine Frau den Originalbrief in seinem Computer findet und feststellt, dass der Wortlaut nicht derselbe ist. Schreib den Zusatz besser von Hand, wenn du das überzeugend hinbekommst.»

«Ich werde ordentlich üben», sagte Tony grinsend. Er fand allmählich Gefallen an dem Spiel. «Geh zu Ryman's und bring mir so viele verschiedene Sorten blauschwarze Tinte mit, wie sie dahaben.»

Als ich zurückkam, zeigte Tony mir seine Versuche, Sherwins Schrift nachzuahmen. Er probierte mit der Tinte herum, bis er die richtige Schattierung gefunden hatte. Dann holte er tief Luft und setzte die Anmerkung unter Sherwins Originalbrief. Einen Augenblick lang zuckte seine Hand, und ich fürchtete schon, er würde es vermasseln. Doch was da schließlich auf dem Papier stand, sah durchaus überzeugend aus. *Schau mal, wie du das hier findest.* Wir sahen der Tinte beim Trocknen zu und verglichen alsdann die Farbe mit der der Unterschrift.

«Sieht gut aus», sagte ich.

«Hoffen wir's. So, und jetzt müssen wir zusehen, dass wir mit deiner Geschichte weiterkommen.»

«Soll ich den Computer herunterholen? Dann könnten wir hier arbeiten.»

«Nein», sagte Tony. «Mercer kann jederzeit vorbeikommen.

Der Vertrag soll morgen unterschrieben werden. Ich will nicht, dass ihm irgendwas Verdächtiges auffällt. Wir bringen deinen Computer zu mir in die Wohnung. Da können wir in Ruhe arbeiten.»

«Ich lasse ihn mit dem Taxi hinschicken. Ich muss in ein paar Minuten zu einer Verabredung mit Helen, aber danach komme ich zu dir.»

«Nimm eine frische Garnitur Klamotten mit. Kann sein, dass du die ganze Nacht durcharbeiten musst.»

## Siebenunddreißig

«Ich dachte schon, du hättest mich versetzt», sagte Helen, die vor dem Buckingham Palace wartete, wo sie sich den Wachwechsel angesehen hatte.

«Entschuldige», sagte ich. «Ein Autor ist verstorben. Wir müssen die letzte Ausgabe umarbeiten. Und, wie war's?»

«Okay», sagte Helen. «Welcher Autor denn? Jemand, den ich kennen könnte?»

«Das bezweifle ich», sagte ich und hakte mich bei ihr ein. «Ein Typ aus den Sechzigerjahren, James Sherwin.»

Helen blinzelte. «Er hat *Sternengucker* geschrieben, stimmt's?»

«Ja, genau.»

«Meine Mum war hin und weg von dem Buch.»

«Meine auch.»

«Wo gehen wir hin?», fragte Helen.

«Ich weiß nicht. Einfach nur herumspazieren, denke ich. Was möchtest du unternehmen?»

«Nichts Besonderes», sagte Helen. «Ich spaziere gern einfach nur mit dir herum.»

«Schön. Wir machen halt, wenn wir irgendwas sehen, wo wir hineinmöchten. Was hast du gestern Abend gemacht?»

«Paul ist mit mir essen gegangen, ins Simpsons-on-the-Strand. Ich war mit Abstand die Jüngste da. Wenn ich's mir recht überlege, war Paul die zweitjüngste anwesende Person.»

Wir lachten.

«Du musst also heute Abend arbeiten?», fragte sie.

«Leider, ja. Die letzte Ausgabe muss bis nächste Woche druckfertig sein.»

«Morgen ist mein letzter Abend, bevor wir nach New York zurückfliegen.»

«Und, was hast du vor?»

«Nichts», sagte Helen. «Paul muss nach Schottland. Er steht in Kaufverhandlungen wegen einiger Manuskripte von Robert Louis Stevenson. Er wollte mich überreden mitzukommen, aber da oben ist es so kalt. Ich bin lieber hier bei dir. Lass dich morgen von mir zum Abendessen einladen, zum Dank dafür, dass du mich die letzten Tage hier herumgeführt hast.»

«Liebend gerne», sagte ich.

Wir überlegten, wo wir essen wollten, und verabredeten uns für den kommenden Abend bei ihrem Hotel. Inzwischen hatte unser Streifzug uns zurück nach Soho geführt.

«Du bist wirklich ein Glückspilz», sagte Helen, «wohnst im Herzen der Stadt.»

«Es ist nicht so romantisch, wie es aussieht», sagte ich. «Eigentlich eine ziemliche Bruchbude.»

«Ich habe dein Zimmer noch nie gesehen», sagte Helen und lehnte sich an mich. «Zeigst du es mir?»

«Wenn du möchtest», sagte ich und versuchte mich zu erinnern, in welchem Zustand ich es verlassen hatte.

«Ist Tony da?»

«Nein. Er hat schon Feierabend gemacht.» Und ich sollte mich bald bei ihm einfinden, aber davon sagte ich Helen nichts. Sie folgte mir nach oben in die Redaktion und hielt sich an meinem Arm fest, als wir die knarzenden Stufen zu meiner winzigen Behausung erklommen.

«Ist das klein!», sagte sie. «Hier schreibst du also?»

«Meistens. Manchmal setze ich mich auch in die Redaktion, aber abends, wenn die Heizung aus ist, bekommt man das Zimmer hier leichter warm.»

«Was benutzt du? Eine Schreibmaschine?»

«Füller und Tinte», log ich, um nicht erklären zu müssen, wo mein Computer war. Doch Helen war schon beim nächsten Thema. Sie hopste auf meinem französischen Bett herum.

«Ein großes Bett für so ein kleines Zimmer.»

«Tony hat es immer für seine Eroberungen hergenommen.»

«Tony, und du nicht?»

Um eine Antwort verlegen, ging ich zum Fenster und deutete auf ein schräg gegenüberliegendes Gebäude.

«Da drüben hat Graham Greene häufig eine Prostituierte besucht. In der vorletzten Ausgabe stand eine Geschichte darüber.»

«Und du?», fragte Helen wieder. Ihre Hand strich über meinen Rücken. «Bist du je ...?»

Ich legte ihr den Arm um die Schultern. Sie wich nicht zurück.

«Ich kenne ein paar der ‹Damen›. Wir grüßen uns, aber mehr nicht. Ich habe gewartet ...»

«Ich weiß», sagte Helen und ließ die Hand von hinten in meine Jeans gleiten. Sanft drehte ich sie zu mir um. Wir küssten uns.

Kein Vergleich mit den überschwänglichen und unerfahrenen Küssen, die ich mit Francine getauscht hatte. Dieser Kuss war das pure fleischliche Verlangen. Unsere Körper pressten sich so gierig aneinander, dass ich glaubte, wir würden auf der Stelle übereinander herfallen. Doch nein.

«Ich muss gehen», sagte Helen atemlos. «Paul erwartet mich. Bis morgen.»

Und schon war sie draußen, ohne dass ich Zeit gehabt

hätte, mich von ihr zu verabschieden. Offenbar hatte Tony an diesem Morgen, als er sagte, ich solle die Gelegenheit nutzen, mal wieder recht gehabt. Ich brauchte nur noch zuzugreifen.

In Highgate angekommen, stellte ich fest, dass Tony meinen Computer bereits im Wohnzimmer aufgebaut und Kaffee aufgesetzt hatte.

«Bis morgen früh die Nachrufe erscheinen, müssen wir eine überzeugende Sherwin-Geschichte fertig haben», sagte er.

Die Nachricht von Sherwins Tod hatte die Medien gerade erst erreicht. Die BBC teilte knapp mit, griechische Behörden hätten den Tod des dreiundfünfzigjährigen, in England geborenen Autors James Sherwin bestätigt. Gegen Abend schaltete Tony das Radio ein. In der Sendung *Kaleidoskop* kam ein kurzer Bericht über Sherwin.

«Vor nun bald zwanzig Jahren trat er von der literarischen Bühne ab, doch der Autor James Sherwin, dessen Tod heute bekannt wurde, wird in Erinnerung bleiben. Vierundzwanzig Jahre nach seinem einzigen großen Roman, *Ich, Singer*, warten Sherwins zahlreiche Fans nach wie vor auf einen Nachfolger. Nun stellt sich die Frage: Werden seine Leser bis in alle Ewigkeit warten müssen?»

Zwei Sherwin-«Experten», die von Tuten und Blasen keine Ahnung hatten, debattierten über dieses Thema und gingen dann dazu über, James Sherwin einen Platz in der Geschichte zuzuweisen. Nach Ansicht des ersten durfte man ihn in einem Atemzug mit Borges und Kafka nennen. Der andere hielt ihn für überschätzt, vielleicht weil er in so jungen Jahren so wenig publiziert hatte.

«Mit Sicherheit wird es zahlreiche posthume Veröffentlichungen geben, dann wissen wir mehr. Meiner Einschätzung nach wird er schon bald nicht mehr als eine Fußnote der Literaturgeschichte sein ...»

«Sollen wir das wirklich machen?», fragte ich Tony nach dem Bericht.

«Wie meinst du das?»

«Was immer ich hier tue, ganz gleich, wie gut es ist, wir verändern die Literaturgeschichte.»

«James war es piepegal, was passieren würde, wenn er tot ist», versicherte Tony mir. «Er glaubte für sich selbst nicht an ein Weiterleben nach dem Tod, und ein literarisches Weiterleben hätte ihn auch nicht interessiert. Er hätte seinen Spaß an unserem Spiel gehabt.»

Tony zeigte mir seinen Tagebucheintrag zu der letzten Lesung, bei der er Sherwin erlebt hatte. Leider waren darin nur dürftige Details enthalten. James hatte einen Abschnitt über Hippies vorgelesen, die in Höhlen auf einer Insel hausten. Der Anfang – für ihn ungewöhnlich – stark komödiantisch, gegen Ende dann die charakteristischeren düsteren Anklänge.

«Es ist zu gefährlich», sagte ich. «Das, was ich bisher geschrieben habe, beruht auf so elend wenig Information. Vielleicht hat ja jemand seine Lesungen mitgeschnitten. In Amerika haben sie das so gut wie sicher gemacht. Dann sind wir geliefert.»

«Und doch erzählst du mir, du hättest versucht, das Buch zu schreiben, das er geschrieben hat.»

«Vielmehr geschrieben hätte», erklärte ich. «Ich dachte, er hätte das Schreiben ganz aufgegeben. Aber was ich geschrieben habe, war nur zur Übung, für mich selbst, nicht zur Veröffentlichung gedacht. Der Ausschnitt, den ich dir gezeigt habe, ist das Beste von dem Ganzen.»

Wir einigten uns darauf, uns meinen Text gemeinsam daraufhin anzusehen, was man stehen lassen konnte und was nicht. Wir arbeiteten sehr konzentriert, nahmen jeden Abschnitt Zeile um Zeile, Wort für Wort unter die Lupe. Das Einzige, woran Tony nicht rührte, war die Interpunktion. Es fiel mir leicht, die diesbezüglichen Gewohnheiten von Autoren nachzuahmen. Ich wusste bestens Bescheid über Sherwins Doppelpunkt-Manie, seine falsch gesetzten Kommas, seine chaotischen Kursivierungen und seine Vorliebe für Gedankenstriche anstelle von runden Klammern.

Ich lernte viel von Tony, wie wir meinen Text so genau durchgingen. Er stellte ganz einfache Fragen. «Warum würde er genau dieses Wort verwenden? Was will er hier sagen?» Wir lasen die Geschichte, als stammte sie von Sherwin selbst und als versuchten wir, quasi seine Lektoren, zu verstehen, was er meinte.

«Hast du das früher schon mal gemacht?», fragte ich Tony irgendwann. «Bist du die zwei Geschichten von Sherwin durchgegangen, die du zu seinen Lebzeiten veröffentlicht hast?»

«Nicht so genau wie die hier», sagte Tony. «Aber, ja. Ich habe ein paar Fragen gestellt, woraufhin James ein paar kleinere Änderungen vorgenommen hat. Große Autoren haben selten etwas dagegen, redigiert zu werden. Sie wollen, dass ihre Werke so gut wie möglich werden.»

Wir arbeiteten Stunde um Stunde und verloren das Gefühl für die Zeit. Ein, zwei Sätze verschwanden. Ein Abschnitt wurde an eine andere Stelle verschoben. Eine neue Dialogzeile trieb die Handlung voran, kündigte eine unerwartete Wendung an. Wir fügten Anspielungen auf Höhlenwohnungen ein, die jeder, der sich an Sherwins Lesungen vor neunzehn Jahren erinnerte, bemerken mochte. In den frühen Morgenstunden hatten wir unser Möglichstes getan.

«Ich schlage vor, wir schlafen drüber», sagte Tony und goss

uns beiden einen großen Scotch ein. «Und sehen uns den Text dann morgen früh nochmal an.»

Er richtete mir ein Schlaflager auf dem Sofa her und zog sich zurück. Ich brauchte eine Weile, um einzudösen, war aufgekratzt von der Arbeit, die hinter mir lag: das anspruchsvollste Fälschungswerk, an das ich mich je gewagt hatte, denn mir war klar, dass das, was ich schrieb, endlosen Prüfungen unterzogen werden würde. Und doch, dank Tony, war ich guten Mutes.

«Schon komisch», sagte Tony um die Mittagszeit, als ich meinen zweiten Becher Tee schon zur Hälfte geleert hatte. «Von gefälschten Bildern hört man andauernd, aber nie von Literatur. Wieso eigentlich nicht? Weil so wenig Nachfrage besteht? Wohl kaum. Weil es so schwer überzeugend hinzubekommen ist? Ganz sicher nicht. Experten lassen sich leicht täuschen. Denk nur an die Hitler-Tagebücher und an all die Leute von Rang und Namen, die darauf hereingefallen sind. Ich glaube, es liegt daran, dass man sowohl enorme Kunstfertigkeit wie ungeheure Begabung braucht, um große Literatur zu schreiben. Das Malerhandwerk erlernt sich schnell. Ein bisschen Talent und ein Haufen Farbschichten, mehr ist nicht nötig. Der Maler wird für seine Originalität, seine neuen Ansätze geschätzt. Und die neuen Ansätze von jemand anderem zu kopieren, ist relativ leicht. Aber Literatur muss sich ständig selbst erneuern. Selbst große Autoren verfehlen dabei häufig das Ziel. Hin und wieder versucht ein obskurer Wissenschaftler, sich einen Namen zu machen, indem er irgendein lange verlorenes Gedicht oder Theaterstück Shakespeare zuschreibt. Vielleicht hat er recht damit, wir werden es nie wissen. Aber die Leute wollen es nicht glauben, weil das Ding schlicht nicht gut genug ist.»

«Worauf willst du hinaus?», fragte ich. «Soll ich etwa Shakespeare fälschen?»

«Nein. Du hast dich wohlweislich auf Autoren des zwanzigsten Jahrhunderts beschränkt, sprich, in einem Bereich gefälscht, wo man die Manuskripte noch ansatzweise wirklichkeitsnah gestalten kann. Du bist imstande, dich in die Gedankenwelt von Menschen hineinzuversetzen, die beinahe Zeitgenossen von dir sind. Ich begreife nicht, wie dir das gelingt. Talent, sicher, aber es ist auch ein besonderes Geschick. Viele Schriftsteller kopieren andere. Aber du verwandelst dich in sie. Es grenzt ans Geniale. Ich frage mich, wie lange du das wohl noch können wirst.»

Diese Frage stellte ich mir selbst häufig. Irgendwie wollte ich nicht, dass meine Fälschertalente von Dauer waren. Ich wollte Eigenständiges schreiben, nicht immer nur abkupfern.

«Vielleicht ist dein Talent mit dem fotografischen Gedächtnis vergleichbar», fuhr Tony fort. «In der Jugend haben das einige, aber mit dem Erwachsenwerden vergeht es schnell. Wer weiß. Kann sein, dass dir diese Gabe ewig bleibt. Herausfinden ließe sich das nur, wenn man andere auftreibt, die über eine ähnliche Begabung verfügen. Aber falls es solche Leute gibt, werden wir natürlich nie wissen, um wen es sich handelt.»

Das Telefon klingelte und unterbrach unser Gespräch. Tony nahm ab.

«Paul, wie geht's? Ja, morgen passt es gut. Ich unterschreibe heute noch die Papiere, und wir treffen uns dann bei Ihren Anwälten, wenn Sie wieder da sind. Gute Reise.»

Er legte auf und grinste wie ein Lausbub: «Laut Paul Mercer bekomme ich morgen meine fünfundsiebzigtausend.»

Wir gingen die Sherwin-Geschichte noch einmal durch, dann druckte Tony zwei Kopien aus: eine für die Setzerei, eine für Sonia Sherwin. Bevor ich ging, besorgte ich noch je ein Exemplar der seriösen Tageszeitungen. Wir wollten die Nachrufe auf Sherwin lesen. Der von Tony war der informativste. Ihm waren von Seiten der Zeitung noch eine Hommage von J. G. Ballard und eine von Michael Moorcock beigefügt worden. *The Independent* schrieb, Sherwin sei einer der originellsten britischen Romanautoren der Nachkriegszeit gewesen. Die *Times* hingegen knauserte mit Lob und stellte Sherwin als einen Unglücksfall der Sechzigerjahre hin, der «den Anstand hatte, von der Bildfläche zu verschwinden, statt weiter Profit aus seinem zu Unrecht erlangten Ansehen zu schlagen. Wenn überhaupt, wird von ihm ein letztlich eher unbedeutendes Kuriosum im Gedächtnis bleiben, *Ich, Singer* – ein Buch, das eine ganze Generation von Möchtegern-Aussteigern häufig angefangen, doch selten zu Ende gelesen hat.» Der *Daily Telegraph* erwähnte Sherwins Tod mit keinem Wort; dort standen dafür Nachrufe auf zwei Armeeveteranen und ein ranghohes Mitglied der britischen Ärztekammer.

Beim Lesen beschlichen mich erneut Bedenken. Inwieweit mochte meine Geschichte den Blick der Nachwelt auf Sherwin beeinträchtigen? Doch Tony meinte, ich solle mir keine Sorgen machen.

«Wenn ein Schriftsteller stirbt, lässt das Interesse an ihm für gewöhnlich schnell nach. Seine Bücher werden für einen Apfel und ein Ei in Antiquariaten verscherbelt. Niemand will mehr über ihn schreiben. Die meisten versinken wieder in dem Dunkel, aus dem sie kamen. Wenige gelangen erneut ins Licht. Wir tragen das Unsere dazu bei, Jim eine gewisse Aufmerksamkeit zu sichern. Mach dir kein schlechtes Gewissen deswegen.»

Mir fiel auf, dass Sherwin wieder zu «Jim» geworden war. Der Tod gab Tony seinen alten Freund zurück, dessen Werk er einst entdeckt hatte. Tony rief uns ein Taxi. Wir verfrachteten den Computer hinein und lieferten auf der Fahrt nach Soho unterwegs die Geschichte bei der Setzerei ab. Die letzte Ausgabe war bereit für die Drucklegung.

«Paul bleibt über Nacht in Schottland», sagte Tony, als ich mich mit meinem treuen Amstrad die Treppe hinaufkämpfte. «Seine junge Frau ist ganz allein. Nur falls es dich interessiert.»

## Achtunddreißig

Putzmunter und vergnügt, mit frischgewaschenen Haaren und gestutztem Bart, fand ich mich bei Helen ein, in der Montur, die sie ausgesucht (und größtenteils bezahlt) hatte. Ich hoffte, dass sie das Versprechen halten würde, das sie mir am Nachmittag zuvor halb und halb gegeben hatte. Doch obwohl sie mir freundlich begegnete, schien ihr unwohl zumute zu sein. Sie war jugendlich gekleidet, in Jeans, Turnschuhen und einem äußerst knappen Seidentop unter der khakifarbenen Kampfjacke, die sich in jenem Jahr unter den jungen Londonerinnen großer Beliebtheit erfreute. Aber ihr Blick war sorgenvoll. Wir plauderten ein bisschen, als wollten wir beide vom wahren Grund unseres Treffens ablenken.

Nach dem Essen wanderten wir, zögerlich eingehakt, die Charing Cross Road entlang. Ein paar Antiquariate hatten noch offen, obwohl es schon nach zehn war. Helen bestand auf einem Abstecher zu ‹Any Amount of Books›, wo sie nach einer Ausgabe von Sherwins Kurzgeschichtenband *Nutzer* fragte.

«Tut mir leid. Wir hatten ein Exemplar da, aber das ist heute weggegangen. Das Buch gibt es aber immer noch als Taschenbuchausgabe, glaube ich.»

So war es, und das Exemplar, das ich von meiner Mutter hatte, lag in der Redaktion, doch das erwähnte ich Helen gegenüber nicht, und auch nicht, dass in unserer letzten Ausgabe eine Sherwin-Geschichte erscheinen würde. Ich zweifelte daran, dass aus uns noch etwas werden könnte –

nachdem mir immer klarer wurde, wie viel uns in Wahrheit trennte. Helen war eine verheiratete Frau aus einem mir fremden Land. Ich war ein Grünschnabel. Ich würde sie enttäuschen und mich möglicherweise blamieren. Mein halbherziger Vorsatz – sie zu bitten, Paul zu verlassen und hier bei mir zu bleiben – erschien mir mit einem Mal albern. Was sollte Helen mit einem Neunzehnjährigen anfangen, der kein Geld, kein Heim und keinen Job hatte?

Wir waren mittlerweile nahe bei der Redaktion. Dort würde ich mich weniger unwohl fühlen als in einem von Paul bezahlten Hotelzimmer. Und wenn Helen nicht mit zu mir nach oben kommen wollte, war klar, dass ich keine Chance hatte. Dann würde ich sie bis zum Hotel begleiten und sie in Ruhe lassen.

«Wir sind direkt bei meiner Wohnung», sagte ich. «Möchtest du noch mit hinaufkommen?»

Helen sah mich nicht an. «Bis zum Hotel ist es nicht viel weiter», sagte sie.

«Du hast fast dein ganzes Leben in Hotels verbracht», wandte ich ein. «Komm mit rauf in die Wohnung. In der Redaktion gibt's eine Flasche Whisky.»

«Im Hotelzimmer gibt's eine Minibar», sagte Helen. «Da würde ich mich sehr viel wohler fühlen, Mark. Bitte.»

Ihre Bitte stimmte mich um. Schweigend gingen wir nebeneinander zum Hotel. Allein die Portiers mit ihren Zylinderhüten und viktorianischen Überröcken schüchterten mich schon ein.

«Ich gehöre nicht hierher», sagte ich zu Helen.

«Nun komm schon», beharrte sie.

«Nein. Lass uns hier auf Wiedersehen sagen.»

«Ich will aber nicht, dass wir uns schon verabschieden.» Sie küsste mich voll auf den Mund.

Ich wurde schwankend; sie nahm mich bei der Hand und

führte mich zu der Glastür, die sich vor uns auftat. Wir durchquerten das Foyer, betraten den Lift und küssten uns, allein darin, erneut. Helen begrapschte mich überall. Zu gierig. Jetzt war sie die Ungeschickte.

Wie oft habe ich seither Revue passieren lassen, was nun folgte? Das Zimmer ist riesig und hat zwei getrennte Betten, was mich erleichtert, weil ich mir so vorstellen kann, dass Helen und Paul separat schlafen. Helen entnimmt der Minibar eine Flasche Champagner, die ich auf der Stelle öffnen will, doch Helen bedeutet mir, mich zu gedulden. Wir küssen und liebkosen einander und ziehen uns aus. Mein Verlangen überwältigt mich fast, ich werde immer selbstbewusster, oder vielleicht liegt es auch daran, wie unterwürfig Helen sich verhält, dass ich mich imstande fühle, mich auf sie zu stürzen, doch sie ist erfahren und weiß, wie sie mich davon abhalten kann, in sie einzudringen, und eben als mir der Gedanke kommt, dass das Ganze am Ende eine Falle ist und jeden Augenblick Paul, zurück von Schottland, zur Tür hereinspazieren und mich über den Haufen schießen könnte oder sonst was in der Art, höre ich Big Ben von ferne Mitternacht schlagen, und Helen windet sich unter mir hervor, steht auf und holt den Champagner aus dem Kühlschrank. Beim letzten Glockenschlag sind die Gläser gefüllt, und sie steht nackt und wunderschön vor mir und sagt: «Herzlichen Glückwunsch.»

Ich bin zwanzig Jahre alt. Den Gedanken an meinen Geburtstag hatte ich verdrängt, seit Helen mir sagte, dass sie an diesem Tag abreisen würde, und das wird sie auch, aber jetzt ist sie hier, gibt mir Champagnerküsse, sagt, es werde Zeit für mein Geschenk, und ich staune, dass sie daran gedacht hat, schließlich ist es fast zwei Jahre her, und ich frage sie, was für ein Geschenk, obwohl ich es schon weiß.

Danach gießt Helen uns den Rest des eisgekühlten Champagners ein und schlägt mir vor, mit ihr ein Bad zu nehmen. Wir steigen in die riesige, frei stehende Wanne, aus der die Schaumbläschen bis auf den Fliesenboden quellen, und nippen vom Champagner, während wir einander einseifen. Helen erscheint mir jetzt nicht mehr älter als ich. Sie ist nur wunderschön und verletzlich. Und später, als wir einander umschlungen halten, versuche ich mit Helen über die Zukunft zu sprechen und sage, dass sie ihren Mann verlassen soll, doch sie legt mir den Finger auf die Lippen, und wir lieben uns ein zweites, schier endlos erscheinendes Mal.

Helen schläft ein, ich nicht. Ich bin hellwach. Ich will laut schreien und singen, und ich hole mein Notizbuch heraus und schreibe lauter Unsinn über Helen hinein. Dann versuche ich zu schlafen, aber es gelingt mir nicht. Es ist nach vier Uhr morgens. Helen hat mir keine Versprechungen gegeben. Wir haben nicht über die Zukunft geredet. Vielleicht wäre es das Beste, wenn ich gehe. Doch als ich versuche, aus dem Bett zu kommen, greift sie nach mir und umfasst meine Schulter, als bäte sie mich zu bleiben.

«Alles in Ordnung mit dir?», murmelt sie.

«Ja, ich kann bloß nicht schlafen.»

«Dann erzähl mir was», sagt sie, lässt aber die Augen geschlossen.

Ich weiß, was ich sagen will, aber ich bringe es nicht fertig. Helen wird Paul nicht um meinetwillen verlassen. Wenn ich sie so ansehe, bin ich mir nicht einmal mehr sicher, ob ich es eigentlich noch will. Ich habe keine Ahnung, wohin es mit mir gehen soll. Die Zeitschrift gibt es nicht mehr, und ich will nicht zur Universität zurückkehren. Von dem Geld, das Helen mir gegeben hat, ist noch ein Großteil da. Vielleicht wird es Zeit für eine Reise. Als Schriftsteller sollte ich Erfahrungen machen und Material sammeln.

«Warum wolltest du vorhin eigentlich das Buch kaufen?», frage ich sie.

«Welches Buch?», fragt sie im Halbschlaf.

«*Nutzer.*»

«Paul hatte vorher angerufen und mich gebeten, ein Exemplar zu besorgen.»

Als sie den Namen ihres Mannes nennt, zucke ich zusammen. «Hat er gesagt, warum?», frage ich, aber sie ist wieder eingeschlafen. Ich wasche mich und ziehe mich an. Helen rührt sich nicht. Ich küsse sie auf den Nacken und verlasse das Zimmer.

Der Portier unten wünscht mir keine «Gute Nacht», als ich das Hotel verlasse. Vielleicht hält er mich für einen Gigolo, der einem wohlhabenden Gast zu Diensten war. Der Gedanke amüsiert mich und bringt mich auf eine Idee für eine Geschichte, an die ich mich setzen will, sobald ich zu Hause bin.

Nur dass es dazu nicht kommt, denn als ich um fünf Uhr morgens über den Leicester Square laufe, bemerke ich allgemeinen Tumult, Sirenen, große Fahrzeuge, die versuchen, durch die schmalen Gassen zu kommen. Eingezwängt zwischen dem chinesischen Supermarkt und der nicht jugendfreien Videothek steht ein Löschwagen der Feuerwehr. Eine Leiter lehnt an der Wand. Ein Polizist weist mich an zurückzutreten, und ich sage ihm, dass ich hier wohne, in der obersten Etage. Sein Gesichtsausdruck verändert sich.

«Ist da etwa noch wer drin?»

«Nicht nachts, nein.»

«Sie haben ein Mordsglück gehabt», sagte er. «Wenn Sie da oben geschlafen hätten, als das hier losging, wären Sie jetzt hin.»

Diese Mitteilung lässt mich kalt, weil ich mir schon jetzt sicher bin, wer für den Brand verantwortlich ist – jemand, der wusste, dass ich nicht zu Hause sein würde.

«Sie sind doch hoffentlich versichert?»

Ich schüttle den Kopf. Ich habe nur ein paar kümmerliche Habseligkeiten verloren, Tony hingegen sein Vermächtnis. Er wird am Boden zerstört sein.

«Bedauerlich», sagt der Beamte und teilt sodann den Feuerwehrleuten mit, dass sich niemand mehr in dem brennenden Gebäude befindet. Ich starre entsetzt auf das Haus, aus dessen oberstem Stockwerk plötzlich Flammen in den klaren, wolkenlosen Himmel über Soho schlagen. Ein kleiner Teil der Geschichte der englischen Literatur geht in Rauch auf und ist auf ewig dahin.

## Neununddreißig

Tony traf ein paar Minuten nach mir ein, außer sich vor Sorge, ich könnte im Haus eingeschlossen sein. Ich rief Helen im Hotel an. Am Empfang weigerten sie sich, mich durchzustellen, weil sie Anweisung hätten, sie nicht zu stören. Als Tony und ich es schließlich am frühen Nachmittag wieder bis zu seiner Wohnung in Highgate geschafft hatten, erwartete uns eine Nachricht von Paul auf dem Anrufbeantworter.

«Hab gehört, was passiert ist. Das ist echt übel. Kann jetzt nicht reden. Muss einen Flug erwischen. Ciao.»

«Ich bin ein Idiot», sagte Tony. «Hätte ich das Zeug doch hier aufbewahrt. Aber letztendlich ist es ja nur Papier. Du dagegen hast alles verloren.»

«Zumindest bin ich nicht zu Schaden gekommen», sagte ich. «Außerdem habe ich noch fast alles von den tausend Pfund, die Helen mir im Auftrag von Paul gegeben hat.»

«Ich helfe dir, wo ich nur kann», sagte Tony. «Du kannst hierbleiben, solange du willst.»

Ich dankte ihm, meinem Komplizen, meinem Ersatzvater, doch trotz allem hatte ich nicht den Wunsch, bei ihm zu wohnen.

«Ich glaube, ich verziehe mich für eine Weile nach Leam», sagte ich.

Am folgenden Tag fand ich mich dort ein. Ich hatte meinen Besuch nicht angekündigt. Tim und Magneta hatten ja gesagt, ich sei jederzeit willkommen. Hoffentlich hatten sie es auch wirklich so gemeint.

Der Frühling war in Leam noch nicht so weit gediehen wie in London. In dem kleinen Blumenbeet vor dem Häuschen blühten noch die Hasenglöckchen. Die Haustür war frisch gestrichen, in einem satten Grün. Magneta öffnete auf mein Klopfen. Ihre Haare waren länger und wilder, und sie hatte zugenommen. Mit einem Freudenschrei umarmte sie mich.

«Gerade heute Morgen haben wir von dir gesprochen», sagte sie und führte mich hinein. «Wir haben die Nachricht in der Zeitung gelesen.»

«In der Zeitung?» Ich war nicht auf den Gedanken gekommen, dass über den Brand berichtet werden könnte.

«Ja. Du warst ein großer Fan von ihm, nicht wahr?»

«Ja. Das war ich. Bin ich.» Sprach sie von Sherwin?

«Und das so bald, nachdem er der Zeitschrift die Geschichte geliefert hat.»

«Woher wisst ihr davon?» Magneta sah mich verblüfft an.

«Weil Tims Geschichte in derselben Ausgabe erschienen ist. Mark, weißt du überhaupt, wovon ich rede? Es kam gerade im Radio. Graham Greene ist tot. Er ist gestern in der Schweiz gestorben. Mark, ist alles in Ordnung mit dir?»

Offenbar war ich käsebleich geworden. Greene war schon seit Ewigkeiten krank. Und uralt. Trotzdem war mir in dem Moment so, als hätte ich ihn umgebracht.

## Vierzig

«Mehr hast du nicht dabei?»

«Nein.» Mein Hab und Gut hatte locker in einer alten Umhängetasche von Tony Platz gefunden. Ich reiste mit leichtem Gepäck. «Es ist etwas passiert.»

Ich erzählte Magneta von dem Feuer, das alles vernichtet hatte, meine Wohnung, das Archiv und selbst die Schreibmaschine, an der einst Graham Greene gearbeitet hatte.

«War irgendetwas davon versichert?»

«Ich habe mich nie um Versicherungen gekümmert. Als ich einzog, sagte Tony, eine Hausratversicherung sei zu teuer. Das war einer der Gründe, warum er mich im Haus haben wollte.»

«Was ist mit deinem Computer?»

«Hin.»

«Mitsamt all deinen Texten?»

«Die hatte ich auf Disketten, aber sie sind auch mit verbrannt.»

«Ach, Mark. Dein ganzes Werk!»

«Nicht so wichtig.» Ich erzählte ihr die Geschichte, wie Hadley sämtliche Manuskripte von Hemingway im Zug abhandengekommen waren, sodass er sie neu schreiben musste.

«Und verstehst du, letztendlich war das gar nicht so schlimm, weil die neugeschriebenen Geschichten vermutlich besser waren als die ursprünglichen.»

«Betonung auf vermutlich», sagte Magneta. «Man kann es

mit den Neufassungen auch übertreiben. Aber das werden wir nie mit Sicherheit wissen. Jedenfalls, soweit ich mich erinnere, hat Hemingway nicht alles nochmal geschrieben, was damals verloren ging. Sind nicht ein paar von den Geschichten neulich aufgetaucht?»

«Ja, in Paris.»

«Genau. Entdeckt von so einem dubiosen Literaturhändler, der seine Pflegetochter geheiratet hat.»

«Stieftochter. Witzigerweise kenne ich sie.» Zögerlich, weil ich so viel auslassen musste, erzählte ich Magneta, dass Paul Mercer das Archiv der *Little Review* schon so gut wie gekauft hatte, als die Redaktion den Flammen zum Opfer fiel.

«Findest du das nicht verdächtig?», fragte Magneta.

Ja, ich fand es verdächtig. Alles an Paul Mercer war verdächtig. Aber ich konnte Magneta weder erzählen, woher ich das wusste, noch wo ich in der Brandnacht gewesen war. Das wäre zu peinlich gewesen.

«Ich habe Tony gegenüber genau das anklingen lassen, aber er meinte, ich litte unter Verfolgungswahn. ‹Warum sollte Paul das Haus niederbrennen?›, hat er gesagt.»

«Vielleicht hat er ja das Archiv vorher rausgeschafft.»

«Aber er könnte es nie im Leben verkaufen. Beim ersten Versuch würde er geschnappt werden. Paul wird seinen Ruf nicht aufs Spiel setzen. Nein, ich schätze, wir werden es dem Zufall zuschreiben müssen. Die Polizei geht davon aus, dass das Feuer in der Pornovideothek im Erdgeschoss ausgebrochen ist.»

Ob ich das glauben sollte, wusste ich selber nicht, doch Magneta schien die These plausibel zu sein.

«Ein Glück, dass du rechtzeitig aufgewacht bist», sagte sie. «Warst du in Gefahr?»

«Ich war gar nicht da», gestand ich.

«Du warst gar nicht… oh, Mark Trace, hast du etwa endlich eine Freundin?»

Ich schüttelte den Kopf. «Nur so halb.»

«Was heißt das?»

«Das heißt, dass sie verheiratet ist und ihr Mann nicht in der Stadt war.»

«Mark!» So hatte Magneta mich noch nie angesehen – bewundernd und verächtlich zugleich.

Ich drückte mich immer noch um weitere Fragen zu besagter Freundin herum, als endlich Tim zur Tür hereinkam. Er trug eine blassblaue Uniform und stieß bei meinem Anblick einen freudigen Juchzer aus.

«Gut siehst du aus», sagte er.

«Er hat eine Freundin», raunte Magneta ihm zu.

«Das sieht man. Das mit Greene hast du schon gehört?»

«Ja. Und was hat es mit dieser Briefträgermontur auf sich?»

«Ich komme gerade von der Arbeit. Ich schreibe immer noch, keine Sorge. Aber wo ja nun Nachwuchs unterwegs ist, haben wir uns gedacht, von Magnetas Schmuddelbüchern allein können wir auf Dauer nicht leben.»

«Nachwuchs?»

«Hat sie dir noch gar nichts erzählt?»

«Ich dachte, es würde ihm von selbst auffallen», schaltete Magneta sich ein, «aber er ist ja erst seit ein paar Minuten da.»

Das war alles etwas viel für mich: Vernichtung, Tod, Geburt rings um mich her. Ich wünschte ihnen aus der Tiefe meines zittrigen Herzens alles nur erdenklich Gute.

An jenem Abend sprachen wir darüber, was aus mir werden solle. Ich wollte in London bleiben. Ich konnte jederzeit für ein Weilchen bei Tony unterschlüpfen. Sie rieten mir zu, für die Wiederholungsprüfung zu lernen und dann im Herbst mit dem zweiten Studienjahr zu beginnen. Vielleicht würde ich das Fach wechseln, vielleicht auch nicht. Geld könnte ein Problem werden, sofern ich nicht einen Job bei einer anderen Zeitschrift fand.

«Wir sollten dir mehr Miete zahlen», schlug Magneta vor.

«Ihr kümmert euch doch um das Haus. Mehr will ich nicht.»

Am Tag vor meiner Rückkehr nach London kam die letzte Ausgabe der *Little Review* mit der Post. Tim und Magneta vertieften sich sogleich darin.

«Er hatte es doch immer noch drauf», sagte Tim zu meiner Genugtuung, nachdem er meine Sherwin-Geschichte gelesen hatte. «Hoffentlich liegt da noch mehr auf Halde.»

«Das hoffe ich auch», sagte ich, obwohl ja die Veröffentlichung eines längeren Exzerpts von *Die Kommune* – insbesondere, falls Sherwins Schreibstil sich seither geändert hatte – zum Beweis dienen könnte, dass meine Version eine Fälschung war.

Abends zog Tim los und kaufte eine Flasche Scotch, mit der wir uns zügig betranken. Wir sprachen über unsere literarischen Ambitionen, über die Romane, die wir zu schreiben gedachten, und über die Szene, in der wir uns bewegen wollten. Der Whisky stimmte uns zuversichtlich – wir würden es schaffen, und wenn auch erst im kommenden Jahrhundert. Als Jungspunde konnten wir das lässig hinnehmen. Gut möglich, dass die Romane, die wir im Sinn hatten, altmodisch waren, aber das galt schließlich für das gesamte Genre. Wir würden frischen Wind hineinbringen, unseren Anspruch geltend machen. Das Leben, so unser einstimmiger Schluss, war ein unerschöpfliches Thema.

Aufgekratzt schob Tim CDs mit lauter, lärmiger Punkmusik ein, zu der er und Magneta tanzten. Keine Viertelstunde später machte er schlapp – es war schon nach zehn und er seit fünf auf den Beinen. Magneta und ich mussten ihm nach oben ins Bett helfen. Ich dachte, sie würde sich gleich zu ihm gesellen, doch wie sich herausstellte, waren wir beide noch nicht müde. Also begaben wir uns zurück nach unten und redeten weiter, in gemäßigterem Ton.

«Du hast noch nicht viel über deine eigenen Texte verlauten lassen», sagte ich.

«Mit den erotischen Frauenromanen ist es aus und vorbei», sagte Magneta. «Keine neuen Aufträge mehr.»

«Darauf wollte ich gar nicht hinaus», sagte ich. «Wie steht's mit dem, was du unter deinem richtigen Namen schreibst? Du hast seit Ewigkeiten nichts mehr an die *Little Review* geschickt. Dabei hat Tony dich ausdrücklich gebeten, etwas zu der letzten Ausgabe beizusteuern ...»

Magneta seufzte. «Alles kalter Kaffee», sagte sie. «Ich war nie eine richtige, echte Schriftstellerin. Ich habe ein gewisses Talent und kann den Leuten das vorsetzen, was sie haben wollen, sei es eine Wichsvorlage oder einen surrealen, bekenntnisartigen Monolog, der Verleger wie Tony glauben macht, dass mehr dahintersteckt. Aber es ist alles nur Fassade. Tim ist ein richtiger, echter Schriftsteller, er arbeitet in jeder freien Minute an seinen Sachen und schert sich keinen Deut darum, wer ihm das Zeug je abkauft. Ich hacke bloß Wörter in den Computer. Ich entdecke einen Markt und diene mich an. Wenn ich versuche, etwas Eigenes zu schreiben, klappt gar nichts mehr.»

Was sollte ich darauf antworten. «Das ist doch nicht dein Ernst», war alles, was mir dazu einfiel.

«Ich mach das jetzt seit zehn Jahren. Wenn irgendwas Größeres in mir steckte, wüsste ich das mittlerweile.»

## Einundvierzig

Die Trauerfeier für James Sherwin war gut besucht. Ich erkannte viele der Anwesenden: Gesichter, die ich entweder bei literarischen Veranstaltungen oder auf Buchumschlägen und Zeitungsfotos gesehen hatte. Darunter waren etliche junge Schriftsteller, die Sherwin kaum persönlich gekannt haben konnten und bei denen man nicht vermutete, dass er sie beeinflusst hatte. Vielleicht betrachteten sie die Trauerfeier auch lediglich als einen weiteren literarischen Event, bei dem Sehen und Gesehenwerden von größter Wichtigkeit ist, um sodann im «Coach and Horses» Kontaktpflege zu betreiben und sich den neuesten Klatsch erzählen zu lassen. Richard Mayfield lief stracks an mir vorbei, ohne mir auch nur zuzunicken. Vielleicht war er in Gedanken woanders – oder an unserem gemeinsamen Abend so betrunken gewesen, dass er vergessen hatte, wer ich war. Diese Vorstellung war mir jedenfalls lieber als die zynischere, nämlich dass er neben Leuten sitzen wollte, die bedeutender waren als ich.

Während die Trauergäste eintrafen, lief Musik vom Band, erst von Grateful Dead und später von Pink Floyd. Tony sagte ein paar Worte über Sherwin. Ein bekannter Schauspieler las die Passage über den Tod aus *Sternengucker*. Darauf folgte ein quälend peinlicher Versuch, die Gäste dazu zu bewegen, gemeinsam Bob Dylans «Blowing In The Wind» zu singen.

«Vorschlag des Verlegers», flüsterte Tony mir zu.

Eine Orgel intonierte Bach, was wieder für Ruhe sorgte, und wir gingen der Reihe nach hinaus.

Erst da bemerkte ich ihn. Paul Mercer eilte aus der Kirche. Er ignorierte mich, grüßte Tony nur mit einem knappen Nicken und hielt stracks auf die Witwe zu. Wir sahen zu, wie er Sonia Sherwin sein Beileid aussprach.

«Wetten, dass der Scheißkerl auf Jims Manuskripte aus ist?», wisperte Tony.

Es hatten einige Zweifel bestanden, ob Sonia in der Verfassung sein würde, aus Griechenland zu diesem Gottesdienst anzureisen. Tony, der die Gedenkfeier organisiert hatte, hatte es bis zu dem Moment nicht gewusst, als er sie in der ersten Reihe der Kirchenbänke sitzen sah. Nun beobachtete ich Sonia und bemerkte zu meinem Vergnügen, dass sie zwar die Visitenkarte entgegennahm, die Paul ihr hinhielt, ihn im Übrigen aber kurz abfertigte.

«Ich sollte mich wohl mal vorstellen», sagte Tony, als Paul abgezogen war. «Würdest du auch gern Bekanntschaft mit der Witwe Sherwin schließen?»

Wir warteten, bis die Schlange der Beileidsbekundenden vorbeigezogen war.

Sonia Sherwin sah nervös und angespannt aus. Sie schien sich unwohl zu fühlen. Just als sie glaubte, nun endlich ihre Ruhe zu haben, trat Tony auf sie zu. Sie wand sich sichtlich ob der Aussicht, mit noch jemandem sprechen zu müssen. Tony nannte seinen Namen, woraufhin sie ein bisschen – aber wirklich nur ein bisschen – lockerer wurde.

«Haben Sie vielen Dank dafür, dass Sie das alles organisiert haben. Ich hätte nicht gewusst, wo ich anfangen sollte. Und danke auch für die Zusendung von Jims Manuskript. Es war sehr interessant.»

Tony murmelte ein paar Worte der Anteilnahme und stellte dann mich vor. «Mark Trace, mein Redaktionsassistent. Er ist ein großer Bewunderer der Werke Ihres Mannes.»

Ich schüttelte die schwarzbehandschuhte Hand, die Mrs. Sherwin mir hinhielt.

«Ich wäre Ihnen dankbar, wenn wir uns einmal treffen könnten, bevor ich nach Griechenland zurückkehre, Mr. Bracken. Meinen Sie, das ließe sich einrichten?»

«Aber natürlich.»

Ich merkte, dass meine Anwesenheit unwillkommen war, und verdrückte mich. Paul Mercer hielt sich immer noch in der Nähe auf; der schwarze Anzug und die schwarze Krawatte ließen sein Gesicht noch röter wirken, als es ohnehin schon war. Ich entschloss mich spontan, ihn anzusprechen. Vielleicht konnte ich ja in Erfahrung bringen, ob er hinter dem Brand steckte. Außerdem hatte Tony in meinem Namen Erkundigungen angestellt: Die Hemingway-Manuskripte waren für eine beträchtliche Summe verkauft worden, wenn auch nicht zu einem so hohen Preis, wie von den Zeitungen behauptet. Ich durfte wohl meinen Teil dafür verlangen. Und ich wollte herausfinden, ob er wusste, dass ich mit seiner Frau geschlafen hatte.

Als ich ihn ansprach, ließ Mercer widerwillig den ältlichen Dichter stehen, den er bis dahin zugequatscht hatte.

«Haben wir etwas zu besprechen, Mark?» Sein Ton war eine Spur aggressiv.

«Das wissen Sie ja wohl», sagte ich und fragte dann provokant: «Wie geht es Helen?»

«Sie ist schwer damit beschäftigt, das Stadthaus im Village einzurichten, das wir uns gerade gekauft haben.»

«Sie müssen mir unbedingt Ihre neue Adresse geben», sagte ich.

Paul musterte mich eisig. «Was willst du, Mark?»

«Tony hat mir erzählt, dass Sie vor einigen Monaten die Hemingway-Geschichten verkauft haben.»

«Ja, das stimmt.»

«Sie haben mich belogen.»

«Und du hast mich darüber belogen, wie du an sie gekommen bist», gab Paul zurück. «Der Verkauf dieser gefälschten Manuskripte hätte meinen Ruf ruinieren können.»

«Stattdessen hat er Ihnen Ruhm und ein kleines Vermögen eingebracht.»

«In gewisser Weise, ja», räumte Paul ein. «Aber nicht so, wie ich es mir gewünscht hätte. All die öffentliche Aufmerksamkeit war Helen sehr peinlich.»

«Wir haben uns nie über Ihren Anteil verständigt», sagte ich geschäftsmäßig.

«Nein, das haben wir nicht», sagte Paul. «Was mich betrifft, ich habe diese Geschichten gefunden. Es gibt genügend Zeugen, die sich daran erinnern werden, wie Helen und ich den Flohmarkt nach alten Ausgaben von *Paris Match* abgesucht haben. Unsere Version ist verbürgt. Deine dagegen – was hast du eigentlich genau anzubieten? Die rührende Story, die du Helen aufgetischt hast, dass du die Geschichten gefunden hast? Kein Beweis. Dass du die Geschichten gefälscht hast und ich sie von dir habe? Wiederum, kein Beweis. Und selbst wenn du beweisen könntest, dass du die zwei Geschichten gefälscht hast – mir nachzuweisen, dass ich davon wusste, das schaffst du nie und nimmer, weil ich tatsächlich nichts davon wusste. Mein Ruf als Händler von seltenen Manuskripten würde wohl kaum Schaden nehmen. Deiner als – wofür auch immer du dich hältst – wäre ruiniert.»

«Aber ich könnte beweisen, dass Sie mir nichts für die Geschichten gezahlt haben», hielt ich dagegen.

«Oh, das habe ich sehr wohl», sagte Paul. «Du hast eintausend Pfund entgegengenommen. Ich habe auf eine Quittung verzichtet, womit du dich vielleicht um die Steuer drücken konntest, aber ich habe eine hervorragende Zeugin, die vor jedem Gericht aussagen wird, dass du nicht nur das Geld, sondern auch diverse Geschenke angenommen hast, die mit meiner Kreditkarte bezahlt worden sind. Du bist insgesamt nicht schlecht dabei weggekommen, Mark. Und jetzt lass es gut sein.»

Mein Gesicht glühte. Aber ich wollte nicht aufgeben.

«Was wissen Sie über den Brand?» Eine plumpe Frage, die ich bereute, kaum dass sie mir über die Lippen gekommen war.

«Ich weiß, dass du Glück gehabt hast», sagte Paul. «Glück insofern, als alle Beweise für deine Fälschungen in Rauch aufgegangen sind, Glück insofern, als dass Graham Greene genau zum richtigen Zeitpunkt gestorben ist, und Glück insofern, dass du nicht im Haus warst, als das Feuer ausbrach. Wo warst du denn eigentlich, Mark?»

Darauf musste ich zum Glück nichts erwidern. Ein Mann wie Paul Mercer stellte nur Fragen, auf die er die Antwort bereits wusste. Er wusste, dass ich seine Frau gevögelt hatte, und es war ihm piepegal. Vielleicht war er es gewesen, der Helen überredet hatte, mich zu verführen, aber das konnte ich nicht beweisen, noch nicht zumindest.

«Wenn du weiter in dem Spiel mitmischst», belehrte mich Paul, «werden sich unsere Wege vermutlich wieder kreuzen. Also denk dran. Du kannst mir nichts anhaben. Ich hingegen weiß genug, um dich zu zerstören.» Er grinste breit und drehte sich um. «Hey, Tony! Nett, Sie zu sehen. Schöner Gottesdienst, aber jetzt muss ich los. Die letzte Ausgabe, die Sie da zusammengebracht haben, fand ich toll. Stilvoller Abgang, das muss man Ihnen lassen.»

Wusch, und weg war er.

«Was wollte die Witwe von dir?», fragte ich Tony.

«Was weiß ich. Wir treffen uns nochmal gegen Ende der Woche, wenn sie mit den beiden Verlegern von Jim gesprochen hat.»

«Sie hegt keinen Verdacht?»

«Entweder weiß sie Bescheid oder nicht.»

Am folgenden Tag fand ich in der British Library einen Faksimiledruck der kürzlich in Paris entdeckten Hemingway-Erzählungen. Ein Universitätsverlag hatte meine paar ursprünglichen Seiten zu einer teuren, hartgebundenen Ausgabe aufgeblasen, die sowohl ein gelehrt klingendes Vorwort und ausführliche Fußnoten wie auch meine frühe Fassung von *Schonzeit* enthielt. Beim Durchblättern schien es mir nahezu unbegreiflich, wieso ich mich derart von diesem Macho hatte in Bann schlagen lassen, statt in Paris Beckett oder Joyce nachzuspüren. Oder auch Saul Bellow, der, wie ich nunmehr wusste, den Großteil seiner besten Romane dort geschrieben hatte. Hemingway war mir inzwischen ziemlich egal, doch meine Fälschungen gehörten nunmehr zu seinem Werk. Die Rezensionen, deren ich ansichtig geworden war, klangen allesamt respektvoll und überzeugt, dass Paul Mercer ein bedeutender Fund gelungen war. Sein Ruf als Experte in puncto seltene Manuskripte beruhte auf diesen beiden Geschichten. Es würde mir ein Vergnügen der Sonderklasse sein, ihn auflaufen zu lassen.

Eine Trumpfkarte hatte ich noch im Ärmel, von der Paul Mercer nichts wusste. Aber wie sollte ich sie am besten ausspielen? Ich wollte keinen Ruhm für meine Fälschungen einheimsen. Aber ich wollte Paul Mercer in seiner Eigenschaft als Händler mit wertvollen Manuskripten gründlich desavouieren.

An jenem Abend versuchte ich all das Tony zu erklären, der

in ungewöhnlich guter Stimmung war. Während wir noch redeten, kam ich auf die Lösung.

«Jetzt weiß ich, wie ich vorgehen werde», sagte ich zu meinem guten alten Freund.

«Und, erzählst du's mir?», fragte Tony.

«Ich will dich nicht mit hineinziehen. Aber ich muss dazu nach Frankreich reisen, ungefähr in einer Woche oder so. Dazu bräuchte ich ein bisschen Geld. Kannst du mir etwas leihen?»

«Kein Problem», sagte Tony. «Die Bank hat mein Dispolimit erhöht, nachdem ja jetzt die Auszahlung von der Versicherung in Aussicht steht.»

«Ich dachte, die Redaktion wäre nicht versichert?»

«Das Gebäude war schon versichert, durch die Eigentümer. Ich hatte ja bloß einen Pachtvertrag. Die Bestände der Redaktion waren nie versichert. Aber als ich mich mit Mercer auf einen Preis geeinigt hatte, habe ich das Archiv versichern lassen. Alles andere wäre Wahnsinn gewesen, nachdem ich einmal wusste, was es wert ist.»

«Ganz schön clever», sagte ich.

Im persönlichen Bereich konnte Tony durchaus nachlässig sein, nicht aber, wenn es um die Zeitschrift ging.

«Wie viel brauchst du?»

Er bot mir eine großzügige Summe an. Es würde ein paar Tage dauern, bis ich einen neuen Pass hatte, aber das war nicht weiter schlimm, denn zuerst gab es noch etwas anderes für mich zu tun.

## Zweiundvierzig

«Willst du mir nicht erklären, wieso du die Schreibmaschine auf einmal so dringend brauchst?»

Statt eine Antwort zu geben, rang ich nach Atem. Auf meinen Brief hin hatte Francine die Schreibmaschine abgeholt, die im Haus von Freunden lagerte. Ich hatte mich unterwegs zu ihr ins Taxi geschwungen und trug nun das antike Stück hinauf in mein Hotelzimmer im siebten Arrondissement.

Mit sechzehn war Francine die Schönheit, die zwei Jahre zuvor schon zu erahnen gewesen war. Sie hatte nichts Linkisches, Unbeholfenes mehr an sich. Sobald ich die Schreibmaschine abgesetzt hatte, verspürte ich den überwältigenden Wunsch, auf der Stelle dort weiterzumachen, wo ihr Vater uns im Sommer 1989 unterbrochen hatte. Doch sie wollte über die Schreibmaschine reden.

«Du willst wieder etwas fälschen, stimmt's? Hast du noch was von dem passenden Papier?»

«Das spielt diesmal keine Rolle.»

«Du musst mir alles haarklein erzählen. Wir haben doch bisher nie Geheimnisse voreinander gehabt.»

Ihr Englisch war mittlerweile deutlich kultivierter als mein Französisch. Ich erzählte ihr, was ich vorhatte, und sie klatschte in die Hände.

«Ich glaube, das wird klappen, wenn ich dir dabei helfe. Aber ich verstehe nicht, warum du so fest entschlossen bist, deine eigenen Fälschungen an den Tag zu bringen.»

Zögernd erzählte ich ihr die Vorgeschichte, auch von dem

Brand in der Redaktion, während ich bei Helen gewesen war. Francine war nicht im mindesten geschockt.

«Du meinst, das haben sie alles geplant, und ihr Mann hat die Dokumente gestohlen?»

«Nicht alle Dokumente», sagte ich. «Vielleicht ein paar besonders wertvolle Stücke, die er an Sammler verkaufen kann, denen es nichts ausmacht, dass sie sie nicht in der Öffentlichkeit präsentieren können. Oder er hebt sie ein paar Jahre auf und verkauft sie erst, wenn Tony tot ist.»

«Er hat für Blätter, die ein paar tausend Pfund wert sind, seine eigene Frau zur Hure gemacht! Hast du nicht gesagt, dass er reich ist?»

«‹Reich wird man nur von dem, was man nicht ausgibt›, sagt Tony immer. Wie dem auch sei, ich weiß nicht, ob Helen eingeweiht war. Wir waren uns sehr nahegekommen. Sie wusste, was ich für sie empfand. Ich glaube, sie fing an, auch etwas für mich zu empfinden. Vielleicht hat Paul sie benutzt, so wie er ...»

Ich merkte, wie lächerlich ich mich anhörte. Mir fiel wieder ein, wie erpicht Helen am Vorabend meines Geburtstags darauf gewesen war, mit mir in ihr Hotelzimmer zu gehen und nicht in mein Stübchen über der Redaktion.

«Du armer Romantiker», sagte Francine und strich mir übers Haar.

«Jetzt bin ich über sie hinweg», versicherte ich ihr.

Sie küsste mich auf die Wange und sagte dann, sie müsse los. Wir verabredeten uns für den folgenden Tag.

Als Francine fort war, holte ich ein paar Blätter Papier heraus. Sie sahen genauso aus wie die, auf denen ich meine ersten Hemingway-Geschichten getippt hatte, fühlten sich ähnlich brüchig an, waren aber in England hergestellt und erst zwanzig Jahre alt.

Nach der Sherwin-Geschichte hatte ich beschlossen, das Fälscherhandwerk endgültig aufzugeben. Und trotzdem schien jedes Mal irgendeine brennende Notwendigkeit mich von meinem Entschluss wieder abzubringen. Ich hatte mir schon zurechtgelegt, was ich diesmal schreiben wollte. Diese Fälschung musste so gut wie die anderen sein, wenn nicht besser. Doch ich brauchte weder ein schlechtes Gewissen noch Angst zu haben. Denn diesmal legte ich es darauf an, erwischt zu werden.

**Dreiundvierzig** Die Adresse auf der Quittung war leicht zu finden. Die alte Dame war zu Hause. Sie bat uns in ihre vollgestopfte Wohnung. Francine übernahm die Unterhaltung und kicherte herum, was Madame Devonier selbst in gute Laune versetzte. Ohne Francine, fürchte ich, wäre die nachfolgende Diskussion sehr viel weniger *agréable* ausgefallen.

Madame Devonier war dreiundachtzig und geistig noch voll auf der Höhe. Sie hatte von den Hemingway-Geschichten gehört und den Artikel über die alten Ausgaben von *Paris Match* gelesen. Es amüsierte sie zu erfahren, dass die Geschichten gefälscht – und auf der Schreibmaschine getippt worden waren, die sie mir verkauft hatte. Aber es war ihr unbegreiflich, warum ich die Maschine zurückgeben wollte. Francine sagte, ich hätte eben den eigenwilligen britischen Humor. Dann erklärte sie die Sache. Madame lachte herzlich und öffnete die Flasche Wein, die wir mitgebracht hatten. Sobald klar war, dass bei unserem Plan für sie etwas herausspringen würde, kannte ihre Begeisterung keine Grenzen mehr. Während wir den Wein tranken, übte Madame Devonier die Story ein, die sie erzählen sollte, und stellte gelegentlich eine Frage dazu. Sie hatte sogar noch eigene Einfälle, fügte Details hinzu, die unser Märchen umso glaubwürdiger machten. Francine und ich traten als die Journalisten auf, die Madame befragen würden.

Später am selben Nachmittag kehrten Francine und ich, leicht angetrunken und immer noch in Hochstimmung über unseren Besuch bei Madame Devonier, in mein Hotelzimmer zurück. Es gab kein Vorspiel, keine Verführung, ich nahm nur auf der Treppe nach oben Francines Hand. Wir taten das Unausweichliche. Sie war erfahrener als ich, aber nicht viel. Als wir uns auszogen, war ich im Stillen dankbar, dass ich schon mit Helen zusammen gewesen war und in etwa wusste, was zu tun war. Doch es gab keinen Grund zur Sorge. Francine und ich fanden leicht zueinander: leidenschaftlich und freundlich zugleich. Keiner von uns tat so, als hinge unser Leben von diesem einen Akt ab.

Danach hätte ich versprochen, auf der Stelle nach Paris zurückzuziehen, wenn Francine eingewilligt hätte, meine Freundin zu werden. Aber sie hatte schon einen Freund, über den sie allerdings nicht sprach, und musste um sieben zum Abendessen zu Hause sein, wo ihre Eltern warteten, die mich nicht ausstehen konnten. Am folgenden Tag musste sie zur Schule und ich zurück nach England. Meine Chancen bei Francine waren letztlich so groß wie die bei Helen.

Als ich an jenem Abend mit der Schreibmaschine zurückkehrte, fürchtete ich fast, Madame Devonier hätte es sich anders überlegt. Doch nein. Ich schleppte die Schreibmaschine in Madames Gästezimmer, wischte sorgsam alle Fingerabdrücke ab und sah zu, wie die alte Dame sorgfältig den Staub, den sie auf einem alten Kleiderschrank zusammengeklaubt hatte, darauf rieseln ließ.

## Vierundvierzig

Das Treffen mit Sonia Sherwin sollte am Tag nach meiner Rückkehr aus Frankreich in ihrer Hotelsuite stattfinden. Auf der Taxifahrt dorthin warnte Tony mich.

«Paul Mercer hat gut an deinen gefälschten Hemingways verdient. Aber du hättest sie ja ohnehin nicht verkauft. Für dich ist nichts verloren ... noch nicht. Wenn du ihn bloßstellst, stellst du unter Umständen auch dich selbst bloß. Du willst Schriftsteller werden, aber damit riskierst du deinen Ruf, bevor du überhaupt einen hast.»

«Mercer kann mich nicht ins Spiel bringen, ohne darzulegen, wie er tatsächlich an die Geschichten gekommen ist.»

«Er ist schlauer, als du denkst. Ein Mann wie Mercer versteht sich auf Racheakte. Kann sein, dass er dein Geheimnis jahrelang unter Verschluss hält und genau dann damit herausrückt, wenn du dabei bist, dir einen Namen zu machen.»

«Das Risiko nehme ich auf mich.»

Sonia Sherwin war eine elegante Amerikanerin mit dunklen, italienisch anmutenden Gesichtszügen. Sie war vierzig, sah aber mindestens fünf Jahre jünger aus. Ihrem Witwenstatus gemäß trug sie Schwarz, mit ein paar Tupfern Grau, die ihr dunkles Haar zur Geltung brachten. Mit ihrem aristokratischen Flair hätte sie eine ältere Schwester von Helen Mercer sein können. Über James Sherwin sprach sie, als beschriebe sie eine historische Gestalt und nicht etwa ihren Ehemann.

«Als ich ihn kennenlernte, hatte er mit dem Schreiben ganz und gar aufgehört. Den Roman, von dem Sie einen Auszug veröffentlicht haben, hatte er vor Jahren beiseitegelegt.»

Ihre Worte waren an Tony gerichtet. Ich saß neben ihm und versuchte mir darüber klar zu werden, ob sie uns durchschaut hatte. Einstweilen schienen wir nicht unter Verdacht zu stehen.

«Schade», sagte Tony.

«Wie ich Ihnen schon geschrieben habe, verwalte ich Jims literarischen Nachlass. Er hat sehr strenge Anweisungen hinterlassen, was aufgehoben werden soll. Die guten unveröffentlichten oder nicht in Sammlungen aufgenommenen Texte würden zusammengenommen kaum auch nur ein schmales Bändchen füllen. Jim wollte keinen kalten Kaffee wieder aufwärmen, er glaubte, dass dies seinem Ansehen schaden könnte.»

«So wäre es mit Sicherheit nicht», murmelte Tony.

«Mein Mann hat oft über das fürchterliche Zeug von Hemingway gesprochen, das Jahrzehnte nach seinem Tod erschienen ist. Jim war mit dem überwiegenden Teil seiner Produktion nicht zufrieden, nicht einmal auf dem Höhepunkt seines Schaffens. Er hat fast alles von dem, was er in den letzten zwanzig Jahren geschrieben hat, vernichtet.»

«Fast *alles?*» Tony klang alarmiert. Ich fragte mich, ob die Bemerkung über Hemingway wohl ein schlauer Vorstoß war. Vermutlich nicht. Schließlich war die dürftige Qualität von Hemingways Spätwerk ein Grund, warum das kürzlich entdeckte Material aus seinen vitalen Anfangsjahren mit solcher Begeisterung aufgenommen worden war.

«Seine Verleger setzen mir zu, Tony. Sie wollen, dass ich das Material, das Sie veröffentlicht haben, in sein letztes Buch aufnehme. Sie hatten *Die Kommune* schon vor Jahren aufgegeben. Der Vertrag wurde aufgehoben. Aber sie sind äußerst angetan von dem, was Sie veröffentlicht haben, Tony. Sie sagen, so ein Buch würde sich gut verkaufen, wenn sie schnell mit etwas bei der Hand sind. Jim hätte kurz vor der Fertigstellung gestanden, davon sind sie überzeugt. Die Verleger verstehen nicht, warum ich zögere, ihnen alles auszuhändigen. Aber Sie verstehen mich sehr gut, nehme ich an.»

Sie hielt ein Exemplar der letzten Ausgabe der *Little Review* in die Höhe. Diese Nummer hatte die höchste Druckauflage in der Geschichte der Zeitschrift erzielt und war binnen weniger als zwei Wochen in sämtlichen Geschäften restlos ausverkauft gewesen. Sonias Stimme wurde kalt und tonlos.

«Es hat mich überrascht, dass hier ein Exzerpt aus *Die Kommune* enthalten ist – insbesondere, da ich zugesehen habe, wie Jim das einzige Exemplar seines unfertigen, handgeschriebenen Manuskripts verbrannt hat. Damit sei ihm ein schwerer Stein vom Herzen gefallen, hat er damals zu mir gesagt.»

«Jim war immer ein Perfektionist», murmelte Tony. «Aber ...»

Wohlweislich brachte er den Satz nicht zu Ende. Sonia griff in einen billigen, braunen Pappkarton, der neben ihrem Stuhl stand.

«Sie waren so freundlich, mir den Originalausdruck des Exzerpts zukommen zu lassen, das Jim Ihnen geschickt hat.» Sie nahm ein paar lose Blätter aus dem Karton und hielt sie ebenfalls empor. «Mark, möchten Sie einen Blick auf das werfen, woran Jim bis zu seinem Tod gearbeitet hat?»

«Sehr gern», sagte ich.

«Der Text ist eher autobiographisch als belletristisch und zudem sehr bruchstückhaft, sprich, so, wie es dasteht, nicht zur Veröffentlichung geeignet. Ich habe es vor meiner Abreise von der Insel ausgedruckt. Ich wollte eine Kopie auf Papier für den Fall, dass etwas mit den Disketten nicht stimmt. Aber ich bin noch nicht dazu gekommen, die Seiten zu sortieren.»

Sie legte die einzelnen Blätter auf den Teppich und zog dann einen Stapel billiges, dünnes Computerpapier aus dem Karton. Um es auf A4-Format zu bringen, musste man die schmalen, gelochten Streifen abreißen, mit denen sie an den Längsseiten in die Walze eingespannt gewesen waren, und dann die Seiten an der Perforierung abtrennen.

«Das ist die einzige Sorte Papier, die Jim für seine Texte verwendet hat», sagte sie zu mir. «Bei Einzelblättern muss man am Drucker stehen und Seite um Seite zuführen. Dafür hatte Jim keine Geduld.»

«Vielleicht ...», setzte Tony an, doch Sonia brachte ihn mit einem finsteren Blick zum Schweigen. Sie griff erneut nach der letzten Ausgabe der *Little Review* und schlug sie auf der ersten Seite der Sherwin-Geschichte auf.

«Das hier stammt nicht von Jim. Ich will wissen, von wem es ist.»

## Fünfundvierzig

Während Sonia Sherwin uns ins Kreuzverhör nahm, fand jenseits des Ärmelkanals eine Befragung ganz anderer Natur statt. Madame Devonier erzählte den Journalisten eifrig von ihrem verblüffenden Fund. Als Erstes hatte sie bei *Paris Match* angerufen. Diverse Zeitungsvertreter waren bei der alten Dame aufgeschlagen und lauschten nun ihrer wohleinstudierten Story. Madame Devonier versicherte, es sei ihr monatelang nicht klar gewesen, dass die berühmten «Hemingway»-Geschichten aus ihrer Wohnung stammten. Eines Tages kam ein Freund auf die Idee, die Geschichten seien in den alten Ausgaben von *Paris Match* entdeckt worden, die sie, Madame Devonier, zwei Jahre zuvor auf dem Flohmarkt angeboten hatte. Also durchsuchte Madame die restlichen Ausgaben der Zeitschrift, die sie in ihrem Gästezimmer unter dem Bett verwahrte.

Nach ihrer Entdeckung hatte sie vor lauter Aufregung nicht gleich an die alte Schreibmaschine gedacht, die immer noch in ebendiesem Zimmer auf dem Kleiderschrank stand. Die von ihr gefundene dritte Geschichte, so stellte sich heraus, war ein bislang unbekanntes Werk von Hemingway, das er nie überarbeitet hatte. Madame Devonier hoffte, damit reich zu werden. Doch das Schriftbild kam ihr verdächtig bekannt vor. Gelegentlich tippte sie nämlich noch Briefe auf der alten Schreibmaschine. Das letzte Mal von einer anderen Person benutzt worden war sie, soweit Madame sich erinnerte, vor zwanzig Jahren, kurz nachdem Monsieur Devonier gestorben war. In jenem Sommer hatte sich ein junger Amerikaner für ein paar Monate in ihrem Gästezimmer eingemietet.

Nein, nach all der Zeit konnte sie sich nicht mehr auf den Namen des jungen Mannes besinnen, aber er hatte sich, mit ihrer Genehmigung, die Schreibmaschine ausgeborgt. Oft benutzt wurde sie nie. Madame erinnerte sich, dass ein Stoß uralten Papiers danebengelegen hatte. Der Untermieter hatte es aufgebraucht und neues dafür gekauft. Er machte sich eines Tages eilig aus dem Staub und blieb zwei Wochenmieten schuldig, daran erinnerte sie sich noch. Die alten Ausgaben von *Paris Match* wurden im Gästezimmer aufbewahrt, als Lektüre für Besucher. Offenbar hatte der junge Mann seine Geschichten dort zwischen den Seiten versteckt.

War dies Absicht gewesen? Wollte der junge Amerikaner, dass seine Geschichten gefunden wurden? Wer wollte schon nach all den Jahren mit Sicherheit sagen, was genau ihn dazu bewogen hatte? Vielleicht war das Geschichtenschreiben eine Übung für ihn gewesen, mit der er sich, statt Französisch zu lernen, die Zeit vertrieb. Soweit Madame sich erinnerte, hatte er nicht sonderlich gut Französisch gesprochen.

Madame Devonier aber wollte aus einer Fälschung kein Kapital schlagen. Sie wusste nicht, ob diese zuletzt gefundene Geschichte überhaupt etwas wert war. Doch selbst Fälschungen ließen sich gut verkaufen, so hatte sie irgendwo gelesen, wenn derjenige, dessen Werk man fälschte, nur berühmt genug war. Deshalb hatte sie sich an die Journalisten gewandt und um Rat gefragt.

In den folgenden Wochen wurden mit Erlaubnis der Universität, die die Hemingway-Manuskripte gekauft hatte, Vergleichstests durchgeführt. Es bestand kein Zweifel: Die «neue» Hemingway-Geschichte war auf derselben Schreibmaschine getippt worden wie die beiden anderen, auf einer

Royal: der Typ, den Hemingway in den Zwanzigerjahren benutzt hatte. Das Papier jedoch, das man für die ersten beiden Geschichten verwendet hatte, war mindestens siebzig Jahre alt, das der dritten hingegen gute fünfzig Jahre jünger.

Sobald die Fälschung erwiesen war, wurden andere, zuvor unterdrückte Zweifel laut: Manche der typischen Hemingway'schen «Fehler» in den Geschichten wirkten wie mit Vorbedacht eingebaut. Literaturkritiker merkten an, der Stil des «bisher unbekannten» Werks grenze an eine Parodie.

Madame Devonier erzielte einen guten Preis für das gefälschte Manuskript. *Wege zur Trunkenheit* erschien im *New York Review Of Books*. Nunmehr konnte jeder, der wollte, seine eigenen Vergleiche anstellen. Nach angemessener Frist behaupteten mindestens drei Männer, sie seien der «Autor des großen Hemingway-Schwindels», wurden aber von Madame Devonier der Lüge überführt.

Paul Mercer blieb nichts übrig, als bei der Universität von Texas um Gnade zu betteln. Er sei nach allen Regeln der Kunst übers Ohr gehauen worden, sagte er. Zu seiner Verteidigung konnte er lediglich vorbringen, er habe die Geschichten so wie von ihm beschrieben gefunden und sich ihre Echtheit von Experten bestätigen lassen, an deren Urteil zu zweifeln kein Grund bestanden habe. Niemand stellte in Frage, dass Mercer die Wahrheit sagte. Dennoch war sein Ruf dahin. Wenn er, wie ich vermutete, die besten Stücke aus dem Archiv der *Little Review* entwendet hatte, bevor er die Redaktion in Brand steckte, würde es für ihn noch schwieriger werden, etwas davon abzusetzen. Von jetzt an würde ihm niemand mehr ein Manuskript abkaufen, dessen Herkunft nicht hundertprozentig geklärt war.

## Sechsundvierzig

Als Tony schließlich schwieg, brachte ich vor Scham kein Wort heraus.

«Nun?»

Ich wollte zu einem Wort des Bedauerns ansetzen, aber Sonia warf mir einen so bitterbösen Blick zu, dass ich am liebsten im Boden versunken wäre. Tony und ich sahen uns nicht einmal flüchtig an. Mit gesenkten Köpfen erwarteten wir das Urteil.

Tony hatte eine lendenlahme Erklärung abgeliefert und die bevorstehende Einstellung der Zeitschrift als Entschuldigung, wenn nicht als Rechtfertigung angeführt. Ich wusste nicht recht, ob Sonia ihm glaubte. Denn es stimmte nicht, was er sagte. Die Sherwin-Geschichte hatte die Verkaufszahlen zwar in die Höhe getrieben. Und, ja, die letzte Ausgabe war ausverkauft, aber das war eigentlich immer zu erwarten, wenn eine Zeitschrift eingestellt wurde. Tony konnte es sich nicht leisten, weitere Exemplare zu drucken oder eine Neuauflage in Auftrag zu geben. Bis das Geld von der Versicherung kam, war er pleite. Keiner von uns hatte von meinem gefälschten Sherwin profitiert. Bei diesem Coup war es uns nicht um das Geld gegangen, sondern um den Nervenkitzel. Weil wir wussten, dass wir es konnten.

«Sie haben gesagt, die Zeitschrift hat noch eine weitere von Marks gefälschten Geschichten veröffentlicht», sagte Sonia. «War der vorgebliche Verfasser ebenfalls schon tot?»

«Nein.» Tony erzählte ihr von der Graham-Greene-Geschichte. «Aber Graham hat angenommen, dass mich jemand an der Nase herumführen wollte. Es hat ihn amüsiert, glaube ich.»

«Meinen Sie, James hätte es auch amüsiert? Wollen Sie sich damit verteidigen?»

«Wir wollen uns nicht verteidigen», sagte ich. «Wir haben Unrecht getan. Es tut mir leid.»

Sie ignorierte mich.

«Was meinen Sie, welchen Eindruck das machen wird?», fragte sie Tony. «Wenn Sie Farbe bekennen? Sie sind ein angesehener Dichter, James hat Ihr Werk bewundert. Sie sollten Ehrungen entgegennehmen, bei Literaturfestivals auftreten, Preise gewinnen. Stattdessen wird Ihnen der Ruf anhängen, einen Freund betrogen zu haben. Die Einladungen werden ausbleiben. Sie werden ein Paria sein.»

Tony war aschfahl. Allmählich wurde ihm der Ernst seiner Lage bewusst. Sonia wandte sich an mich.

«Sie müssen eine gewisse Hochachtung für Literatur haben, wenn Sie in so jungen Jahren bereits für eine Zeitschrift wie die von Tony arbeiten. Und Sie müssen Talent haben, wenn so viele Leute auf Ihre Fälschungen hereingefallen sind. Sie sind nicht originell, aber das wäre vielleicht noch gekommen, mit der Reife. Wie haben Sie sich Ihr Leben vorgestellt?»

«Ich wollte schreiben», gestand ich. «Romane.» Und fügte dann wahrheitsgemäß hinzu: «Ihr Mann war mein Held.»

«War Ihnen denn nicht klar, dass die literarische Karriere, die Ihnen möglicherweise beschert gewesen wäre, zu Ende ist, wenn das hier bekannt wird?»

«Es muss eine Möglichkeit geben, es wiedergutzumachen», sagte ich flehentlich. Ich überlegte, ob ich ihr von den Hemingway-Geschichten und meinem Plan, den Schwindel auffliegen zu lassen, erzählen sollte. Aber damit hätte ich mich nur noch tiefer hineingeritten. Am besten ließ ich auch Dahl unerwähnt.

«Ich habe versucht, mir vorzustellen, was Jim gewollt hätte», sagte Sonia. «Er hat Sie gemocht, Tony. Er hat Sie geachtet. Wenn er irgendetwas geschrieben hätte, das seiner Meinung nach Ihrer Zeitschrift würdig war, hätte er es Ihnen geschickt. Geld war ihm unwichtig. Er hätte sich nicht darum geschert, dass er ein kleines Vermögen hätte machen können, wenn es anderswo erschienen wäre. Aber es hätte ihn verstört, Sie zutiefst gedemütigt und am Boden zu sehen.»

«Ich werde alles tun ...», setzte Tony an.

«Ja», unterbrach Sonia ihn. «Das werden Sie. Aber fürs Erste werden Sie Stillschweigen bewahren. Ich will, das kein Sterbenswörtchen davon an die Öffentlichkeit dringt.»

«Sie müssen Mark verzeihen», sagte Tony. «Er ist noch sehr jung, und er wollte nur helfen.»

«Nicht zu jung fürs Gefängnis», sagte sie. «Überlassen Sie ihn mir. Sie können jetzt nach Hause gehen.»

«Aber was ...?»

«Das werden Sie zu gegebener Zeit schon erfahren.»

Als er den Raum verließ, hob Tony mutlos die Schultern und lächelte mir mitfühlend, zugleich aber auch ein wenig verschmitzt, zu. Er glaubte, wir würden mit einem blauen Auge davonkommen.

Schließlich waren wir allein, und endlich wandte Sonia sich mir zu. Ich versuchte vergebens, ihrem unverwandten Blick standzuhalten. Sie war so eisig schön, so furchterregend, und ich war so schrecklich schuldig. Meine Augen wanderten zu dem kleinen Beistelltisch neben ihr. Darauf lagen die Computerdisketten mit den letzten paar Seiten, die ihr Gatte geschrieben hatte. Sie schienen mich geradezu zu verhöhnen. Ich konnte mir nicht einmal in Ansätzen vorstellen, was im

Kopf eines Schriftstellers vor sich ging, der nur seine allerbesten Texte zur Veröffentlichung freigab. Nie würde ich es zu solcher Lauterkeit und Würde bringen.

«Was soll ich tun?», fragte ich.

Sie sagte es mir.

## Siebenundvierzig

Drei Wochen nach meiner Begegnung mit Sonia Sherwin saß ich wieder in dem kleinen Wohnzimmer meines Hauses in Leam. Von ihrer Schwangerschaft erschöpft, war Magneta schon zu Bett gegangen. Tim und ich leerten eine zweite Flasche Wein.

«Du wirst uns fehlen», sagte Tim, «aber es klingt wirklich sehr aufregend.»

«Eine solche Gelegenheit darf man sich einfach nicht entgehen lassen», sagte ich mit gespielter Begeisterung. «Ich hoffe nur, ich bin rechtzeitig zur Taufe wieder da.»

In Tonys Wohnung hatte ich mich zunehmend unwohl gefühlt. Er war der Einzige, dem ich von meiner «Strafarbeit» erzählen durfte. Aber weder er noch ich wollten darüber reden. Anfangs hatte ich mich gefügt und den Lehrstoff für die Wiederholungsprüfungen des ersten Studienjahrs gebüffelt. Während ich auf die Ergebnisse wartete, wurde mir klar, dass Tony und ich nun, da es die Zeitschrift nicht mehr gab, immer weniger gemeinsam hatten. Darum verfügte ich mich nach Leam.

Tim und ich diskutierten über die gefälschten Hemingway-Geschichten, die in allen renommierten Zeitungen Schlagzeilen gemacht hatten. Ich konnte Tim nicht verraten, dass ich sie verfasst hatte. Dann würde er sich auch zusammenreimen, woher die Sherwin-Geschichte kam.

«Ich erinnere mich noch, wie du mir von Mercer erzählt hast», sagte Tim. «Das war doch der Typ, der vor dem Brand das Archiv der *Little Review* kaufen wollte.»

«Und der, mit dessen Frau ich in der Brandnacht im Bett war.»

«Ach was. Bis jetzt hast du uns nie gesagt, wer sie war.»

Ich war betrunken, sonst hätte ich niemals so viel preisgegeben. Ich wollte Tim unbedingt erzählen, wie ich Helen tatsächlich kennengelernt hatte und sie begehrte, schon lange bevor ich wusste, dass sie Mercers Geliebte war. Aber wenn ich einmal anfing, würde ich sicher alles verraten.

«Komm schon», sagte Tim.

Da Magneta nicht dabei war, konnte ich recht frei von der Liebesnacht erzählen. Doch auch so fasste ich mich kurz, wies nachdrücklich auf Helens «offene Ehe» hin und versuchte es so hinzustellen, dass eher sie mich benutzt hatte als ich sie. Aber wie ich es auch wendete, die Geschichte klang schäbig.

«Als ich Mercer bei dem Gottesdienst für Sherwin sah, wusste er eindeutig Bescheid. Aber ich kann mir nur schwer vorstellen, dass er das Ganze inszeniert hat. Ich glaube, der Brand war ein Zufall.»

«Ich glaube nicht an Zufälle», sagte Tim.

«Mit Sicherheit werden wir es nur dann wissen, wenn die Manuskripte aus dem Archiv auf den Markt kommen», sagte ich. «Aber ich wette, das wird nicht passieren. Mercer hat zwei Skandale überstanden. Selbst wenn er etwas aus dem Archiv gestohlen hat, nehme ich nicht an, dass er einen dritten riskieren wird.»

«Sei dir da nicht zu sicher», sagte Tim. «Manche Menschen lieben das Risiko.»

Ich fuhr nach Highgate zurück, um meine Sachen zu packen und mich zu verabschieden. Von dem Geld, das Tony mir für meinen Ausflug nach Paris geliehen hatte, war noch etwas übrig, doch er bestand darauf, mir zusätzlich noch eine beträchtliche Summe in Reiseschecks mitzugeben.

«Du sollst doch nicht vollständig von Sonia Sherwin abhängig sein.»

«Ich habe keine Wahl. Sie hat mich in der Hand.»

«Uns beide», sagte Tony und erhob sich von seinem knarzenden Sessel. «Ich wollte dir noch etwas zeigen.»

Er gab mir einen Brief von Roald Dahls Agenten, in dem dieser höchst ehrenwerte Herr festhielt, er könne keinerlei Hinweise dafür finden, dass Dahl jemals eine Geschichte mit dem Titel *Die Frau, die sich selbst heiratete* geschrieben habe. «Sie ist ziemlich gut, aber irgendetwas daran stimmt nicht», schrieb der Agent. «Das Hauptproblem dabei ist: Es gibt keine Unterlagen darüber, dass Dahl eine Geschichte mit diesem Titel an seine Schreibkraft geschickt hat. Dahl selbst konnte nicht tippen, und dieses Manuskript weist zu viele Fehler auf, als dass es von einer gelernten Schreibkraft stammen könnte.»

«Damit hast du nicht gerechnet, was?», sagte Tony.

Ich konnte mir einfach nicht vorstellen, dass ein moderner Autor nicht tippen konnte. Ich brachte ein hysterisches Gelächter zustande. Da hatte ich mir solche Mühe gemacht und meine Dahl-Fälschung auf einer Schreibmaschine getippt, die Dahl selbst nie benutzt hatte. Tony lächelte schief und wechselte das Thema.

«Was meinst du, wie lange wirst du brauchen?», fragte er.

«Solange es eben braucht. Tim und Magneta wollen mich als Paten für ihr Baby, aber ich nehme nicht an, dass ich bis zur Geburt schon fertig sein werde. Ich weiß nicht mal, ob Sonia Sherwin mich zur Taufe weglässt. Wenigstens scheint die Universität kein Problem damit zu haben, dass ich noch ein Jahr aussetze.»

«Ich wünschte, ich könnte mitkommen und dir helfen.»

«Ich schreibe dir, wenn sie mich lässt.»

Tony nickte mit geistesabwesendem Blick. Ich stand auf.

«Ich sollte dann mal los zum Flughafen.»

«Ich spendiere dir ein Taxi», sagte Tony und hinkte, auf seinen Stock gestützt, den er jetzt ständig benutzte, zu seinem Schreibtisch. Er telefonierte nach einem Taxi. «Bevor du gehst, muss ich dir noch etwas zeigen. Vielleicht hasst du mich dafür, aber ich würde mich selbst noch viel mehr hassen, wenn ich dich ziehen lasse, ohne dir zu erzählen, was wirklich passiert ist.»

Ich folgte ihm voran in den Keller. Dort zeigte er mir eine Unmenge von Manuskripten und großen Briefumschlägen. Sie steckten in Pappkartons und Plastiktüten, nicht in den alten Teekisten, die ich methodisch gesichtet hatte. Dennoch wusste ich haargenau, was ich da vor mir hatte.

«Du? Du hast das Archiv gestohlen, nicht Paul Mercer!»

«Kannst du mir verzeihen, dass ich dich getäuscht habe?»

Als wir wieder oben in seiner staubigen Wohnung saßen, gestand Tony, dass er selbst die Brandstiftung in Soho minuziös geplant hatte, nachdem er sich nach genauen Beobachtungen sicher sein konnte, dass ich die ganze Nacht außer Haus und mit Helen zusammen sein würde. Auf sein Signal hin steckte ein Bekannter des gleichermaßen gut versicherten Pornovideothekbesitzers das Geschäft unter der Redaktion in Brand. Und beide Nutznießer hatten Alibis.

«Ich war mir sicher, dass Paul Mercer einen Weg finden würde, mich mit dem Archiv übers Ohr zu hauen; bei der Versicherung besteht diese Gefahr nicht.»

Tony hatte den überwiegenden Teil der besten Bestände mit nach Hause genommen und plante, sie im Lauf der kommenden paar Jahre Stück für Stück privat zu verkaufen. Nach seinen Berechnungen kam er damit auf das Doppelte seiner ursprünglich veranschlagten Altersversorgung, dieser durchtriebene alte Gauner.

«Ohne Mercers Angebot hätte ich das Archiv nicht mal entfernt in dieser Höhe versichern lassen können. In gewisser Hinsicht hat er mir einen Gefallen getan.»

«Ich wünschte, dir wäre etwas eingefallen, womit du ihm auch noch sein Geld abknöpfen könntest.»

«Halt nicht an deinem Groll fest», riet Tony mir. «Du hast deine Rache gehabt, indem du den Schwindel mit den Hemingway-Geschichten aufgedeckt hast. Mercer ist nicht schlimmer als die meisten anderen da draußen.»

Das Taxi hupte.

«Schreib mir, wenn's geht», bat Tony. «Ich werde hier ganz schön einsam sein.»

«Du wirst den Ruhestand genießen», sagte ich. «Haufenweise alte Bekanntschaften auffrischen.»

«Herausgeber, die nichts mehr herausgeben, sind die meisten ihrer Freunde in null Komma nichts los», sagte er. «Aber wir zwei bleiben Freunde, oder? Trotz allem.»

«Trotz allem», wiederholte ich und umarmte ihn zum Abschied.

## Achtundvierzig

Geister sind nicht real, rationale Menschen wissen das. Sie sind in unseren Köpfen. Ein Streich, den uns das Gedächtnis spielt. Ich habe nie an Geister geglaubt. Aber jetzt bin ich einer.

Nachdem Tony gegangen war, hatte Sonia mir in ihrem Hotelzimmer in Bloomsbury mitgeteilt, dass Sherwins Bücher sich nie so gut verkauft hatten, wie man hätte meinen können. Seit den Siebzigerjahren waren seine Tantiemen immer dürftiger geworden und reichten kaum für eine Person zum Leben. Sonia hatte ihre gesamten Ersparnisse geopfert, um Sherwin zu unterstützen. Nun wollte sie ihr Erbe aufbessern.

Bevor ich London verließ, schrieb ich an Francine. Ich sehnte mich danach, ihr die Wahrheit zu sagen. Stattdessen tischte ich ihr das gleiche Märchen auf wie schon Tim und Magneta: Tony habe den Auftrag bekommen, die einzig autorisierte Biographie von James Sherwin zu schreiben, und ich flöge nach Griechenland, um für ihn dort Material zu sammeln.

Vom Athener Flughafen nahm ich einen Bus zum Hafen von Piräus. Der Bus hatte keine Klimaanlage, und es war zum Ersticken heiß. In Piräus war es noch schlimmer. Stundenlang drückte ich mich schweißgebadet in den wenigen Schattenfleckchen herum. Es gab keine direkte Fährverbindung mehr nach Karenos. Allerdings verkehrte einmal am Tag eine Fähre, die mich zur nächstgelegenen Nachbarinsel brachte, wo ich am darauffolgenden Tag das Frachtschiff nehmen sollte, das zweimal wöchentlich Vorräte nach Karenos transportierte.

So hatte ich mehr als genügend Zeit, darüber nachzudenken, was ich da eigentlich tat. Früher glaubte ich, die Welt müsse große literarische Werke unfehlbar erkennen. Aber wenn Tony mir eins über die Welt der Literatur beigebracht hat, dann das: Glück und richtiges Timing sind wesentlich wichtiger als Talent. Sobald ein erfolgreicher Schriftsteller einen gewissen Status erlangt hat, wird er für alles gefeiert, woran er Hand gelegt hat, egal von welcher Qualität es ist.

Keine meiner Fälschungen ist ein Glanzstück. Mit der Zeit wurde ich besser und trainierte das winzige bisschen Talent, das ich besitzen mochte, aber das war nicht der Grund für den Erfolg meiner Geschichten. Sie wurden angenommen, weil sie zur rechten Zeit am rechten Ort erschienen. Man glaubte an die Echtheit meiner Fälschungen, weil man daran glauben wollte.

Damals in London hatte Sonia Sherwin mir erzählt, dass man ihr nach der herzlichen Aufnahme meines gefälschten Sherwin-Exzerpts große Summen für den letzten Roman ihres Mannes geboten hatte. Doch die Offerten waren mit Auflagen verbunden. Die Verleger wollten mehr sehen, bevor sie Geld herausrückten. Sonia hatte ihnen weiter nichts vorzuweisen. Die Erwartung sei groß, hieß es von Seiten der Verleger. Der Scheck liege bereit. Wie lange würde sie brauchen, um die Papiere ihres Mannes zur Veröffentlichung vorzubereiten? Sonia erklärte, sie werde nach Karenos zurückkehren, die Sache überdenken und das Manuskript erst dann verkaufen, wenn der richtige Zeitpunkt dafür gekommen sei.

In den Jahren, bevor er das Manuskript verbrannte, hatte James Sherwin seiner Frau einige Abschnitte aus *Die Kommune* zu lesen gegeben. Doch ihre Erinnerungen sind vage. Ich soll die Geschichte selbst erfinden. In London habe ich Sonia gewarnt: Was für ein Buch auch immer dabei herauskommen mag, die Chancen stehen gut, dass Sherwins Ansehen leidet. Macht nichts, sagte sie. Sonia erwies sich als äußerst praktisch veranlagte Frau. Not kennt kein Gebot. Wohl aber Gier, würden manche wohl sagen, doch es steht mir nicht an, hier den Zeigefinger zu erheben.

Während ich schier eine Ewigkeit auf das Versorgungsschiff Richtung Karenos wartete, fragte ich mich ernsthaft, ob ich überhaupt noch fähig war, den Stil eines anderen Autors nachzuahmen – ob überhaupt irgendein Schriftsteller zu dem gewaltigen Fälscherwerk imstande wäre, das Sonia mir abverlangte. Ich hatte immer geglaubt, dem schöpferischen Prozess wohne etwas Heiliges inne. Ich dachte, echte Autoren seien in göttliche Geheimnisse eingeweiht. Und ich hoffte, dass ich diese Geheimnisse, wenn ich mich nur genügend bemühte, lüften würde. Jetzt kann ich mir dergleichen weitschweifige Gedankengänge nicht mehr leisten.

Ich wusste, was zu tun war, als das Schiff endlich anlegte. Sobald die alte Schaluppe vertäut war, gab ich mich zu erkennen. Riesige Möwen kreischten lautstark über unseren Köpfen. Es regte sich kein Lüftchen. Trotz der tropischen Temperaturen trug der Bootsführer eine Jacke aus schwarzem Wollfilz und eine marineblaue Kappe mit einer Zierfalte entlang der Scheitellinie. Sein Gesicht war sonnengebräunt und tief durchfurcht. Ich wurde angewiesen, neben dem Schiff zu warten, in der prallen Sonne. Ich fragte ihn nach Retourverbindungen, da ich zur Taufe meines Patenkindes schließlich zurück sein wollte, bekam aber keine klare Antwort. Später fand ich heraus, dass George Sonia treu ergeben ist. Ohne ausdrückliche Anweisung von ihr wird er mich nicht von der Insel wegbefördern. Sei's drum. Selbst wenn ich auf eine Fluchtmöglichkeit stieße – ich werde hierbleiben. Ich werde Wort halten und meine Strafe verbüßen.

Warum Sherwin hier seine Zelte aufgeschlagen hat, ist nicht schwer zu begreifen. Es sitzen einem keine Nachbarn auf der Pelle. Die Tage sind lang und friedlich. Nachmittags weht zumeist eine sanfte Brise durch die Pinien und macht die Hitze erträglich. Wenn mir nach einer Pause zumute ist, gibt es einen guten Platz zum Schwimmen am Fuß des Hügels. Hier kann man leicht alles andere vergessen.

Sonia setzt mich nicht unter Druck. Ein kompletter Roman, das weiß sie nur zu gut, schreibt sich nicht so leicht wie ein Exzerpt oder eine Kurzgeschichte. Sie beantwortet meine Fragen. Sie führt mich auf der Insel herum. Sie kocht mir gute, einfache Mahlzeiten. Im Übrigen lässt sie mich allein, überlässt mich dem Schreiben.

James Sherwin war in den Fünfzigern, als er starb. Ich bin erst zwanzig, fühle mich an manchen Tagen aber bedeutend älter. Ich habe Sherwins Bibliothek und seine gesammelten Werke, aber mir fehlen seine Weisheit, sein Talent, seine Erfahrung. Ich sitze Stunde um Stunde in seinem Arbeitszimmer, wo sich die Bücherstapel türmen. Sherwins Computer gleicht aufs Haar dem, der dem Brand in meiner Mansarde in Soho zum Opfer gefallen ist. Ich denke daran, wie ich damals dort hockte und meinen Lieblingsautor ohne einen Gedanken an Entlohnung oder Veröffentlichung nachahmte. Ich versuche wieder zu der Unschuld zu finden, die ich einst hatte.

*Die Kommune* sollte Sherwins großes Epos sein. Doch er ging durchaus ökonomisch vor. Nur einer seiner Romane hatte mehr als fünfzigtausend Wörter. Vielleicht komme ich ja mit sechzigtausend durch. Bei meinem derzeitigen Arbeitstempo kann das bis zum Tag des Jüngsten Gerichts dauern. Ich habe ein paar tausend nachgeplapperter Wörter, auf die ich weiter aufbauen soll. Den Grundstein legen für den Rest. Jeden Tag lösche ich den Großteil meines Geschreibsels wieder oder überarbeite das, was vom Vortag übrig geblieben ist. Wenn ich nicht weiterkomme, wende ich mich meiner eigenen Geschichte zu, die hier gerade zum Ende kommt. Ich muss mir immer wieder vor Augen halten, wer ich bin oder wer ich war. Bloß dass seine Stimme meine übertönt, sie zu einer werden, bis ich nicht mehr unterscheiden kann, wer was sagt. Sherwins Geist ist immer da, schaut mir über die Schulter. Er verspottet mich, den ewigen Nachmacher, einen Mann, der ihm nie und nimmer das Wasser reichen wird.

Meistens setze ich mich aber doch an das verdammte Ding und versuch's.